食物アレルギーと生きる詩人の物語

お誕生日も命がけ

サンドラ・ビーズリー 著
中村 哲也 監修
桐谷 知未 訳

国書刊行会

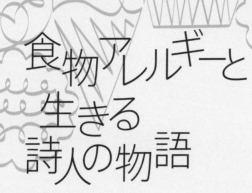

食物アレルギーと生きる詩人の物語

――お誕生日も命がけ

Don't Kill the Birthday Girl

TALES FROM AN ALLERGIC LIFE

This translation published by arrangement with Crown Publishers,
an imprint of the Crown Publishing Group, a division of Random House, LLC
through Japan UNI Agency, Inc., Tokyo

目次

本文中の＊は訳者によるものです。　編集部

バランス技を教えてくれた
わたしの母に

はじめに

　年月日の確かな行事として記憶に残る特に印象深い誕生日が、二度だけある。一度めは、『フェリスはある朝突然に』を観ていた十六歳の誕生日。あのときは、二階のデッキの下に留めたぶらんこに友だちのエリザベスが乗っていて、勢いよくこぎすぎたせいで、何もかもが――本人も、ぶらんこも、外れた鎖も――家の裏にある森のなかへ六メートルも飛んでいった。二度めは、伝染性単核球症*になってしまったのに、イタリアをテーマにした夕食会を中止しそびれた年。しかたなく、わたしは二時間、こんろの前に立って――痛みとリンパ腺の腫れに耐え、完全にしらふで――友人たちが六本のワインを飲み干すあいだ、二十人分のパスタをつくっていた。あれは間違いなく、二十一歳の誕生日だった。

　そのほかは、こんがらがってはっきりしないパーティーの寄せ集めになっている。〈チャッキー

＊ヘルペスウイルスの一種によって起こる急性の熱性疾患

チーズ〉に行ったのは何年だった？　レインボーブライトの人形をもらったのはいつ？　父が家にいたのは何年で、陸軍から士官学校やサウジアラビアやボスニアに派遣されていたのは何年だった？

誕生日の記憶で、ずっと変わらないものがひとつある。ケーキの時間になると、母はいつも、手製の〝サンドラに優しい〟デザートを運んできた。ある年は、ひまわり油マーガリンを使ったライスクリスピートリート、別の年は、アップルソースとシナモンレーズンのリング状ケーキだった。わたしは自分の分を取った。それから、ほかのみんなのために、ケーキやブラウニーやアイスクリーム添えのパイなどの本物のデザートが配られた。歌を歌い、ろうそくを吹き消し、プレゼントがあけられ、みんなが食べ終わったあと、誰かがこう言う。

「さて、誕生日を迎えた女の子を殺さないでね」

つまり、キスしたり、抱き締めたり、手や口で触れたりしてはならないということ。ここから先は、わたしにさわった人は誰でも、じんましんかもっとひどい症状を起こさせる危険があった。いまでさえ、わたしはその言い回しを半分は冗談、半分は祈りとして口にしている。

〝誕生日を迎えた女の子を殺さないでね〟

休日にはいつも、それと同じことがある。おじのジムはわたしのアレルギーをしょっちゅう忘れることで有名で、アイスクリームの皿を差し出してはこう尋ねる。「ひと口どうだい？」独身の楽しいおじで、オートバイを乗り回し、小さな女の子へのクリスマスプレゼントに、ちかちか光る赤い目をしたぜんまい仕掛けのどぶねずみを贈るような人だ。

昔は、パーティーの終わりにわたしを守るのは母の責任だった。おばやおじ、いとこたちが順々に別れを告げるからだ。その時になると、わたしだけ脇へ寄る。なぜ触れないようにするのか、みんなが理解している。それでも、できることなら、このあと長距離を運転して帰る前に、こんなわたしの姿を目に焼きつけてほしくはなかった。

わたしがアレルギーを持っているのは、乳製品（山羊乳を含む）、卵、大豆、牛肉、海老、松の実、きゅうり、カンタロープメロン、ハネデューメロン、マンゴー、マカダミアナッツ、ピスタチオナッツ、カシューナッツ、めかじき、マスタード。さらに、黴《かび》、埃《ほこり》、稲、樹木花粉、犬、兎《うさぎ》、馬、羊毛にもアレルギーがある。しかし、じつを言えば、わたしは食物アレルギーと診断された千二百万人以上いるアメリカ人のひとりにすぎない。その数字には、全児童の四パーセントが含まれている。話にはわたしたちのような人がたくさん出てくるのに、そのやり取りには大きな断絶がある。食べられない食物がない親たちに、アレルギーを持つ子どもの身になるのはむずかしい。地域社会の対応を求める運動をする人々は、アレルギーと不耐性を混同したり、不快感とアナフィラキシーを取り違えたりする。支援団体は若者のアレルギーに焦点を当てつつも、大人になって旅行や結婚をし、自分の子どもを育てる方法を見つけなくてはならない人たちが向き合う複雑な問題にはたいてい無関心だ。さまざまな方面からデータが集まってはいるが、まだ誰も進む方向を示せない。

アレルギーは気まぐれな獣だ。多くの病気とは違い、おもに外的な原因物質によって分類される（ピーナッツ型糖尿病とか、茄子インフルエンザとかいう病気はあまり聞いたことがない）。アレルギーは至るところに広がっている——そして誤診が多い。さまざまな種類の症状と過敏性の度合いがあり、その症状は同じ人でもその時々で変わる。わたしのようなアレルギーを持つ人たちは、自分が何をするか、誰とつき合うか、ミックスナッツのボウルからどのくらい離れた場所に座るかについて、毎日用心しなくてはならない。ある人にとっての気楽な食べ物が、別の人にとっては害になる。ある人にとっての命の源が、別の人にとっては毒になる。

わたしが食べられる食物のことを、家族が〝サンドラに優しい〟と呼ぶ習慣は、わが家ならではだと思っていた。その後、エミリー・ヘンドリクスが書いた『ソフィーに安全な料理——牛乳、卵、小麦、大豆、ピーナッツ、木の実、魚、貝類・甲殻類を使わない、家族に優しいレシピ集——』という本を見つけた。たくさんの本を読むにつれ、基本的な医学用語とは別に、ありとあらゆるキャッチフレーズが目に留まるようになった。〝安全な〟〝優しい〟〝不使用の〟——アレルギーについての本には、こういう言葉が何度も何度も出てくる。

〝誕生日を迎えた女の子を殺さないでね〟

オムレツの残りが、朝食の皿の縁にくっついている。炒め物の油に、バターが使われている。普段はおとなしいブラウニーが、胡桃のせいで攻撃的になる。アレルギーが〝発作《アタック》〟と呼ばれることには理由がある。食物がどこで待ち伏せしているか、わかったものではないのだ。

けれど、食物アレルギーを持つ人たちは犠牲者ではない。わたしたちは――よくも悪くも――世界をほんの少しずつ違う形で経験している。これは、わたしたちがどうやって死ぬかの物語ではない。どうやって生きるかの物語だ。

第一章

わたしはジェーンのアナフィラキシーショック

一九九〇年代初め、多くのアメリカ人は健康的な食事にすっかり夢中になった。アメリカ合衆国農務省は、食事指針ピラミッドの作成に取りかかり、一九九二年にそれを発表した。小学四年生のとき初めてその〝ピラミッド〟について耳にしたわたしは、たぶんエジプト人の料理がもとになっているのだろうと考えた（ほんの数日前に、世界の歴史を習ったばかりだったせいだ）。古代のカイロにある食料貯蔵室を思い浮かべた。魚、穀物のケーキ、蜂蜜、タイガーナッツ。ときには奇をてらって、腎臓が入ったカノープスの壺*も置いていたかもしれない。

四年生の担任教師が、同級生の母親でもあるプロの栄養士を招き、きちんとした食生活の維持についての授業をお願いした。背が低く、痩せていて、歯切れのいい話しかたをする小麦色の肌の女性だった。熱意をこめて正確に、図表のそれぞれの部分を指し示す。のちに農務省が推奨するようになる図表を先取りしたものだった。栄養士はまず、柔らかな土台として、六〜十一サービング**の穀類を勧めることから始めた。炭水化物の層のなかに、ワンダーのパンと玄米が同等のものとして並んでいた時代だ。そして豆と牛肉と卵とナッツ――これらすべてが、二〜三サービングのたんぱく質として同じ層にきちんと収められていた。

全乳を三カップ？　そう、図表によると、それが望ましいようだった。栄養士がピラミッドの二段めの層を指し棒でこつこつとたたいた。

「牛乳は骨粗鬆症《こつそしょうしょう》を予防します」抑揚をつけて言う。

〝骨粗鬆症ってなんですか？〟という当たり前すぎる質問は、誰もしなかった。代わりに、級友のひとりが手を上げて尋ねた。「牛乳が飲めなかったらどうするんですか？」

「牛乳の味が好きでないなら、チーズがあります」栄養士が答えた。「重要なのは、乳製品のカルシウムをとることです」

「チーズも食べられなかったら？」

栄養士が少しためらった。「卵を食べるべきね」と答える。

「卵も食べられなかったら？」別の子が訊いた。

級友たちが何を言おうとしているのかはわかっていた。三日前、みんなが楽しみにしていたピザパーティーがあった。けれどわたしは、その食品にさらされないように、ひとりで図書室に行っていた。それは、わたしが持っているたくさんの食物アレルギーを説明するきっかけとなった。

＊ミイラの内臓を納めた壺
＊＊食品ごとに定めた一食分の量

級友の男子が手を上げた。「牛肉が食べられなかったら？　アイスクリームも。ピザも。チーズをはがしてもだめだったら？」

「そうねえ」栄養士が明るい声で言った。「その人の体は、生き残れるようにはできてないんじゃないかしら？」

栄養士は〝脂肪、油、甘いもの〟の層へ進み、わたしは椅子にぐったり沈みこんだ。

それは昔の話。現在では、完全菜食主義の親たちが、完全菜食主義の家で、完全菜食主義の子どもを育て、乳製品なしでも生き残れるどころか、子どもを産んで幸せに暮らせることを明らかにしている。食事制限とアレルギーは主流となった。ディズニー・ワールドでは、グルテンアレルギーの子どもたちもミッキーマウスパンケーキを注文して、グルテン不使用のパンケーキが食べられると聞き、いまでは状況が変わったのだとしみじみ感じる。

とはいえ、週末に小旅行をして田舎の〈フレンドリーズ〉に立ち寄り、牛乳や卵やラードが絶対に使われていない何かを頼むとき――ウェイトレスが困った様子で肩をすくめるのを見ると――あまり確信は持てなくなる。

「シリアルは？」わたしは尋ねる。

「シリアル？　ありませんね」ウェイトレスが言う。「メニューのどこに載ってました？　ああ、そこね。ふむ、なるほど。ありません。ハッシュポテトはいかが？」

「それは、バターを使ってるものと同じ鉄板で料理されるの？」

「そう、奥にある一枚の大きな鉄板です」わたしが可能性を秤にかけるあいだ、ウェイトレスは当てつけがましく待っている。「コーヒーはいかがです？」

「それでいいわ」わたしは答える。ウェイトレスはミルクを添えて、それを運んでくる。

一九八〇年にわたしが生まれたとき、世界は小さな町のウェイトレスであり、わたしをどう扱えばいいのかわからなかった。わたしは泣いたり暴れたりして、母乳を飲まなかった。両親が代わりに乳幼児用ミルクを与えようとすると、それはわたしの体をそのまま通り抜けてしまった。便が内出血で黒くなった。生まれて一カ月たたないうちに、わたしは体重不足と黄疸《おうだん》で病院へ戻った。検査が始まったのはそのときだ。山羊乳は？　同じくらい合わない。豆乳は？　吐いてしまう。

医師たちはわたしを、広範囲にわたるアレルギーが見られるものの、もう少し成長するまではこれ以上特定できないと診断して、家に帰した。赤ん坊だったわたしの免疫システムは、あまりにも未発達で、識別可能な本来の反応を示さないだろうからだ。

「だからわたしたちは、あなたをジュースと水で育てたのよ」母は話した。「林檎《りんご》ジュース、それから、カルシウムを補うためにグルビオン酸カルシウムを加えたパイナップルジュース。お米。クリーム状にした鶏肉。そして一歳の誕生日に、初めてラトキン先生に診ていただいたの。あなたはピンクの水玉模様がついた白いワンピースを着てたわ」

両親は、ヴァージニア州アーリントン十番街の小さな煉瓦《れんが》の家に住んでいた。父のマイクは中心街にある法律事務所で働いていた。ベトナムでの在任期間のあと、砂色の髪を大胆なほど長く伸ばすようになり、定期的にフォート・ミード陸軍基地で週末の予備役に就くとき以外は切らなかった。母のボビーは褐色の髪をした美しい画家・版画家で、アーリントン芸術センターのアトリエを借りていた。

ふたりは結婚して五年後、ようやくわたしを授かった。初めて子どもを持ったほかの親たちと同じように、両親はわたしを〝大きな悪い世界〟から守る責任におびえた。ところが、ほかの親たちと違って、ふたりはその〝大きな悪い世界〟がわたしを特別しつこく狙っているという事実に対処しなくてはならなかった。たとえば、ビスケット事件。ナッシュヴィルを巡る旅行中、お腹を空かせてわめき声をあげる三歳児を連れて何時間も車を走らせたあと、ふたりはオプリランドホテルにチェックインし、ぐうぐう鳴っているわたしのお腹を静めてやろうとした。運ばれてきた父の皿には、何もついていなさそうなビスケットが添えられていた。

「あなたは、ほんのひとかけら食べただけよ」長い年月がたったあとも、母は弁解するように言った。「バターミルクビスケットだったなんて、知らなかったの」わたしはぜいぜいと喘いでじんましんを起こし、両親が飲ませようとした液体ベナドリルを吐き出した。ふたりはどうしていいかわからずに、ただ待ち、じっと見守るだけだった。一時間後、わたしは落ち着きを取り戻し――おそらく、快復するとともに疲れきって――眠ってしまった。

翌日、父は会議で忙しく、母は慣れない町で車を運転する気になれなかった。「いちばんいやだったのは、翌朝同じホテルのレストランに戻るしかなかったことよ」母が言った。「そしてもう一度試すしかなかったこと。ほかに、あなたをどこへ連れていけばいいかわからなかったの」

五歳になるころ、両親はわたしに、徹底的な自己防衛の方法を教えこまなくてはならないと気づいた。〝知らない人からお菓子をもらってはいけません〟という昔ながらの忠告は、〝絶対に、食べ物をもらってはいけません〟になった。わたしは従おうとした（従わなかったとしても必ず母にばれたのは、体が告げ口をしたからだ）。しかし、スナック菓子を分け合うのは、十歳以下の子どもたちにとって、ブレスレットを交換することや、レッドローヴァー*で遊ぶときに誰かの名前を呼ぶことと同じくらい、重要な友情のしるしだ。わたしがベナドリルを投与され、鼻にかかった涙声で保健室から家に電話するまでに、それほど時間はかからなかった。

「ただのポテトチップだもん」わたしは戸惑いながら言った。「ポテトチップ一枚だけよ！」

サワークリーム味のポテトチップは、わたしがいつも食べている塩味のポテトチップと同じに見えた。目に見えもしないものに、どうして反応できるのだろう？　三年生の授業のレポートに取り

＊二チームが距離を置いて向かい合い、指名された人が相手の列を突破しようとして、失敗したら相手の一員になるゲーム

組んでいたわたしは、体がどうやって目に見えない牛乳に気づくのか、主治医のアレルギー専門医に尋ねた。

「大工さんごっこの作業台を想像してごらん」ラトキン先生が言った。「それぞれの積み木を、違う形の穴にはめていくやつだ」わたしは、家にあるフィッシャープライスのおもちゃを思い浮かべた。まあ、赤ん坊の遊び道具だ。もうずっと前から、シーラ*のアクションフィギュア集めのほうに興味が移っていた。先生はその作業台を、アレルギー反応を起こす細胞になぞらえたのだった。

「さて、きみの体には血がある」ラトキン先生が言った。「食べ物の小さなかけらが、血管のなかを流れてくる。積み木と同じだ」わたしはうなずいた。

「もし積み木の形が穴の形に合わなければ」先生が説明した。「きみは反応を起こさない」しかし、積み木の形はわりと簡単に変わってしまう、と先生は言った。たとえば、料理したブロッコリーは、生のブロッコリーとは違う形になるかもしれない。わたしは、自分の血のなかを小さなブロッコリーの頭がぷかぷかと流れていく様子を思い浮かべた。海へと出ていく森。

「もし食べ物の形が穴の形に合えば」先生が言った。「きみの体はそれを取り除こうとする」わたしは、それぞれの積み木を穴から押し出すのに使っていた、赤いプラスチックのハンマーを思い出した。バン！　バン！　バン！

「それが反応だよ」ラトキン先生が言った。

わたしは目を丸くして医師を見つめた。体じゅうにじんましんができるのも無理はない。わたしのなかのどこかが、ハンマーで殴られているのだから。

幼い子どもに、アレルギーについて説明するのは簡単ではない。体の組織に関するわたしの理解は、まだまだ足りなかった。そのころのわたしは、鼻くそが鼻のなかをうろついて、見つけたものをなんでも食べて片づけながら暮らしている小さいばかな動物だと信じていた。鼻をかんで吹き飛ばすときには、一匹殺してしまうと思って、少し後ろめたさを覚えた。

級友たちは、アレルギーを持つわたしがほかの子と違うことを理解していたが、その仕組みについてはよくわかっていなかった。みんなは、わたしが食堂のテーブル掃除を免れるのを目にした（スポンジでテーブルを洗うときに使う水は、いつも牛乳でよごれているからだ）。ごくたまに、フライドポテトを買うときには、さわれない料理の売り場を通らずに済むよう、行列への割りこみを許されることもあった。そこにある自動販売機で菓子は買えないとわかっていたので、母は毎日、四、五個の苺キャンディー——ジャム入りの硬い飴——をお弁当の包みに加えてくれた。わたしを昼食時のBグループのリーダーにしてくれた甘い財源だ。ある意味、〝アレルギーの女の子〟はなかなかおいしい思いもできた。

＊テレビアニメ『シーラ：プリンセス・オブ・パワー』のヒロイン

アレルギーにつきものの病である喘息のおかげで、級友たちが長距離走をさせられているあいだ、ストップウォッチを持って、タイムを記録していたものだった。ある日、友だちのカレンが、ゴールしたあとそのままの勢いでわたしにぶつかってきて、ふたりとも倒れてしまった。ストップウォッチとクリップボードが飛んでいった。重なり合って横たわったまま、カレンはわたしの腕に何度も頬をこすりつけた。

「何してるのよ?」わたしは、はあはあと息を切らしながら尋ねた。

「なんでもいいから、あなたの病気がうつったらいいな、と思って」カレンが答えた。

わたしは、すぐ手の届くところに薬を用意していなくてはならなかった。生徒たちは、校外学習で近くへ出かけるときにはリュックを置いていくよう指示されていたので、わたしはヘイコック小学校でただひとりのハンドバッグを持ち歩く生徒になった。長年あちこち引っぱり回してきたたくさんあるバッグの第一号だ。そのあと、青い縁取りがついたピンクのバッグがいちばんのお気に入りになったが、ある暑い日、遊園地に出かけたときに溶けたフルーツキャンディーでだめになってしまった。レスポートサックだったこともあり、わたしは友だちに〝フランスのブランドよ〟と自慢した。母のお下がりの黒革バッグには、四角くたたまれ口紅の染みがついた黴くさいティッシュペーパーが入ったままになっていた。

思春期になると、友だちのクラッチやバゲットを、あこがれのまなざしで見つめるようになった。

エピペンが収まる幅と、吸入器が収まる深さと、ベナドリルを入れるファスナーつきのポケットを備えたハンドバッグ以外、持ったことがなかったからだ。教室で使われているオレンジ色のプラスチックの椅子は、ハンドバッグをかけておくには不向きだった。背もたれの角が丸いので、重力に逆らう力がない。わたしが椅子の上でちょっと動いたり、座り直したりするたびに、バッグがリノリウムの床に落ち、後ろに手を伸ばさなくてはならなかった。そうすると、まるでメモを渡しているように見えてしまった。つかんで、かけて、どさり。つかんで、かけて、どさり。

分厚い眼鏡をかけ、濃い藍色のジーンズ（母は〝あのストーンウォッシュ加工の擦り切れたみたいなやつ〟は買ってくれなかった）をはき、ラメつきTシャツを着て片方の裾をプラスチックのバックルに通して結び、スラップブレスレットを着けている子どもを想像してみてほしい。さらに、錠剤やティッシュペーパー、安全ピン、大量の一セント銅貨が入った三十二歳の母親のハンドバッグが加わる。それが、食物アレルギーを持つ子どもの現実の姿だ。

わたしは本の世界に逃げこんだ。医者である祖父は、わたしの読書好きに気づいて、会いに行くたびに月刊《リーダーズダイジェスト》をくれるようになった。わたしは連載のほとんどに夢中になった（「ほんとうにあった話」、「笑いは最良の薬」、あのひどくむずかしい語彙クイズまで）。しかしいちばんのお気に入りは、「ぼくはジョーの〇〇」「わたしはジェーンの〇〇」シリーズだ。大怪我や病気をしたさまざまな体の部位が主人公の記事だった。著者のJ・D・ラトクリフが

〝ジョーの背中〟を演じ、ヘルニアになったとき、CTスキャンを受けたとき、腰の正しい位置に小さな円板が戻ったときにどう感じたかを説明するあいだ、わたしはすっかり心を奪われていた。

そういう記事を愛読したのは、ドラマチックなことを好む傾向を満足させてくれるからでもあった。ジェーンの甲状腺やジョーの肺が欲しくない人がいるだろうか？　彼らの内臓は、わたしのものよりずっとおもしろそうだった。八歳から十二歳のあいだに、わたしは腎臓結石、強迫神経症、乳房嚢胞《ママリーシスト》（あとでそれが胸のことだとわかった）、不整脈、破傷風、色素性網膜炎、そして（具体的にはよくわからなかったが）前立腺癌をひととおり経験したつもりになった。

わたしをジョーとジェーンに紹介したことを、家族が悔やんだ時もあったに違いない。しかし、わたしが記事のせいで健康を気に病む時期を乗り越えてからは、長い目で見れば、病の基本を知るのに役立つと気づいたようだった。そういう記事は、〝正常〟と〝異常〟について自分なりの基準を持たせ、ひとつひとつの症状がどう全体に関わるかを理解させ、助けが必要な時を教えてくれた。つまり、それらはわたしに、アレルギー反応への対処法を教えてくれたのだ。思春期前の子どもはまだ自我が確立していないと言われるが、わたしには選択の余地がなかった。大人に頼んで代わってもらうわけにはいかない。外からは見えずに始まる反応は、ひどく深刻なこともある。〝ジェーンのいがいがする喉〟が、数分のうちに〝ジェーンのアナフィラキシーショック〟に変わるかもしれない。

食物は、体がそれを敵と見なすと、アレルゲンとなる。免疫システムは、それぞれのアレルゲンを認識するよう設計された特定の抗体をつくる。初めて食べたものにアレルギー発作が起こるのはまれだ。そのせいで、赤ん坊に新しい食物を与えようとする親たちが、誤った安心感をいだいてしまうことがある。魔法が――というより、呪いがかかるのは二度めなのだ。

新たにつくり出された抗体（たいていは免疫グロブリンE、通称ＩｇＥと呼ばれるたんぱく質）が血流のなかを巡り、マスト細胞の表面にとりつく。マスト細胞は体のあらゆる組織中に見られるが、特に皮膚や鼻、喉、肺、胃腸管に多い――つまりそこがアレルギー発作を感じやすい場所になる。反応が起こると、ＩｇＥがマスト細胞に、大量の化学物質（ヒスタミンを含む）を放出させる。これは〝媒介物質〟と呼ばれる。誤解を招きそうなほど当たり障りのない用語だ。〝殺し屋〟と呼ぶべきではないだろうか。

影響を受けたマスト細胞が皮膚や唇やまぶたにあれば、じんましんが出る。喉にあれば、むせたり吐いたりする。肺にあれば、ぜいぜいと息が切れる。胃腸管のなかにあれば、どんな騒ぎになるかは想像できるだろう。アレルギーの程度を測る基準のひとつに、レベル1から5までの分類法がある。〝レベル5〟は、血流のなかにきわめて多数の抗体があることを示す。多くのＩｇＥが反応する態勢にあれば、ほんのわずかなアレルゲンが存在するだけで、患者は敏感に反応し、たいていの場合、重症になる。

レベル5のアレルギーは、アナフィラキシー反応を引き起こしやすい。極端に多くの生活機能が急に止まるので、体がショック状態になるのだ。血圧が急に下がれば、患者は意識を失う。アナフィラキシーはまず、蜂に刺されたときの反応として大衆文化で取り上げられ、注目を集めた（その一例が、一九九一年の映画『マイ・ガール』のトマス・Jだ。登場人物が重度のアレルギーを持つひねくれたアウトサイダーの場合、あまり長生きはできない）。

アレルゲンにさらされても五分間立っていられたら、アナフィラキシーの弾丸をかわせたと言えればいいのに、と思う。しかし、そうはいかない。反応は数秒で始まることもあれば、数時間かけて次々と起こることもある。一部の科学者たちによれば、反応が遅れるのは、異なる抗体――免疫グロブリンG（IgG）――が反応するかららしい。特に、牛乳や小麦やとうもろこしなどのアレルゲンに反応しやすい抗体だ。夕食会で知らずにアレルゲンを口にしたあと、発作のせいで真夜中に目覚めたことがあった。寝る前に治まったと思っていたが、早めに起こったときよりずっと重い反応だった。これは、二相性反応と考えられる。まれな例では、アレルゲンにさらされて三〜四時間以内に運動をしたときのみに、アナフィラキシーが起こることもある。

アナフィラキシー反応は卑劣だ。平均して、毎年百五十人のアメリカ人を死に至らしめている。アメリカでは、最も一般的な食物アレルゲンとして、牛乳、卵、ピーナッツ、木の実、魚、貝類・甲殻類、大豆、小麦の八品目が正式に分類されている。これらの食品が、アメリカで見られるアレルギーの九〇パーセント以上を占めるが、これまでに知られているアレルゲンはぜんぶで約百六十品目ある。とうもろこしと胡麻の二品目が、このところ患者が増えているアレルゲンだ。あまり知られていない食物アレルゲンに、バナナ、ズッキーニ、じゃがいも、えんどう豆、七面鳥、そしてーーやや異国的に思えるがーーアヴォカドがある。アヴォカド以外はすべて、ベビーフードとして普及している。ベビーフードメーカーのガーバー社は、アヴォカドペーストのレシピにも取り組むべきかもしれない。

アレルギーを起こしやすい体質には遺伝的な特性が関係しているかもしれないが、個々のアレルギーはまた別だ。父はアレルギー持ちだったが、成長とともにほとんどすべて克服した。わたしの場合は、そうはなっていない。父は茄子を食べると喉がかゆくなると言うが、家族はひそかに、茄子が嫌いなだけではないかと考えている。母は子どものころじんましんを経験しているが、特定の食物アレルギーと診断されたことは一度もない。妹が持っている食物アレルギーは、タロいもだけだ。ハワイでポイ*を味見したときに発症したので、食生活からタロいもが失われても悲しくは思わなかった。

*蒸したタロいもをペースト状にして発酵させたハワイの伝統的な主食

アレルギーの世界には、あいまいな領域がたくさんある。セリアック病はしばしば小麦アレルギーと混同されるが、実際には小腸の自己免疫疾患で、グルテン抜きの食生活が必要になる。症状が重い場合は、ほんのわずかでも摂取してはいけない――つまりセリアック病の患者は、命取りとなる食物アレルギーの患者と同じように、数々の社会的な問題に直面する。

さらに、食物への不耐性も、多くの人に見られる。特に目立つのが乳糖だ。ウェイターやパーティーのもてなし役と話すと、これを〝食物アレルギー〟と言う人があまりにも多いが、アレルギーではない。乳糖を分解する酵素が欠けていて消化できずに、お腹が痛くなるのだ。

乳製品にアレルギーがあると言いながら、あとでお腹にガスがたまったり胃が痛くなったりしても我慢するからとチョコレートチップクッキーを好きなだけ食べる人を見ると、正直わたしは苛立つ。そんなことをされると、わたしたち全員が信用されなくなる。食物アレルギーを持つ人たちが〝本物のアレルギー〟という言葉を使うようになったことには理由がある。食物アレルギーと診断された人は何百万人もいる。しかし何がその原因なのか、どう制御し、治療すべきなのかについての医学的な理解は、腹立たしいほど不完全なのだ。

アレルギーの謎は、古代からあった。紀元前六世紀から前四世紀までに、コス島のヒポクラテスを始めとする医師たちが、迷信を排して医学を科学として扱い、『ヒポクラテス全集』という六十余りの論文を編纂した。全集は、〝何よりも害を成すなかれ〟と書かれていることで有名だ。これはよく「ヒポクラテスの誓い」の引用として語られる（が、訳書のなかで、実際にその言葉があるのは全集中の別の論文「流行病」のほうだ）。

教科書、講義録、哲学小論の集大成のなかに、こんな所見がある。チーズを食べても〝まったく害がない者がいる……［一方で］ひどく体調を崩す者もいる〟。多くの科学史家は、これがアレルギーを認識した最初の記録だと考えている。続く長い一節で、チーズが苦痛の直接の原因ではないことがはっきりする。チーズは腐っていないし、汚染もされていない。特定の体が、固有の自滅的な反応を示す。チーズに〝敵対的な体質〟というわけだ。

次世代の医師たちはその所見に興味をそそられたが、その現象の生理学的な本質に的を絞った研究はほとんど行われなかった。一六四九年生まれのイギリス人医師、サー・ジョン・フロイヤーはその例外だ。フロイヤーは、喘息患者の呼吸を苦しめる食物と粉末と蒸気を、ていねいに一覧表にまとめた。

とはいえ、それで名を成したのではない。フロイヤーの名が記憶されているのは、セーラ・ジョンソンという女性に、腺病と診断された幼い息子サミュエルをアン女王のもとへ連れていくように勧めたからだ。この病は、かつては王が触れれば治るとされていた。のちに〝文壇の大御所〟となるサミュエル・ジョンソンの人生にとって、この体験は大きな意味があった。フロイヤーは、文学者の人生を方向づけただけでなく、脈拍を健康に欠かせない指標と考え、脈拍を測る時計を発明した。しかしアレルギーについては、まだその現象を表す名前さえなかった。

一九〇六年になってようやく、天然痘と結核の研究に取り組んでいたオーストリア人医師クレメンス・フォン・ピルケが、〝アレルギー〟という用語を案出した。ギリシャ語の〝異《アザー》なる〟と〝エネルギー〟を組み合わせたこの言葉は、独自の理論を構築するきっかけとなった。実験中に観察されたいろいろな症状――たとえば浮腫やじんましんや嘔吐――は、じつは、免疫システムが起こす一貫した生体反応である、という理論だ。摂取した異物に対する過敏症で、それは実験を続けると増大した。ピルケの洞察を、同業の科学者たちみんなが歓迎したわけではない。むしろ正反対だった。ピルケは、いまで言うブランド認知のための闘いを始めた。

著名なフランスの生理学者シャルル・リシェは、自分が一九〇二年につくった〝アナフィラキシー〟という言葉（大まかに訳せば〝逆方向の防御〟という意味）がこの問題を充分に説明しているという理由で、〝アレルギー〟という言葉を公に退けた。さらにリシェは、アナフィラキシーの研究で、一九一三年のノーベル生理学・医学賞を受賞した。アナフィラキシーは、たんぱく質、コロイド、毒素などにより、生体に起こるなんらかの過敏性の反応と定義された。リシェは超感覚的知覚とオカルトの専門家でもあり、〝エクトプラズム〟や〝心霊研究《メタサイキクス》〟という言葉もつくり出している。また、動物が身震いで体温を調節していることも発見した。

こういう職業上の縄張り争いがキャリアについて回るせいか、ピルケは常に名声には一歩及ばない場所にいた。さらに、もうひとりのフランスの科学者、シャルル・マントゥーがピルケの研究を使い、結核への感染を調べる効果的な方法を開発した。この方法は、マントゥー検査として速やかに知られるようになった。ピルケは五回ノーベル賞候補になり、五回受賞を逃した。

〝アナフィラキシー〟という言葉は、体の機能が停止する反応の全体像をとらえていることもあって、現在でも使われている。しかし、ピルケのオーストリアの病院での――さらにはパリ滞在や、メリーランド州ボルティモアのジョンズ・ホプキンス大学の教授職で補われた――研究は、侵入した物質である抗原ではなく、患者の抗体に集中していた。ピルケは、症状の原因は患者自身の体にあるという主張によって、ルドヴィク・フレックやカール・ヴァイゲルト（アナフィラキシーをヒンズー教の自己犠牲の神にちなんで〝シヴァ効果〟と呼んだ人）などの重要な世代の医師たちと並び称されることとなった。アレルギー反応がどういう形を取るか――最初の曝露《ばくろ》のあとに潜伏期間があり、何回かの曝露でそれが短くなって、さまざまなアレルゲンに対するさまざまな症状として現れる――についての重要な理解の多くは、ピルケの発見によるものだ。

一九二〇年代までには、〝アレルギー〟と〝アナフィラキシー〟の両方が学術書に使われ、一般的な用語としてはついに前者が後者をしのぐようになった。しかし、職業上の成功も、個人的な絶望は癒せない。一九二九年、クレメンス・フォン・ピルケと妻マリアは、青酸カリを使って自殺した。晩年ピルケは、死亡者数と暦日との関連の研究に、高度な統計分析を使っていた。それは現在、〝季節の〟病と認識されているものの基礎となった。たとえば花粉症、そして鬱病もだ。

ピルケは二月に毒を飲んで亡くなった。そのわずか九カ月後の一九二九年十一月、アメリカで新しい雑誌《ジャーナル・オヴ・アレルギー》が創刊された。

アレルギーという現象への科学的な興味は、一般的な名前とともに根づいてきたが、それがすぐさま医学的な理解へとつながったわけではなかった。一九四〇年代から五〇年代初期には、医師たちは偏頭痛から大腸炎、多発性硬化症に至るさまざまな病を、アレルギーという悪玉のせいにしていた。アレルギーは花粉症や喘息とともに、進む都市化の共犯者だった。医師たちはアレルギー患者に、〝新鮮な空気〟を吸うようにと指示した。患者は、豚草《ぶたくさ》の生い茂る野原でのピクニックに送り出された。雑誌広告では、朝鮮朝顔の葉でつくった煙草を吸うように奨励された。〝悪魔のトランペット〟とも呼ばれる、乾燥させた幻覚剤だ。

この時代には、いくつか重要な技術的・理論的進歩があった。最初の抗ヒスタミン薬のひとつ、ジフェンヒドラミンが、一九四三年にシンシナティの化学工学者ジョージ・リーヴェシュルによって発明され、一九四六年に食品医薬品局に処方薬としての使用が承認された。のちにファイザー社が、その薬をベナドリルという名前で商標登録した。現在は、ジェネリック医薬品の形でもたくさん出ている。ヨーロッパでも同じ目的の研究が進み、製薬会社は抗ヒスタミン薬を市場にあふれさせた。抗ヒスタミン薬は、ヒスタミンの受容体部位を遮断することで、直接アレルギー反応に作用する。発作の症状を抑えるのに役立つ鬱血除去薬の錠剤と組み合わせて処方されることが多い。

今日、そのほかに入手できる経口薬には、ロイコトリエン受容体拮抗薬（ヒスタミン以外の炎症媒介物質を攻撃する薬）モンテルカストナトリウムもある。これはシングレアという名前で販売され、おもに慢性喘息の治療に使われている。進行中の発作でのみこむ力が妨げられている場合には、噴霧器を使って水薬を霧状にして吸入する。

きわめて深刻な発作があれば、患者はエピペンかツインジェクトの注射器でエピネフリン（アドレナリン）を自己注射することもできる。そのあとはすぐに、医師の診療を受ける。アナフィラキシーを起こす可能性があると診断された人は誰でも、常に注射器を持っているべきだ。ファッションに敏感な人向けにデザインしたバッグをつくればよく売れるだろう。母親がアレルギーのある息子のために買う場合には、タンポン入れに似ていないものがいい。

一九四〇年代には、初めて正式な〝アレルギー科〟がロンドンのセントメアリー病院内につくられ、免疫療法注射の分野の先駆者ジョン・フリーマンがその長となった。フリーマンと同僚のレナード・ヌーンは、花粉アレルギーをモデルに使い、〝ヌーン単位〟、つまり一ミリリットルあたりの重量で計測された抽出物として既知のアレルゲンを定期的に皮下注射で投与すれば、患者を減感作できるという仮説を立てた。今日、注射は花粉、ペットのふけ、および虫刺されアレルギーの治療法として、食品医薬品局に承認されている。わたしは長い年月をかけて、〝きょう注射を受けたよ〟ステッカーを七百八十二枚集めた。ニュー・キッズ・オン・ザ・ブロックのメンバーの写真が使われたシリーズもすべて持っている。食物に対する過敏性の緩和に大いに成功したわけではなく、一部の専門家は総じてその効果に疑問をいだいているが、現在も注射は、アレルギーを持つ子どもに対する最も一般的な治療法のひとつだ。

六十年のあいだに、変わったことがたくさんあれば、変わらないこともたくさんある。一九四六年にセントメアリー病院を訪れた患者は、一九八六年にわたしが受けたプリックテストと基本的に同じものを受けていたのかもしれない。プリックテストは、その名前からも推測できるように、とても手軽な診断法だ。専門家が、患者の背中か前腕の皮膚を格子状に分けて、細い外科用ナイフで小さな傷をつけていく。次に、その傷に、検査すべきアレルゲンの抽出物を塗る。一定の待機期間後、皮膚に発疹やじんましんなどの反応が現れているかを調べる。腫れが大きいほど、アレルギーも重いが、取りこまれるアレルゲンが微量なので、通常は蚊に刺された程度以上に深刻なことにはならない。

いくつかのきわめて簡素な抗ヒスタミン薬と同じく、この方法は現在でも引き続き使われている。簡単に実施でき、比較的費用が安く済み、すぐに結果がわかるからだ。しかし、それはかなりショックな経験でもある。うつぶせになって、背中に焼けるように熱い腫れが広がるのを感じながら、かゆいところをかくのを禁じられ、お医者さんが「おやおや、そこを見てごらん。そっちの、そこだよ」と言うのを聞いているほどつらいことはない。

負担が少ない診断法の選択肢を患者に与えるため、一九七四年、スウェーデンの研究所はRAST（放射性アレルゲン吸着試験）を商標登録した。これは血液サンプルを調べて、特定の免疫グロブリンE抗体の存在を見つける方法だ。数値データは、アレルギーの存在だけではなく、重症度も示す（と考えられた）ので、科学者たちは、レベル1、レベル2などに分類し、IgEの出現率に応じて割り当てるようになった。RASTはかなり費用がかかるが、アナフィラキシー反応を起こす可能性のある患者や、湿疹などで皮膚試験に向かない患者にとっての標準的な診断法となった。問題は、RASTや最近の免疫測定法が、便利ではあるものの、偽陽性を生じることだ。わたしは何度かRASTを受けたなかで一度、米とパイナップルの両方にアレルギーがあると診断された。これまで、食べても反応を起こしたことのない必需食品だ。

結局、食物アレルギーは、経口食物負荷試験で確かめるしかない。これは、ほんのちょっぴりその食物を食べてどうなるか見てみることを、もっともらしく表現した言葉だ。医療処置として食物負荷試験を行うには、手順がある。診察室で行われる単盲検法あるいは二重盲検法では、アレルゲンを〝安全な〟食品に混ぜて、患者の目から隠し、ほんとうに〝安全な〟食品と対にして――プラシーボ（偽薬）効果を試験するため――患者の反応を観察する。

多くの医師は、そういう正式な試験方法の有効性に疑問を唱えている。単盲検法をうまくやるには、医者がじょうずに演技して、身ぶりや一連の質問でどちらのひと口にアレルゲンが含まれているかを患者に悟られないようにする必要がある。アレルギー専門医は患者、特に幼い子どもをだますのに慣れていない。二重盲検法は、食品サンプルをつくる第三者の介在が必要で、予備作業とそれに続く観察によって、それぞれの試験が六時間にも及ぶことがある。多くの家族にとってこれは現実的なスケジュールではないし、医者にとっては金銭的な損失になる。ほとんどの健康維持機構（HMO）は、試験にどれだけ時間がかかっても一回の〝予約〟と見なし、それに応じた支払いをするからだ。

したがって、ほとんどの家族は家で試験をすることになる。一度にひと舐め、ひとかじり、スプーン半分。以前、わたしがある人にその手順を話していると、耳慣れない言葉を聞いたその人が、わたしをさえぎって尋ねた。「食物負荷試験《フードチャレンジ》？　サンドラ対ピーナッツの戦い、みたいな？」

そうかもしれない。わたしはずっと、ロシアンルーレットに近いものと考えていたけれど。

第二章

なんとか生き延びた子ども時代

母は一度ならず言ったものだ。「あなたを育てるのは、フルタイムの仕事だったわ」医者たちは、わたしに複数の食物アレルギーがあると診断するとすぐ、原因物質のリストを絞りこむよう母に命じた。わたしの母は、実験室の科学者。それは、アレルギーを持つ子どもの親が就くべきたくさんの臨時職の一番めだった。

わたしが生後五カ月のとき、母は命令に従って、アイスクリームを試験的にほんのひと舐めさせてみた。アイスクリームをもらったあと、大声で泣きわめく子どもはあまり多くない。母は、瞬く間にわたしの泣き声がかすれていくのを聞き、喉が腫れるのを見た。そして、初めて子どもを持った母親なら誰もがつくる泣き声の辞書に、その声を加えた。お腹が空いたとき、かまってほしいとき、疲れきったとき、おびえているとき、そしてこの、気道がふさがっていくときの泣き声。

反応時のそのほかの語彙は、少しずつ増えた。わたしはよく、最初のうちは発作に気づかないふりをした。自分が何か間違ったのではないかと思って恥ずかしく、あとの騒ぎが怖かったからだ。しかし喘息が起こって、ぜいぜいと音を立てて息をすればばれてしまう。口の奥がかゆいとき、わたしは〝ロンロン〟という奇妙な音を立てた。舌で口蓋を何度も打つ大きな音で、いまでもやっている。無意識のうちに、四、五回続けさまに音を立てるのだ。母はこういう警告信号に注意するようになった。ときには、わたしが自覚する前に気づくこともあった。

わたしが十歳のころのある晩、母はひそかに、品薄なフライシュマンのひまわり油マーガリン（無塩のスティック状のみ――レギュラーや〝ライト〟、カップ入りはだめ）を、新発売のどこにでもある乳製品抜きのマーガリンと取り替えた。買い物に行くたびに、三カ所の食料品店の隅から隅まで探すのに疲れたからだ。わたしは、マッシュポテトがいつもより少しなめらかで黄色っぽいことに気づいたが、じゃがいもの品種がラセットかユーコンゴールドかの違いだろうと考えた。最初のふた口ほどで、母がこちらをじっと見ていることに気づいた。「マッシュポテト、だいじょうぶ？」母が尋ねた。

「うん」わたしは答えた。「どうして？」

「だって、唇がかゆいときのように、口をこすってるから」（わたしの母は、探偵）

〝ロンロン〟という音とベナドリルのあと、わたしは眠ってそれを直し、母はまがいもののひまわり油マーガリンをごみ箱に捨てた。翌日、母は買い物リストを取り出し、ふたたび書き加えた。〝フライシュマン、無塩〟

食道系に反応が起こったとき、わたしは胸に〝あぶく〟がわいたという言葉でしか、炎症を表現できなかった。わき上がってふくれ、波となってはじけるような圧迫感の頻度と強さを、ベナドリルが有効かどうかを判断できる医療情報に変換しなければならなかった。「重症です」母が焦って苛立ち、電話でカイザーパーマネンテ*の看護師に訴えていたのを憶えている。「娘は、あぶくが大きくなってきたと言っています」

母はしょっちゅう、心配そうに電話をかけていた――HMOでなければ、父親か兄に。どちらも医者だった。わたしの祖父は、アメリカ航空宇宙局の宇宙計画に協力する海軍士官でもあった。ストイックな人たちの治療に慣れていたので、最初はわたしのアレルギーの重症度に疑問をいだいていた。祖父母の家を訪ねるようになった最初のころ、わたしはカッテージチーズのボウルに指を入れてから、頰に触れた。すぐに、じんましんの線が浮かび上がった。それ以来、祖父は信じるようになった。

学校の職員と教師に、信じない人がまったくいなかったのは幸運だった。あるいは、疑っていたとしても、訴訟が恐かったのかもしれない。彼らは積極的に助けてくれた――とにかく、同意書の提出が先だ。〝正副二通でお願いします〟毎年、ベナドリルと、吸入器、エピペンについての同意書が作成され、さらに校外学習と、アレルギー注射、カフェテリアのテーブルがきれいなうちの早めの昼食についての覚書が交わされた。毎年、少しずつ異なる版に、正確な文言と、新たな署名が必要だった（わたしの母は、顧問弁護士）。

わたしが学校に通い出すと、母は電話をかける側から、受ける側になった。それもひっきりなしに。昼食の手順を作成したあとでも、いろいろな場面で食物は姿を現す。二年生のお話の時間には、ドクター・スース＊＊の本を読みながら、緑色のハムエッグをつくった。図工の授業では、素材として貝殻型や車輪型のパスタを使った。世界の歴史では、スペインの探検家について勉強しているのだけど、わたしが食べられるタコスはあるのだろうか？　野外研究の日には、屋台のファンネルケーキを食べてみてもいいのだろうか？

　母は遠くから見守ろうとはせず、堂々と校外学習についてきた。それでも事故は起こった。小学校の児童三十人で、日本風ステーキレストラン〈ベニハナ〉に行って昼食を食べたとき、わたしは母のところへ走っていって、こう伝えた。「わたし、ステーキが食べられるのよ！」

「どうしてわかるの？」母が訊いた。

「さっき食べたもん。ひと口だけ。もう少し食べていい？」

　混雑する鉄板焼きテーブルで、わたしはチキンではなく照り焼きビーフを一人前、さいの目に切ってもらっていた。わたしは生きてこの話を伝えられただけでなく、ステーキが食べられたというこの上ない幸せなひとときを過ごせた。ただのまぐれだと感づいていた母は、特別な家庭料理を

＊ＨＭＯに分類されるアメリカ最大のマネイジドケア運営組織で、保険、病院、医師の各サービスを提供する

＊＊本名シオドア・スース・ガイゼル。アメリカの絵本作家。『緑色のハムエッグ』は代表作のひとつ

出されても、ほかに食べるものが何もなくても、二度と口にしてはいけないと命じた。めったにそのアレルゲンにさらされたことがなくても、わたしのマスト細胞はほどなく牛肉をとらえてしまった。反応が始まり、急速に悪化していった。一九九一年はわたしがヒレ肉のステーキを最後にかじった年となり、そのあとは一時間にわたって〝ロンロン〟という音を立てながら、カウチの上で丸くなっていた。

広範囲にわたる問題――さまざまなアレルゲン、アナフィラキシーの危険、曝露の繰り返しで新たな過敏性を示す可能性――が考慮され、わたしのアレルギーは障害と認定されている。わたしは、一九七三年制定のリハビリテーション法第五〇四条と、一九九〇年制定のアメリカ障害者法の保護下にある。もし、学校がわたしの食物アレルギーの管理を怠っていると両親が判断すれば、法的手段をとって、拘束力のある〝五〇四プラン〟の実施を求めることができる。そこには個別の保健計画（ＩＨＰ）も含まれる。わたしの自己管理能力の評価から、アレルギーと発作の症状の列挙、安全な代替食物の提示まで、すべてが網羅される。学校じゅうに、〝深刻な食物アレルギーに配慮を〟というビラを貼るよう求めることもできる。バスの運転手に（名指しで）、学校に着くまでものを食べないよう指示することもできる。

言い換えれば、鉈《なた》で蠅を打つことを許されたようなものだ。しかし、何かあるたびに五〇四プランを適用するのはやりすぎだし、ただの一回が重大な事態になることもある。わたしが子どものころ、食べ物がほかのみんなに渡されるとき、わたしへの〝対応〟は、その食べ物が渡されないよう教師が気をつけることだった。ほんとうの対応は、それに似た代わりの食べ物を出すことだが、わたしは決まり悪くて頼めなかった。

とはいえ、もし渡された食べ物が、その日の主要な食事だったとしたら？　クラスに、家では何も食べさせてもらえず、そういうスナック菓子を主食にしている男の子がいたのを思い出す。無料または減額で給食を受ける生徒にとって、皿のなかで食べられるものがそれだけだからといって、オリヴァー・ツイストのような気分にならずに粥のお代わりを頼み、手助けを受けるのはかなりむずかしい。五〇四プランは、外部からの助力を与えてくれる。

しかし、安全ネットを織り上げるには、たくさんの煩雑な手続きを必要とする。標準的なＩＨＰにはＡからＯまでの項目があり、そこには参加団体のリストや、医師の書状、実情の要約、細かい但し書きなどが含まれる。その計画が、責任についての不安をあおり、学校関係者の反感を買うかもしれない。ほとんどの子どもにとっては、緊急時行動計画（ＥＡＰ）で充分だろう――あまり形式張ってはいないが、それでもさまざまな危機に焦点を当てた有益な文書になっている。最も一般的なものは、食物アレルギー・アナフィラキシーネットワーク（ＦＡＡＮ）が推奨する書式を使っていて、ＦＡＡＮのウェブサイトから無料でダウンロードできる。

学校を卒業して何年もたち、コーヒーを飲みに実家を訪れたある日、わたしは母にＥＡＰの写しを見せた。子どもの顔写真を貼る四角い欄と、アレルギー反応によって悪化する喘息の有無のチェックボックスもある。ステップ1では〝治療〟が詳細に説明されていた。さまざまな症状に応じて、エピネフリンあるいは抗ヒスタミン薬を投与するかどうかを確認できる選択肢が並べられ、投与量を記すための余白もある。ステップ2の〝緊急電話〟では、医者の領域と親の領域が示され、補遺として〝子どもに投薬することや、医療施設に連れていくことをためらわないでください！〟と書かれてあった。書式には、エピペン使用の訓練を受けた学校職員三人の名前を書く欄があり、スタッフが誰も見つからなかった場合に備えて、注射を打つ方法がイラストで示されている。

母は、大きな余白とボールド体の活字、エピペンを使うときどちらを外すかを示す矢印をじっと見つめてから、首を振った。

「ええ、何もかもが新しいわ」母が言った。「これがあったら、よかったでしょうね」

こういう標準化された計画ができるおもな原動力となったのは、一九九二年に児童と青少年を対象に行われた、死に至ったか死の危険があった食物によるアナフィラキシーの研究だ。ここでは、死に至った発作六例のうち四例が学校で起こったことが示されていた（一方、死の危険があった七例は学校以外で起こった）。言い換えれば、アレルギーを持つ子どもたちは、学校環境というとりでのなかで、命にかかわるアレルゲンからある程度守られているのかもしれない。しかし、ひとたび曝露が起こると、教室のお役所的な意思決定（ベナドリル、それともエピペンを与えるのか？

ベナドリルは一錠か二錠か？　教師がエピペンを打つのか、それとも養護教諭が打つべきか？）が貴重な数分を、さらには命を失わせるかもしれない。実際、学校における死亡例のすべてでは、エピネフリン注射の明らかな遅れに関わっていた。遅れは最短でも二十分だった。平均すると、たいてい注射をするまで七十五分が経過していた。

二〇〇三年、カナダのオンタリオ州で、十三歳のサブリナ・シャノンが亡くなる事故があった。カフェテリアのフライドポテトに付着していた凝乳にアレルギー反応を起こし、そのあと学校の廊下で倒れたのだ。これも、ひとつにはエピネフリン投与の遅れが原因だった。母親のセーラ・シャノンは、学校でのアナフィラキシー反応への対処計画を法で定めることを求めて、活動を始めた。これが火つけ役となって、〝サブリナ法〟と呼ばれる法律と、同じ題名の胸の痛むドキュメンタリーがつくられた。

確かに、アナフィラキシーを起こす可能性のある子どもは誰でも、手の届くところにエピネフリンを用意して、いつどう使うのかをまわりの人に指示できるように教えられるべきだ。しかし幼い子どもたちは、その概念を理解できないかもしれない――あるいは、息ができずパニックを起こし、教えをすべて忘れてしまうかもしれない。さらに悪いことに、一部のアナフィラキシー反応（ある研究によると一九パーセントにもなる）は救急隊が到着する前に二本の注射を必要とする。保険が利くエピペンが一本五十ドルで、有効期限が一年と短いことを考えると、すべての子どもに二本持つよう求めれば、大きな金銭的負担を強いることになる。すべての学校の救急箱に、期限の切れていないエピネフリン注射器を入れておくべきだろう。救急箱は錠の下りていない身近な場所に置き、アレルギーを持つ子どもの必需品を補えるようにする。

最近明らかになってきたのは、教師たちがエピネフリン注射を打つ手段と許可を必要としていることだ。怖いのはわかる。注射をすれば緊急治療室へ行くことになる一方で、その代案は、ベナドリルを飲ませた子ども（吸入器に向かって喘ぎながら、自分はだいじょうぶだと激しく抵抗するだろう）を保健室に寝かせておくことなのだから。しかし、エピペンに含まれるエピネフリンの副作用は、たいてい震えか吐き気、軽い頭痛くらいで済む。アナフィラキシーの副作用は死なのだ。

豊富な経験を持つわたしの母でさえ、エピペンを使うべきときに使わなかった無数の機会を思い出して、ため息をつく。

「あなたはとても幸運だったわ」母は言う。「わたしたちはとても幸運だったのよ」

高校に通い始めたころには、どうにもイメージのわかない食べ物が、ますます気にかかるようになっていた。たとえば、チーズケーキ。ケーキはチーズ味であるはずがない。チーズはケーキにしてはいけない。正直に言うと、チーズの味を知らなかった。友だちのパーティーでいつも出る、砂糖衣たっぷりのふわふわした卵入りミックスケーキみたいなものも、一度も食べたことがなかった。

だけど、室温で出される凝乳ですって？　上に桜桃《さくらんぼ》を飾って？　まるでモロー博士の島＊で出されるデザートみたいだ。

だから、友人と一団になってチーズケーキづくしのメニューで有名なレストランに入ってしまったとき、面倒なことになるのはわかっていた。わたしたちは合唱団としてニューヨークへ旅行し、カーネギーホールで歌う予定だった。母の教えが頭のなかに響いた。〝すりに気をつけなさい。スカートをはいて歩道の鉄格子の上を歩かないようにね。いつも薬を身に着けてるのよ〟

〝ひとり最低十五ドルかかるレストランには入らないように〟もつけ加えるべきだった。メニューのなかに、わたしが食べられるものはひとつもなかった。わたしはルートビアを頼んだ。

「ルートビア・フロートのことですね」ウェイターが言った。

「いいえ。アイスクリームは食べられないんです。ただのルートビアをもらえますか？　それと、どこのブランドですか？」

「A&Wです」

「そう」確か、A&Wのルートビアは泡がよく立つように、卵白を使っている。「それなら、コーラだけで」

＊H・G・ウェルズのSF小説『モロー博士の島』の舞台

ウェイターがメモ帳の上からわたしをにらんだ。「それでは足りません」

「その子のことはかまわないでよ」リズが言った。「ほかのみんなが注文するから」

「まったく」別の誰かがつぶやいた。「ちゃんとお金は入るからだいじょうぶだよ」

わたしたちは、都会をわが物顔で歩く十五歳の集団だった。エンパイア・ステート・ビルディングでは、三年生のテノールの子が、展望台からものを落とすと、ものすごい加速がついて、下を歩いている人に当たれば頭蓋骨に穴があくと言い出した。わたしたちはとりあえず一セント銅貨を放り投げた。歩道に向かって落ちていく、小さな爆弾。わたしたちは反乱分子だった。

ウェイターは他の十人分の注文をとったあと、ボールペンで耳の後ろをつつきながら立ち去った。わたしは格子模様のリノリウムの床を靴で前後にこすった。決められた舞台衣装にすでに着替えていたのはわたしだけだった。白いボタンダウンのシャツ、黒いスカート、黒いタイツ。ハンドバッグには、エピペンと吸入器、ティッシュペーパー、ベナドリル六錠。黒いハンドバッグを選び、舞台上で指揮者に気づかれないことを願った。カーネギーホールでパルメザンチーズが待ち伏せしている可能性は低かったが、母に約束したからだ。

ウェイターが十枚の皿と十本のフォーク、溶けかかった氷の入ったコーラを持って戻ってきた。グラスがわたしの前にどんと置かれると、コーラがテーブルにこぼれた。

「ナプキンをもらえますか？」わたしは訊いた。

「友だちから一枚もらいなさい」ウェイターが言って、顔をそむけた。「ナプキンがつくのは料理だけです」

ウェイターが行ってしまうと、友人たちがその無礼さに腹を立てた。誰かが、食い逃げしようと言った。別の誰かは、支配人に話そうと言った。自分たちの力に酔い、チーズケーキをたらふく食べた友人たちは、ウェイターへの罰を決めた。チップを払わないことにしたのだ。

六時になったので、ホテルに戻って舞台衣装に着替える必要があった。ふたりのジェンたちがテーブルにお金を置いた。「走っていって、着替えなきゃ」別の女の子は、付き添いの母親と待ち合わせをしていた。同室のアルト三人も出ていった。ソプラノたちも続いた。最後までテーブルに残ったのはわたしだった。

ウェイターが、現金の山にさっと手を伸ばした。わたしを横目で見ながら、声をあげてお札を数える。

「チップはどこです?」

「その……」わたしは身をこわばらせた。「みんなは、あなたにあげたくなかったみたいですよ」

ウェイターは、よごれた十枚の皿を、騒々しい音を立てながらプラスチックの洗い桶に放りこんだ。それから桶を持ち上げて、両開き戸の向こうへ突進し、耳慣れない言語で悪態をついた。厨房から、洗い桶を床に投げつけるがちゃんという音が聞こえた。そのときになってようやく、わたしは十分前にすべきだったことをした。走ったのだ。

わたしはずっと、用心深く従順な子どもで、アレルギーのせいであまりえり好みはできないのだと考えてきた。けれど高校へ進むころには、反抗する気満々だった。ふつう十代の反抗は、ビールをちびちび飲むとか、『デイズ・オブ・サンダー』を観ながらこっそりボーイフレンドといちゃつくとか、その手のことだ。しかし、わたしのクーデターは、スプーン一杯のえんどう豆という形を取った。

わたしは、居間のくつろぎの場であるL字型ソファーの左端に座っていた。何年ものあいだ、わたしの決まった席は、右端の特等席だった。脇テーブルが大きく、窓に近い。しかし、幼い妹がマカロニチーズを食べるようになって、家具のその部分が汚染されてしまった。いじくり回された数えきれないほどの熊型パスタの幽霊が肘掛けに取りつき、そこに座るたびに、残った乳製品のせいで涙が出てきた。場所を替わるしかなかった。

「何年も、違う角度からテレビを観てたのよ」わたしは母に泣きごとを言った。「首が凝っちゃうわ」

その晩の夕食は、焼いた鶏胸肉とワイルドライス、茹でたえんどう豆というよくある組み合わせだった。ソースなし、飾りなし、〝サンドラに優しい〟食事。義務として食べるべき野菜を口へ運んだとき、わたしは特にえんどう豆が好きではないことに気づいた。

むしろ、大嫌い。

えんどう豆が大嫌いでもいいんだ！

食べたものを嫌いだとはっきり言ったのは、物心ついてから初めてのことだった。わたしは食べ物を二種類に分けて考えながら育った——命に関わるものと、安全なもの。もちろん好物はいくつかあった（ベーコン、フライドポテト、鶏のスープに入っているアーティチョーク）。しかし、あからさまに〝嫌いなもの〟があるのは、ほかの人にしか許されないぜいたくだった。

家族に囲まれ、毛足の長いじゅうたんを敷いた確かな足場に立っていたわたしは、ほかのみんなと同じように、嫌いなものがあってもいいはずだと決めた。えんどう豆に対する反抗は、七年続いた。のちにはオクラ、雲丹《うに》、イスラエル・クスクス、赤玉葱を嫌うようになった。白状すると、いまでもメニューに載っている何かを傲慢に断ることには少しわくわくする。

えんどう豆をライ豆に取り替えるだけで、わたしの問題がすべて解決できればよかったのだが、そうはいかなかった。三年のあいだにわたしは、人を喜ばせるのが好きなかわいい子どもから、脂染みた髪と汗だらけの腕をした気むずかしい小娘になった。デニムのショートパンツを思いきりロールアップしていたので、ポケットの裏まで見えていた。ぱちんと音を立てて不機嫌さを示すだけのためにガムを噛んだ。

十五歳は、アレルギー治療の注射をやめた年だった。一連の新たな検査で、注射がわたしの過敏性にはほとんど効果を現さないことがはっきりした。これぞ、あらゆるティーンエイジャーが切望するものだ。ずっと権力者にだまされていたという疑う余地のない証拠。

「このふざけた十四年間、ふざけた注射をし続けたけど、なんの役にも立たなかったわ」わたしは友人たちに言った。実際には、おそらく注射は環境アレルギーの悪化を防いでくれたのだろうが、そういう微妙な面はわたしには無意味だった。ちょうど皮肉な言い回しを身につけたころで、可能なかぎり言葉に〝ふざけた〟を挟みこむ必要があったからだ。

わたしは、ありとあらゆる医者に無礼な態度を取るようになった。毎日吸入器を使わなくてはならないのを〝忘れた〟。しかられると、こうつぶやいた。「わたしの体でしょ」

予約した歯医者に連れていくため迎えに来た母が、歯を磨いたかと尋ねる。答えはいつも、主義に基づいた〝ううん〟だった。わたしの歯がどうなっているかを歯医者がほんとうに見たいのなら、自然な状態にある歯を見るべきだ。歯磨き粉を使って、いい子を演じはしない。

わたしは鼻持ちならない小娘だった。ティーンエイジャーだったのだ。

生きるか死ぬかの判断が、食物アレルギーを持つ若者たちの手にゆだねられている。ボルボのキーを十六歳の子に手渡せば、必ず事故が、あるいは悲劇さえもが起こるように……。食物によるアナフィラキシーの記録を調べたある研究では、ある年の死亡者の六九パーセントが十三歳から二十一歳の若者だった。

たとえば、ひとりの少年がバスケットボールの試合に出かけようとする。メッシュの短パンとTシャツという服装で、チェーンに財布と鍵をつけている。少年は考える。〝どこにエピペンを入ればいいんだ? どっちにしろ、何も食べないしな〟そのあと、選手たちは試合後のピザパーティーへと流れていく。少年は炭水化物が欲しくてたまらないし、友人たちに囲まれているし、ピザにアンチョビが絶対にのっていないことを確かめるようなおかしなやつにはなりたくない。だから、こう考える。〝かまうもんか、前にもピザを食べたことはあるさ〟そして、ひと口食べてしまう。

食物アレルギー・アナフィラキシーネットワークが後援したある研究では、重いアレルギーを持つ十代の若者集団の五四パーセントが、少なくとも少量のアレルゲンが含まれるとわかっている食物を、意図的に摂取していた。そのうち半数近くの少年少女が、〝おいしそうに見えたし、食べたかったから〟という理由を挙げた。

ほとんどの親たちは、自分の子どもがいずれ〝スーパーマン症候群〟にかかることを知っている。先ほどの研究によると、幸いにもたいていの十代の若者とは違って、アレルギーを持つ子は自分が弱いことを心得ている。だが困ったことに、多くはそれを気にしない——とにかく、アレルギーの子専用のランチテーブルに着いたり、友だちにエピペンの使いかたを教えたり、吸入器が入る大きなポケットがついたジーンズをはいたりはしない。同じ医師の一団が以前行った研究で、十代の若者たちに食物アレルギーとともに生きるうえでいちばんつらいことは何かと尋ねると、〝社会的な孤立〟だという答えが返ってきた。親たちは、〝死への恐怖〟が最もむずかしい問題だと話した。

　わたしは両方が心配だった。母が、医療警告ブレスレットを着けるように勧めたとき（「これまでよりずっとおしゃれになったのよ！」）わたしはあきれた顔をした。しかし、不機嫌な顔の下では、何年も前に聞いたあの栄養士の呪いを振り切れなかった。焼いた鶏肉と茹で野菜ばかりの食事にうんざりし、いつも用心しなければならないことにうんざりし、不完全でいることにうんざりしていた。注射はわたしを治してくれなかった。わたしは一生治らないのだろうか？　生き残れるようにはできていないのだろうか？

　一九九〇年代半ばのことだった。その後十年たってようやく、アメリカの心理学者の一団が、国立精神衛生研究所、統合失調症および鬱病研究のための全国連合（ＮＡＲＳＡＤ）、全米自殺防止財団の資金援助を受けて、アレルギーの神経精神的影響について一連の実験を行った。科学者たちは、ラットやマウスに花粉や鶏卵のアレルギーを起こさせた。それから、人間を無人のバスケットボールコートのなかに解き放つのと同じように、被験動物を〝広い舞台〟に置き、動きを追跡した。身体活動に制御を加えられた状態で、被験動物が思いきって中央に出ていく大胆さが判定された。すると、アレルギーを持つマウスは舞台の壁沿いに走るのを好む一方、正常なマウスは広い場所へ出ていこうとした。

　〝リトル・マウス〟というのは、中学校のときに先生がわたしにつけたあだ名だった。パンを食べるとき、わたしがいつも、卵が塗ってあるかもしれない耳を避けて、内側から外へとかじっていったからだ。リトル・マウスは成長して、死に対する感覚が過剰に発達した若者になっていた。わたしは、舞台の壁にしがみついている、心配性の動物だった。

神経質な十代の若者は、反抗的な若者と同様、めずらしくはない。しかしわたしの思春期には、ベナドリルという未知の要因、カクテルを毒に変えてもおかしくない物質が存在した。ベナドリルはわたしにとって表向きの救世主——病院へ行かずに反応を食い止められる唯一のもの——だったので、ありとあらゆる場所にしまってあった。ハンドバッグに少なくとも六錠、さらには母のハンドバッグ、自分のロッカー、車の小物入れにも。

ベナドリルの一日の安全な最大服用量は、三百ミリグラムだ。それ以上飲むと、耳鳴りや瞳孔散大、顔面紅潮、発熱、幻覚、けいれんなどを起こすことがある。商標に使われている明るく親しげな色合いのピンクは、その強力な効き目を正しく伝えてはいない。一錠飲めば、運転は禁止だ。ベナドリルの有効成分ジフェンヒドラミンは、眠気を催させることで知られ、ナイトールやユニゾム・スリープジェル、タイレノールPMなどの睡眠補助薬の有効成分でもある。

睡眠薬の誘惑を断とうとしている鬱状態の主婦を思い浮かべてほしい。彼女があらゆるポケット、家のあらゆる隅、玄関に置かれた小銭入れにまで、睡眠薬を見つけたとしたらどうだろう。図書館や映画や食料品店へ出かけようとするたびに、夫がこう念を押したらどうだろう。「おい、睡眠薬を持ったかい？　予備が必要じゃないか？　鞄にもう少し予備を入れたほうがいいかもしれないよ」

　ときどき友人たちは、もし自殺するのなら、誰よりもはるかにすてきな死にかたができるのはわたしだと冗談を言ったものだった。「チョコレートによる死！」みんなは叫んだ。「アイスクリームによる死！」確かに、簡単だろう。どこにでもあるようなキッチンに入っていけば、食べたら死んでしまうものを少なくとも十五品は見つけられる。流しの下にある配水管洗浄剤を探すまでもない。しかし、深刻なアレルギー反応――痺れた唇、腫れた喉、空気を求める死に物狂いの呼吸、激しいけいれん――を起こしたことがある者にとって、その感覚を進んで味わってみようという考えは、ばかげているとしか思えない。甘いものの誘惑など、忘れたほうがいい。誰も、自分の唾液におぼれて死にたくはないだろう。

　ベナドリルは違った。どんな味かはわかっているし（なんの味もしない）、どれほど簡単に一錠が喉を通るか、どれほどすばやく次の四、五錠が喉を通るか、どんなふうにして三十分以内に心地よくまぶたが重くなってくるかもわかっていた。不安だらけで睡眠不足で、緊張を強いられる高校に通うティーンエイジャーにとっては、それほど悪い死にかたには思えなかった。ときには、天国のようにも思えた。

　ある晩、わたしは自分の部屋にこもって、ふさぎこみながらニルヴァーナのアルバム『ＭＴＶアンプラグド』を聴いていた。両親はけんかしていた。わたしが好きな男の子は、わたしを好きになってくれなかった。まだ書き始めてもいない、あしたが期限の十枚のレポートがあった。わたしはハンドバッグの中身をあけ、下着の引き出しをかき回して、ベッドの引き出しに手を突っこみ、それぞれの包装をはがして、すべてのカプセルを並べた。二階を探してもいないのに、十四錠のベナドリルがあった。わたしは長いあいだそれを見つめていた。それからわっと泣き出し、CDラジカセのストップボタンを押して、居間へ歩いていった。すでにティーンエイジャーの気性に慣れていた母は、何も尋ねなかった。わたしたちは並んでソファーに座り、十一時のニュースを観た。

昔は、過剰摂取に惹かれるのは自分だけではないかと考えていた。成長して、アレルギーを持つほかの人たちに会うようになると、わたしたちはベナドリル所有者集団の会員であることについて、気の利いた冗談を言い合った。けれども、「で、ひとつかみをいっぺんに飲もうと考えたことはある？」とうまく尋ねる方法はなかった。

インターネットで検索ができる世の中になって初めて、そういう人たちが見つかった。高校のバスケットボール選手が、ベナドリルと消毒用アルコールを混ぜたものを飲んで亡くなった。長いあいだ病を患っていた子どもが、自分の点滴装置にベナドリルのカプセルの粉末を流しこんだ事件を受けて、〝小児科の静脈カテーテルの悪用〟に関する報告書が発表された。ほかにどれだけ多くの子どもたちが、永遠に世界とはうまくやっていけないのかもしれないと思いながら、ベナドリルを一錠、あるいは二錠、あるいは三錠飲んでいるのだろうか――結局、口の渇きと、翌朝学校へ行くために起きるのがひどくつらいこと以外は、何も起こりはしないのだけれど。

その晩、母はニュースが終わると寝てしまったが、わたしは続けて『ザ・トゥナイト・ショー』を観た。『ザ・トゥナイト・ショー』が終わると、『ザ・レイト・ショー』を観た。その次の深夜番組も観た。さらに、シェールが主演するテレビショッピングを観た。ついに翻るアメリカ国旗が映り、あらかじめ録音されたアメリカ国歌が流れたあと、放送終了の雑音が響いた。そのころには、目をあけているのもやっとだった。わたしは部屋に戻り、まっすぐ上掛けにもぐりこんだ。月と星が描かれたベッドカバーの足もとに並べた薬が、ばらばらと床に散らばった。

子どものころ、外食は家族の一大事だった。母はわたしよりわたしのアレルギーをよく知っていたので、注文は母がした。どれほど用心しても、発作で予定が狂ってしまう夜が何度もあった。母がベナドリルを取り出し、父が料理長を問いただし、そして――もし薬が効かなかったら――わたしの気道がふたたび開くまで緊急治療室のロビーで待っていられるような病院へ、車で向かう。「いいから息を吸って」ある日の外出時、父がわたしに言った。わたしは父の膝の上で丸くなり、美術展のチケットをむだにしてしまったことを何度も何度も謝っていた。祖父母とともに、数週間の旅行をする計画だった。「落ち着いて。いいから息を吸うんだ」

高校生になってからも、友人たちが催す夕食と映画の会では、いつも決まった三人組にそばにいてもらい、わたしが食べるものを管理し、何か間違いが起こったときに面倒を見てくれるよう頼んでいた。両親がいないときはフライドポテトを注文することもあり、学校の近くには一軒だけ——野菜と鶏肉の天ぷらを安心して食べられる日本食レストランがあった。しかし、それだけだった。ほかに、危険を冒すほどのものはなかった。

じゃがいもだけで四年間の大学生活を乗りきることはできない。だからわたしがヴァージニア大学構内の寮に入る前に、両親は学内のカフェテリアで使われるレシピの全リストを把握している監督者と面会した。「お嬢さんの世話はお任せください」彼女は約束した。

現実は、それほどうまくいかなかった。意を決して大食堂へ行き、給仕人がとうもろこしパンを配ったのと同じトングでわたしのとうもろこしを取るのを眺める。もはやバターミルク入りのパンくずで汚染されてしまった皿を見下ろし、首を振って、新しい皿を取り、もう一度初めからやり直す。建前上、大学は、夕食の時間ごとにアラマーク社から〝安全なたんぱく質〟が提供されると、両親に約束していた。その〝安全なたんぱく質〟というのは、完全に季節外れの鱈《たら》だとわかった。毎回、ふた切れの厚切りだった。

問題のひとつは、大食堂が三時間あいていたことだ。わたしがその日のいつ行くかは、職員にも本人にもわからない。ときには、魚を解凍して料理を火にかけるのをみんなが忘れていて、でき上がるまで二十分待たされたこともあった（大学に流れる時間のなかでは永遠に思える）。とはいえたいていの場合、魚は電子レンジで調理され、ラップに包まれ、わたしが来るまで少なくとも一時間は加熱ランプの下に置かれていた。ラップをはがすと、生ぬるく魚くさい汁がプラスチックのトレイに流れ出た。魚の身は、まるでゴムのようだった。

「うわっ」テーブルに着いた誰かが言う。「それはなんなの？」

気分がめいったのは、大食堂に入っていったとき、プラスチックのヘアネットをかぶった男性が、厨房に向かってこう叫んだ日だった。「おい、魚の女の子が来たぞ！」

わたしは代わりに白米を皿に盛って、サラダバーのひよこ豆を添えるようになった。しかしそれがうまくいくのは、ほかの学生たちが、注ぐたびにひしゃくからこぼれているかに思えるランチドレッシング*や、チェダーチーズのかけらで容器を汚染する前にたどり着けたときだけだった。そうなってしまったら、わたしの逃げ場は、ドライポップコーンのボウルだ。口のなかをすりむかないように、噛む前に舐めて湿らせる必要があった。アレルギーは、寮生活の食事で最高の楽しみのひとつ――〝夕食に朝食みたいなものを食べる〟――を奪い、つらい罰に変えてしまった。

こういう食事の苦難に向き合っていたわたしは、ときどき本日のお薦め料理に賭けて、まず〝サンドラに優しい〟かどうかを尋ねずにはいられなかった。大学一年の一学期、初めての週末に、遠くに住む恋人が会いにきてくれたとき、わたしは家から離れた生活にどれほどうまく順応しているかを見せて、感心させようとした。リゾットがおいしそうだと彼が言ったので、わたしは給仕人に何か乳製品を使っているかどうか尋ねた。使っていない、というはっきりした答えがあった。わたしは皿にどっさりと盛った。

「ここの人たちは、とてもよくしてくれるのよ」わたしは自慢した。どうしてリゾットを食べれば恋人を感心させられると考えたのかはわからない。もしかすると、鱈くさい息をしていたら、キスしてもらえないと思ったのかもしれない。もし、リゾットの定義として、米にチーズを混ぜてつくるものとはっきり書かれているのを知っていたら、近づきはしなかっただろう。しかし、リゾットという料理名を聞いたことがなかった。米のなかに野菜が入っていて、わたしがサラダバーで取っているものと変わりないように見えた。

わたしの舌は、別のことを語っていた。ひと口で、チーズの糸（米からフォークにまで伸びていたのがそうだったのだ）が、毒性の蜘蛛の巣を喉の奥に張った。わたしは水をごくごく飲んで、授業についてのんきにおしゃべりを続けながら、症状の重さを推し量っていた。恋人は、わたしの平然とした態度にだまされるほどばかではなかった。

「サンドラ？」彼は尋ねた。「だいじょうぶかい？」

＊バターミルク、サワークリーム、マヨネーズなどを使ったサラダドレッシング

こうしてわたしは、救急隊が、迅速な移動のために特別に設けられた近道を通れば、大学構内のどの建物にも十分以内に到着できることを学んだ。彼らは車椅子を運んできた。目がかすみ、頭はぼんやりしていたが、わたしは断った。車椅子でニューカムホールを運ばれていく姿を、人目にさらしたくなかった。

「いいから、車椅子を使えよ」恋人が説得した。しかしわたしは自分の足で歩いて食堂を出て、その後ろに恋人と四人の救急隊員が続いた。

「もっとゆっくり！」車椅子を押している隊員が言った。

絶対にいや。速く歩けば、みんなに救急隊員といっしょだと気づかれないで済むかもしれない。まるで、スコセッシ監督のスローモーションの追跡シーンを演じているような感覚だった。おそらく隊員はほんの三十センチ後ろを歩いていて、わたしが後ろへ倒れたらつかまえようと身構えていたのだろう。

次に起こった一連の事態に、わたしはその後の四年間で慣れっこになってしまった。しおれた鉢植えの椰子《やし》と古い《スポーツ・イラストレイテッド》が置かれたヴァージニア大学病院の待合室にたどり着く。六歳の息子が腕を骨折して一時間も待っている父親に、怖い目でにらまれながら、まっすぐ診察室へ入る――アナフィラキシーは治療優先順位の最上位に当たるからだ。あざになるのがどうしてもいやで静脈注射を拒否し、拒否したことでお説教を受ける。ベナドリルとジルテックを投与され、眠ることを許されないまま、救急用寝台に横たわって孤独で退屈な数時間を過ごす。恋人も、同じくらい孤独と退屈を感じながらロビーで待っている。カーテンの向こう側にいる男性は、脚の痛みについて泣きごとを言い続けていた。

次に食堂へ行ったとき、職員はわたしが注文する間も与えずに、魚の皿を差し出した。

わたしはときどき、食料品を買いにバスに乗ってスーパーマーケットチェーンのハリスティーターまで行った。しかし、食べ物を置いておく場所がないし、料理をする場所もなく、使えるお金もなかった。しかも、人生で初めて、自分の部屋で食事をしても乳製品の危険から守られない状態にあった。ルームメイトはモンタナ州出身の気のいい子で、ピザが好きだった。ときどき、ひと切れ食べながら電話で話すことがあった。わたしが同じ電話を使うと、たとえ数時間後でも、受話器に残った油で頬と顎一面にじんましんができた。

やむをえず、物の表面をきれいにしておくようにと説教をすることになった。どの寮でも、面倒なルームメイトを押しつけられる人がいる。同じ十八歳の相手に〝ベビー用ウェットティッシュ〟という言葉を使うつもりなら、事実を認めるしかない。自分がその面倒なルームメイトなのだと。

周囲のこういう受け止めかたを聞くたびに、母はわたしのためにひどく腹を立てた。ある朝わたしは、前夜、母の電話に出られなかった理由を説明していた。ルームメイトがわたしのベッドのそばにある電子レンジでバターポップコーンをはじけさせたので、しかたなく外へ出ていたのだ。母は、もっとはっきり意思を伝えるべきだと言った。「これは命に関わる問題なのよ。理解してもらわなくてはならないわ」

しかし、わたしはどうしても、口うるさい友人にはなりたくなかった。四年間の大学生活で、数えきれないほどアレルギー反応を起こしても、わたしだって、だらしないが栄光に満ちた、平凡なヴァージニア大生になれるかもしれないという夢を、決してあきらめなかった。

大学卒業後に週末の浜辺で、酔っぱらったハウスメイトたちは、〝ビア・ポン〟を〝ホワイトルシアン・ポン〟にして遊ぼうと決めた。ビールの代わりに牛乳とカルーアをプラスチックカップに入れ、ピンポン玉を投げ入れてしぶきを飛ばすゲームだ。わたしは反対しなかった。そばに立って参加者を応援し、何にも触れずに、うまくことが運ぶように願った。

一時間後、あまりにもたくさんの牛乳がはね散ったせいで、わたしはアレルギー反応を起こし始めた。いつものとおり、恋人に頼んで近くの緊急治療室まで運転してもらい、ロビーでじっと、ベナドリルが効いてくるのを待った。彼はゆったり腰を下ろして、ケーブルテレビを観ていた。わたしはそばのちくちくするソファーに横になって天井を見つめながら、落ち着こうとした。

もう誰かの膝の上で寝るには大きくなりすぎていた。もう「息を吸って。いいから息を吸って」と言ってくれる人はいなかった。包みこみ、守ってくれた家族という泡ははじけてしまい、わたしは自分の力で生きなくてはならなかった。

第三章

食べて、飲んで、気をつけて

あらゆる人生に、儀式はついて回る。伝統と祝いが、集団の一員であることを確かめ、日々の繰り返しに楽しみを与え、ひとつの段階から次の段階へ移ったことをはっきりさせてくれる。とはいえ現実には、十八歳の誕生会はわたしを大人にしてくれなかった。大学の卒業式も。卒業後初めて、父が連帯保証人になって賃貸契約を結び、アパートに引っ越したときも、わたしは子どもがおめかしして遊んでいるような気がした。

しかし、親友のクリスティンが結婚するのを知ったときは、鉄床《かなとこ》で頭を殴られたかのように、ようやく大人になったことを自覚した。ただの親友ではない、いちばんの親友だ――十年のつき合いがあり、わたしが高校時代の恋人のことで泣いたときはそばにいてくれたし、秘密めいたふたりだけの暗号で気持ちを伝え合いもした。友人たちの冷やかしの種だったあの自警消防団員が、いつかクリスティンの子どもの父親になる？　わたしはどうすればいい？

そういうわけで、〈セントマーテンカフェ〉のボックス席に座って、クイーンの『地獄へ道づれ』が流れるなかで、祝うことになった。四人の仲間が、金曜の夜、ヴァージニア州シャーロッツヴィルのコーナーに集まった。ヴァージニア大学の学部学生だったころよく訪れていた、バーが立ち並ぶ区域。学生たちが〈マーテンズ〉と呼ぶこの店は、あまり気取らず、きたなくもなく、常連客なら底に名前を刻んだマグをもらえるようなレストランだ。クリスティンはよく、バナナフランベのアイスクリーム添えを注文した。エリックとデイヴは、溶けたチーズの層に埋もれた山盛りのワッフル形フライドポテトが好みだ。わたしはみんなに一杯おごって役目を果たすつもりでいた。

みんなが食べ物を検討しているあいだ、わたしは飲み物のメニューがついたテーブルマットをじっと眺め、アイリッシュクリームやメロンリキュールやチョコレートの入っていない、〝サンドラに優しい〟何かを探した。店の名物メニューは、甘いもの好きな五歳の舌と、十五歳のユーモア感覚を持つ人を満足させる品揃えだ。そう言う以外、バターつき乳首《バタリーニップル》なるカクテルの名前を、説明しようがない。

「レモンドロップはどうかしら?」わたしは友人たちに尋ねた。ウォッカ、グラスの縁につけた砂糖、それにレモンひと切れ。甘くて、シンプルで、すごく効きそうだ。わたしは、そこそこお酒が飲めるように育った。母がかつてこう言っていた。「あなたが楽しめるものがひとつでもあって、とにかくうれしいわ」

ウェイトレスがショットグラスを四つ運んできた。ウォッカは少し濁って見えた。しかし先にレモンを搾るバーテンダーもいるし、わたしが質問をするあいだ、みんなを待たせるつもりはなかった。安いウォッカは、よく冷えているうちに飲まなければおいしくない。もう指で、みんなの小さなグラスの霜が溶けようとしていた。

「クリスティンと消防士ボブに！」四人は乾杯した。

翌日、わたしはバーに電話して、自分が注文したのはふつうのレモンドロップではなく、〝〈セントマーテン〉特製レモンドロップシューター〟で、ウォッカに少量のサワーミックスが加えられていたことを知った。市販のドリンクミックスには、化学部の学生に訊くか安いマルガリータを見ればわかるように、しだいに不気味に分離してくる成分が多く含まれている。つまり、牛乳由来のものがつなぎに使われているのだ。原材料の小さな文字のずっと下の、十五、六番めに書かれているかもしれないが、確かにある。

〈マーテンズ〉にいたときには、そんなことは何も知らなかった。わかっていたのは、飲み干したショットグラスをテーブルに置くとすぐ、食道が燃えるように熱くなったことだ。いったいどうして？　ウォッカ、レモン、砂糖。そのどれにもアレルギーはない。何を見逃したの？　誰かが飲んだバタリーニップルのせいで、グラスが汚れていたの？

こんなことが起こるなんて、とわたしは考えた。これはクリスティンのための夜で、シャーロッツヴィルに来たのは、心からの喜びを示すためだった。クリスティンの新生活に乾杯したあとで吐いたりしては、縁起がよくない。

わたしは何気ないそぶりで、席を立ちトイレに行った。独身お別れパーティーにふさわしい、ふたつに仕切られた暗い小部屋だ。状況をさらに悪くしたのは、いつものアレルギー反応のときとは違って、ひと口でやめておかなかったことだ。グラス一杯飲んだから、喉全体に行き渡ってしまった。数分後、わたしはよろけながらテーブルに戻った。

「あの、みんな」わたしは言った。「ちょっと助けてほしいの」

その晩はわたしがおごるはずだったが、膝に頭をもたせて外で待っているあいだに、誰かが勘定を払ったに違いない。わたしたちはデイヴのアパートまで、永遠に続くかに思える四ブロックを歩いた。エリックがおぶってやると言ったが、断った。病院へ行くのも断り、ベナドリル二錠が効くようにと祈った。

「もう！」わたしは重い足取りで歩きながら言った。「何も食べていないのに」

アパートに着くと、トイレに駆けこんだ。友人たちはソファーに座ってテレビを観ながら、順にわたしの様子を確かめに来た。その夜は一杯のカクテルから始まり、デイヴのトイレでうずくまって冷たいタイルの肌触りを愛でながら終わった。典型的な大学時代の飲み会だ。あいだの大量の飲酒はなかったが。

自分ひとりだったら、「バーテンダーに、材料を確認してもらえますか？」と言ったかもしれない。あるいは、試しにひと口飲んで、数分待ったかもしれない。でも、あれはただの飲み物ではなく、祝杯だった。疑問を口にしたり、ためらったりすれば、儀式をぶち壊してしまう。晩餐会に行って、もてなし役の料理に味見もせずに塩を振りかけるようなものだ。信用の問題なのだ。

儀式は、日ごろ自分に課している食物の制限を破らせてしまう。オクトーバーフェスト？　もちろんわたしも、ドイツの白ビール、ヘーフェヴァイツェンをピッチャー一杯飲んで涼むわ。郡の農産物品評会？　揚げオレオを持ってきてちょうだい。シーフード祭り？　ええ、確かに、十分で三ダースの牡蠣《かき》を飲みこむのは名案だわ。集団心理に動かされて消費の儀式に関わると、こういうことが起こる。

食べ物のなかには、とても大切な習慣とつながっていて、料理や取り分けが一日の中心になるものがある。スパゲッティーの月曜日。チリビーンズコンテスト。ドミノピザのデリバリー。わたしの両親でさえ、レンタルした映画を観る晩には、ピザを注文せずにはいられないことがあった。わたしは赤唐辛子を振るという神聖な役目を与えられ、この儀式を熱心に執り行ったので、きっと両親の口のなかをひりひりさせたことだろう。

とうとう母は、わたしの懇願に折れて、わたしだけの偽物の〝ピザ〟をつくってくれた。きちんとふくらんだクラストにはならない塩と水だけの生地に、缶詰のトマトソースと炒めた玉葱少々を重ねたもの。わたしたちは顔をしかめながら三切れ食べた。それはまずかったが、それよりもっとまずかったのは、キッチンの蛇口からお湯を注いで塩と胡椒を振り、暖炉のそばに座って飲んだ

〝スープ〟だった。もちろん、母はときどき鶏のスープをつくってくれたが、わたしはキャンベルスープの広告に登場する子どもたちのようなことがしたかった。天然調味料とたんぱく加水分解物を含む、クリーム入りなんとかスープを食べるふりがしたかった。みんなにとって〝おいしい〟ものが、わたしにとっては〝命取り〟であったとしても……。ふたさじも飲まないうちに、それがコマーシャルで見たものとはまったく違うことを認めるしかなかった。

わたしがこれまでにうらやましいと思った食の儀式はすべて、世俗的なものだ――大衆文化や生まれ育った土地、時代などで形づくられている。しかし、儀式が宗教的で、きびしく成文化されている場合、食物アレルギーやほかの食事制限を抱える人たちは、もっと深刻な疎外感を経験する。二〇〇一年ごろ、ボストンのローマカトリック教会が（ニューヨークの大司教区の賛同を受け）、米を使った聖餅《せいへい》は、小麦を使った聖体拝領《せいたいはいりょう》用聖餅の代用として許容できない――小麦を摂取できない人に対しても――という教令を発し、論争を巻き起こした。

聖体拝領の伝統は、〝最後の晩餐〟の物語に基づいている。イエスが使徒たちとともにパン種の入っていない小麦パンを食べ、ワインを分け合ったというエピソードだ。その食事が、日曜の礼拝で再現される。カトリック教徒たちは、救世主の体とされるパンを口に入れられ、救世主の血とされるワインをひと口飲ませてもらう。東方正教会ではたいてい、発酵させていない葡萄《ぶどう》ジュースとパン種を入れた聖パンを四角く切ったものを使い、両方を合わせて〝聖体《ユーカリスト》〟と呼ぶ。ローマあるいはラテン典礼カトリックなどの西洋化したキリスト教では、〝ホスチア〟と呼ばれるパン種の入っていない薄い丸パンを使う。カトリック教会は聖変化*をとても真剣に受け止めている――マルティン・ルターがその原則に疑問を唱え、最終的に否定したことは、プロテスタントによる宗教改革のおもな推進力のひとつとなった。初聖体拝領は特に念入りに行われる儀式で、子どもが神への忠誠を誓う詩句を暗唱し、初めて聖餅を口にするのを、家族や友人たちが集まって見守る。

カトリック教会の教会法典の提唱では、伝統的なホスチアが食べられない者は〝低グルテン聖餅〟を選択すべき、とされている。アメリカ・カトリック司教協議会（ＵＳＣＣＢ）は、特定の聖餅を勧めてもいる。ミズーリ州クライドにある常時聖体礼拝ベネディクト修道女会がつくり、《グルテン・フリー・リヴィング》誌が推奨しているもので、修道女会のミサ聖祭用パン部門から通信販売で買える。わたしがあのカクテルに入っていたごく微量の〝脱脂粉乳〟にも反応したことを考えると、どんなに低グルテンの聖餅でも、アレルギーや深刻なセリアック病を持つ人の選択肢になるとは考えにくい。友人の婚約を祝う乾杯で吐くのはパーティーでの失敗で済むが、救世主の体を吐いてしまうのはまさに『オーメン』の世界だ。

一部のラテン典礼カトリック教会では、ワイン（聖血）を飲むこと自体にも、厄介な問題が絡む可能性がある。ワインの聖杯は、共用されると瞬く間に、小麦を使った聖餅を食べた他の人々の口で汚染されてしまう。忠実な信者でも、アルコールに不耐性を持っているかもしれない。苦肉の策として、教会は、〝新葡萄酒《マスト》〟つまりアルコール含有量が最少限のワインを飲む許可を、司教が与えてもよいことにしている。マストも飲めないなら、教会は肩をすくめるだけだ。

〝そういう人に対しては精神的な聖体拝領の実行を勧める以外に、教会になしうることはほとんどない〟と、ＵＳＣＣＢの礼拝委員会が発行する問答集に書いてある。〝なぜか？　教会は、小麦のパンと葡萄酒以外の聖変化は不可能と信ずるからである〟

多くの教区では、司祭が、小麦を使っていないパンを、ほかのと交じらないようにホイルで包み、そっと配るという形なら大目に見られるようになってきた。しかしそれは例外であって、規則ではない――むしろ、規則へのあからさまな反抗だ。ローマ教皇庁がその問題を見て見ぬふりをしているわけでもない。一九九四年には、司教への一連の命令とともに次のような特定の教令を公布した。〝「グルテンを含まない」特別なホスチアは、聖体拝領には不適当である〟この声明を書いたのは、当時の枢機卿ヨーゼフ・ラッツィンガーだった。ラッツィンガーはその後教皇に就任し、ベネディクト十六世となった。

また、カトリック団体〝聖母マリアの救いの会（Our Lady Help of Christians Parish）〟の司祭は、ボストンで論争が起こっていた当時、ＡＰ通信社による二〇〇一年のインタビューで、次のように

＊ミサにおいてパンと葡萄酒がキリストの体と血に変化すること

述べたそうだ。「われわれ大多数の者はひとつのパンを分け合って、キリストとともにひとつになる。異なる人々のために異なる味を用意して、神学上の現実を維持することはできない」

それを、小麦アレルギーやセリアック病を患うカトリック教徒の子どもたちにきちんと説明してほしい。二年間、ほかの子どもたちといっしょに日曜学校でまじめに教えを受けたというのに、ワインが配られる段になってのけ者にされ、友人たちが並んで両手で聖餅を受け取るあいだ、脇で見ていなくてはならないのだ。

聖体拝領をめぐる日々の習慣は、ここ五年ではるかに柔軟になってきたし、おそらくさらに融通が利くようになっていくだろう。しかしいまも、一日の終わりに、教会の主たる思想家たちが〝神学上の現実〟とエデンの園以降の世界とにどう折り合いをつけたかという問題はある。ローマ教皇庁の方針には、アレルギーは無条件の障害ではなく意志力への挑戦だというほのめかしが隠れている気がする。ほんとうに敬虔な者なら、一週間に一度だけ、ほんのひと口食べて飲むくらいはできるはずだと。教会がアレルギーを信じないとすれば、ほかにどうすればいいのだろう？　信徒の一部は、生物学的にカトリックにはなれないのだろうか？

子どもたちの命に関わる必要性を教会にはねつけられ、信仰から離れてしまう家族もいる。カトリック教会の損失は、メソジストや、聖公会、福音ルター派など、それほどきびしい方針を持たない教会には利益となる。ルター派教会は、『神の恩恵を授かる方法の実践』第四十四節Cでこう述べている。〝健康に関わる差し迫った理由によっては……礼拝で、小麦を使わないパンとアルコールを含まないワイン、あるいは葡萄ジュースを少量、聖餐台に置いてもよい。牧師と会衆によるこうした決断を行う際には細心の注意を要し、教会の伝統と各教区の信徒たちの双方を尊重しなければならない〟こういう形のキリスト教にとって、聖体拝領の実質的な意味は、パンに使われた穀物や葡萄酒のアルコール度数ではなく、イエスの象徴的な存在にある。

おそらく、何世紀にもわたって途切れなく受け継がれてきた調理法を儀式で使うことが、きわめて重要なのだろう。ラテン語が廃れたずっとあとも、ミサでラテン語の語句が使われているのと同じことだ。わたしはカトリック教徒ではないから、判断は下せない。できるのは、自分たちが小学校で行っていた聖礼典《サクラメント》、〝誕生日のごちそう〟について話すことだけだ。

毎週決まったように、級友のひとりが教室で前に呼ばれ、わたしたちは『ハッピーバースデイ』を歌ってお祝いをした。席に着いていると、誕生日を迎えたその子が、両腕に大きなタッパーウェアを抱えて各列を歩いてきた。みんなはひとりずつ、上向きにした手のひらでカップケーキを受け取る。誕生日の子がわたしの席に来ると、いつもぎこちない間があった。そこで先生が思い出し、ラメ入り糊やペーパータオルが入った収納棚を開き、その年の始業日に母が置いていったヘーゼルナッツの袋を出すのだった。

十二粒のヘーゼルナッツ。ぴったり十二粒のヘーゼルナッツを数え、わたしの手のひらにのせる。

わたしはそれを机の鉛筆用の溝に並べ、ひとつ欲しい人はいないかと訊いた。欲しいと言った人はひとりもいなかった。

わたしは、ほかのみんながごちそうを食べる速さに合わせようとした。みんなが砂糖衣を舐めるあいだに三粒。みんながしっとりした柔らかいケーキにかぶりつくあいだに三粒。みんなが紙型をきれいに舐め、歯でケーキの残りをこそぐあいだに三粒。そして最後の三粒は、先生がくずかごを持って教室を回り、包み紙とナプキンを集めるあいだに、口のなかでゆっくり、ペースト状になって歯の裏にくっつくまで嚙みつぶした。

自分の誕生日が来たとき、わたしはヘーゼルナッツの袋を持って教室を回り、みんなに十二粒ずつ配ったか？　もちろん、そんなことはしなかった。たとえ自分はひとつも食べられなくても、ダンカンハインズのケーキミックスでカップケーキをつくってと母に頼んだ。わたしが食べられるかどうかは関係ない。大切なのは、自分の番が来たら、みんなと同じように、あの大きな容器を両手で抱えて教室を回ることだった。

だからわたしは、毎年ハロウィーンの〝いたずらかお菓子か〟にも参加した。棒つきキャンディーか、ライフセイヴァーズキャンディーか、レーズン以外はぜんぶあきらめなくてはならないとわかっていてもだ（たぶん、レーズンを渡されて喜び叫んだ子どもは、ヴァージニア州でわたしだけだろう）。だからわたしは、ときどきハーシーのキスチョコを、完全にホイルで包まれたものだけを慎重に選んで、ヴァレンタインデーのカードに留めたりもした。溶けこみたかったからだ。ほかのみんなと同じようにしたかった。ワインを飲めるだけでは満足せず、ほかのみんなといっしょにホスチアを食べたがる子どもに驚いているカトリックの聖職者たちは、重要な点を見落としている。

儀式を価値あるものにするのは、すべてを受け入れることか？　それとも、重要な儀式を完全に維持することか？　たとえ誰かをのけ者にすることになっても？　もしかすると、わたしは言いたいことを言うために、ヴァレンタインのカードにレーズンの箱を貼りつけるべきだったのかもしれない。しかし、それは破滅への道だ。そのうち、〝つき合ってください〟という手紙を、ローストチキンに貼って誰かに送ることになるだろうから。

食べ物を儀式化する方法はたくさんある。聖体拝領は、本来質素なものに謎めいた雰囲気を与える。俗世界にも、ありふれたものを神聖なものに高めるわたしたちなりの方法がある。それは秘密のレシピだ。

「わあ、すごい！」ある晩の夕食会の席で、あなたは叫び、指を舐める。「おいしいわ。何が入ってるの？」

「じつはね、それはわたしの曽祖母が、祖国から持ってきたものなのよ」もてなし役が言う。材料を尋ねても、指を唇に当て、無言で首を振って微笑むだけだ。

子どものころ、わたしは秘密の材料でできた世界への出入りを禁じられていた。母は、あらゆる箱の栄養成分表のラベルを拡大鏡でじっくり眺めた。父は、調理法について料理長たちに質問を浴びせた。

しかしその後、わたしはヴァージニア大学に進学した。大学が子ども時代と大人の生活をつなぐ橋だとすれば、そこはたくさんの人為的な秘密の温床にふさわしいのだろう。この年ごろのわたしたちは、感謝祭には大人びた食事の席に着きたいと思っていても、裏庭の樹上の家に入れてもらうための誓いを笑い飛ばす覚悟はない。

だから、いろいろなクラブをつくる。守るための秘密を持つために、秘密を考え出す。ヴァージニア大学には、Z協会やIMP協会、セブン協会、パープルシャドウ協会など、おびただしい数の秘密結社があった。それらは学生に奨学金や飾りの紋章を与え、大学創設者である第三代大統領トマス・ジェファーソンの命日には花輪を捧げるが、会員名簿は決して公表しない。セブン協会の会員名が明かされるのは死後のことで、埋葬日には大学の礼拝堂の鐘が七回鳴らされる。

わたしは、それほど秘密主義ではないジェファーソン文学・弁論協会に入会した。この協会の歴史には、ウッドロー・ウィルソンが会長を、エドガー・アラン・ポーが書記を——同時期にではないが——務めたこと、ワシントン記念塔の礎石をひとつ寄贈したことなどが刻まれている。通称

〝ジェフ〟にはたくさんの儀式がある。全盛期がとても短いものもあった。たとえば、二年で終わったのは、芝地《ザ・ローン》の西区にある会合場所のホールで、シャンデリアの上にトゥインキースポンジケーキを一個投げ上げるまでは会合を開けないという儀式だった。長年続く伝統のひとつは、公式ドリンクのウィスキーサワーで、毎週金曜日の会合前に、七号室の住人の主催で、五時の〝ちびちび飲む酒《シッパーズ》〟として出される。

サワーのレシピは七号室の住人が引き継ぎ、秘密にされている。極秘事項だ。協会の会員になって最初の二、三年、わたしはレシピについて尋ねなかった。しかし、アリストクラットのジンと気の抜けたジンジャーエールのカクテル〝スティングレイ〟で我慢せずに、みんなといっしょにぼんやり立って協会の公式ドリンクをちびちびやりたくてたまらなかった。四年生になって、友人が七号室の住人に指名された。チャンスがやってきた。

「それで、エストン、ウィスキーサワーに何が入ってるかを教えてもらえる可能性はあるかしら？」

「いいや」

予備兵でもある学生なら、厳格に命令に従おうとするのも当然だった。

「エストン、わたしはウィスキーサワーなしで三年過ごしたのよ」

「教えたら、きみを殺さなくちゃならない」

最後には、どうにか妥協案に行き着いた。エストンがわたしに、ウィスキーサワーの材料と、そのほかたくさんの無関係な材料を含んだリストを送る。こうすれば、わたしはレシピを実際に知らなくても、隠された危険性を判断できる。Ｅメールで受け取ったリストは、次のようなものだった。

ライム
スプライト
スペアミント
ウスターソース
コーンスターチ
セブンアップ
ジーマ
ソーダ水
オレンジジュース
シナモン
キサンタンガム
ビターズ

砂糖
ハラペーニョ
グレープフルーツジュース
レモネード
石炭酸
コーシャーソルト
バジル
フレスカ

やっぱりあった。グレープフルーツジュース。数年前、両親と旅をしたとき、ホテルの朝食カウンターでオレンジジュースを取ろうとして、間違ってグレープフルーツジュースをグラスに注いでしまった。ひと口飲んだとたん、巨人がわたしの胸のなかに手を突っこんで心臓をつかみ、ぎゅっと締めつけたような気がした。わたしはグラスの中身を捨て、吸入器を使って大きく息を吸った。正しい経口食物負荷試験ではなかったかもしれないが、その日からグレープフルーツを避けるのには充分なできごとだった。

しかし、あれはアレルギーのせいだったのか？　あの反応が起こったとき、わたしはヒスマナールを飲んでいた――第二世代の抗ヒスタミン薬で、のちにCYP3A4酵素阻害物質、たとえばグレープフルーツジュースなどに含まれる物質に対して致死的な相互作用を引き起こす可能性があることがわかり、市場から回収された薬だ。

ヒスマナールが体内から取り除かれ、ほかの柑橘類に対する過敏性はないとわかっているのだから、もう一度試してみない理由はなかった。それが理にかなった態度だろう。とはいえ、一度ああいう気分を味わわされてからは、ほかのアレルゲンと同じくらい注意深く避けてきた。一度、友人が何気なく、グレープフルーツは食べられるかと尋ねたことがあった。

「ううん」わたしは答えた。

「それじゃ、アレルギーがあるの？」

「ええと」わたしは言った。「まあね。食べると心臓麻痺になるの」

グレープフルーツジュースはリストに載っているだけでなく、石炭酸やフレスカとは違って、実際の材料として使われていそうだった。もう一度試すべき時が来たのかもしれない。わたしは、最初のためらいがちなひと口を思い描いた。それから、芝地西区七号室の床で気を失う場面を思い描いた。だめだ。グレープフルーツに手を出すのはやめて、〝スティングレイ〟を飲み続けることにしよう。のけ者にされたような気分になったら、格別やる気を出して、金曜日の七時二十九分に会合が始められるよう、シャンデリアにトゥインキーを投げ上げてみせればいい。

秘密のレシピはアレルギーを持つ者に決して優しくないが、わたしは惹かれた――おいしそうなもの（バーベキュー）からまずそうなもの（豆腐アイスクリーム）にまで。しかし、そんな時代は終わりを迎えそうだ。

たとえば、ケンタッキーフライドチキン（ＫＦＣ）。カーネル・サンダース本人が調合した十一種の秘密のハーブとスパイスが、鶏肉に独特の風味を添えているとされる。わたしの場合は、ケンタッキーフライドチキンにどんな思い出があるかって？　答えは「何もない」だ。理想の世界でなら、両親は絶対に、謎の調合物に浸されて、よくわからない油で揚げ、バターを混ぜたマッシュポテトと同じ袋に入れて出される鶏肉をわたしに食べさせる危険は冒さないだろう。

しかし、たいていの人と同じように、わたしも親戚たちに振り回されている。おじとおばがかつて所有していたウェストヴァージニア州の広々とした農場を訪れているあいだ、食事時間にはＫＦＣのバーレルが中心を占めることがたまにあった。家に五人の子どもがいるときには、手軽でよい解決策になる。みんながフライドチキンのピースをつかみ、わたしは試してみる価値はあると母を説得した。

母はいちばん大きな胸肉を選んで、それを〝サンドラに優しい〟ものにした。まずは衣、次に皮と脂肪の柔らかい層、最後に鶏肉の上面をはがす。残ったもの――骨についた肉の断片――を、わたしは喜んで皿にのせてもらった。駒鳥《こまどり》のひなが母親から口移しで餌をもらうように。

ＫＦＣの着想の原点は、一九三〇年にまでさかのぼる。その年、ハーランド・サンダースが、ケンタッキー州コービンに所有していたガソリンスタンドでフライドチキンを出し始めた。〈サンダース・コート・アンド・カフェ〉は着実に人気店となっていった。一九三六年、ルビー・ラフーン州知事が食事に立ち寄り、サンダースの鉄鍋料理の熟達ぶりを認めて、〝ケンタッキー名誉大佐《カーネル》〟の称号を与えた。

カーネル・サンダースは、一ピースを約三十分かけて、手ずから鶏肉を揚げていた。しかし事業が拡大すると――近くのモーテルを買収して、着席形式のレストランにした――事業の効率化を試みた。一九三九年には圧力鍋を使い始め、一九四〇年には秘密のオリジナルレシピが生まれた。一九五二年、カーネルはユタ州サウスソルトレイクに共同経営者を得て、最初のケンタッキーフライドチキン系列店の営業を開始した。その後十年のあいだに、フランチャイズは国じゅうに広がった。

カーネル・サンダースは一九六四年にフランチャイズ権を売却して、第一線から退いた。退職後のインタビューのいくつかで、ＫＦＣのグレーヴィーソースには関知していないと発言したことは、地理的に範囲が広がるにつれてフランチャイズのメニューを掌握する力が弱まっていた重要なしるしだった。社会学者のジョージ・リッツァによると、マクドナルドの創業者でサンダースの友人であるレイ・クロックは、カーネルがこう話したのを聞いたそうだ。「わたしは世界最高のグレーヴィーソースをつくっていたのに、あいつらめ――それを引き延ばして、かさを増やして、水で薄めてしまった……」

名目上、カーネルの秘密のレシピは守られていた。本人が材料と分量を走り書きした一枚の黄ばんだ紙は、最初はふたつのダイヤル錠をつけた書類整理棚に入れられ、その後はコンピューター化された金庫室に保管された。会社幹部によると、スパイスミックスの材料は国の数カ所の異なる地域から集め、生産労働者たちが完全な製法を書き出せないようにしているそうだ。

皮肉なことに、オリジナルレシピの成功が、それを衰退させる原因にもなった。KFCの人気が高まり八十五カ国以上にフランチャイズ店ができると、それぞれがさらに多くの顧客を満足させるため、おもな料理に変化をつけ始めた。オリジナルレシピをもみこみ用スパイスとして使った〝グリルド〟チキンや、衣を二重につけた〝エクストラクリスピー〟がメニューに加わった。わたしが特に興味をそそられたのは、実験的なメニュー〝フェイマスボウル〟だ。シェパードパイをアレンジしたようなもので、マッシュポテトとグレーヴィーソース、とうもろこし、ひと口サイズのチキン、そしてチーズが層になっている。フェイマスボウルは、少なくとも四種類の方法でわたしを殺せるだろう。インドでは、〝ホット・アンド・スパイシー〟チキンのほうが、南アジアの人々の好みに合うことが明らかになった。台湾では、エッグタルトや蓮根のサラダをサイドメニューとして注文できる。

一九八〇年に亡くなったサンダースが、墓のなかからうめき声を漏らすのが聞こえてきそうだ。

完全な形での秘密のレシピは、調理の儀式とともに永遠に失われた。最初の一分が過ぎたあと、温度を微妙に調節していく揚げかたは、自動のフライ用鍋の時代には再現できないと言う人もいる。公共利益科学センターが（半硬化油の使用は国民の健康にひどく深刻な害を与えていると主張して）、二〇〇七年四月までにＫＦＣのチェーン店すべてにおいて、トランス脂肪酸の含まれない大豆油に変えるよう求める集団代表訴訟を起こしたとき、なんらかの風味が失われたのは確かだろう。

一九八三年、ウィリアム・パウンドストーンは『大秘密』を出版して、アメリカ最大の〝謎〟の数々を暴こうとし――そのなかで、多くの秘密は市場にあおられた誇大宣伝にすぎないと主張している。街で買ったＫＦＣのサンプルを化学分析に出したところ、衣の原材料は小麦粉と塩と黒胡椒とグルタミン酸ナトリウムのみで、それ以上に複雑なものではないことが明らかになった。グルタミン酸ナトリウムは、中華料理に使われるうま味調味料で、三十分もたたないうちにもっと食べたくさせると冗談で言われることもある。オリジナルレシピがどんなものだったとしても、それは（少なくとも個々のフランチャイズ経営者による街の基準では）安価な材料と簡単な配合に取って代わられた。

パウンドストーンは、コカ・コーラ・クラシックの秘密の原材料も公表した。そこには、バニラエッセンス、柑橘油、ライム果汁が含まれている。ライムにアレルギーがあって、これまでコカコーラを飲むとどうして喉がかゆくなるのかわからなかったとしたら、パウンドストーン氏に感謝すべきだと頭ではわかっている。それでも、ハーランド・サンダースがエプロンを着けて、これをひとつまみ、あれをひとつまみ加えている姿を思い描くとき、秘密のレシピという儀式が失われたことを悲しまずにはいられない。問題は、わたしに問題があるということだ。食物アレルギーを持つ人たちは、秘密の材料に対する戦いの守護聖人であり、議会はわたしたちの名のもとに活動してきたのだから。

二十世紀のあいだに、食品販売者が包装済みの製品への投資を増やすにつれ、わたしたちは通りを走っていってパン屋がその朝パンに卵を塗ったかどうかを確かめられなくなった。四種類だったパンの原材料は十四種類にもなり、そこには品質保持期限を延ばすために生み出された化学物質がいくつも含まれている。また、現代のキッチンを象徴するような缶入りの炭酸飲料やTVディナー、ほかにも食品から自然な形と由来を奪うさまざまな容器がつくられた。

薬事規制専門の弁護士ジム・ターナーが執筆した食品医薬品局（FDA）に対する一九七〇年の評論『化学のごちそう』で、社会運動家ラルフ・ネーダーは序文を書き、市販の食品の表示を明確化すべきだと強く主張した。〝食品は最も身近な消費者製品である〟とネーダーは言う。なのにどうしてわたしたちは、自分の胃袋に入るものより、ドッグフードの缶に入っているものに詳しいのか？

一九七〇年半ばには、FDAによって、たんぱく質、脂肪、炭水化物など、基本的な栄養価について製品を説明する表示用の推奨ガイドラインが用意された。一部の企業は、健康に対する国民の関心が高まるのに応じて、そのガイドラインに従うことにした。なにしろ、リチャード・シモンズ(本名はミルトン・ティーグル・シモンズ)の時代が始まりつつあったからだ。フィットネスの重鎮として名声を得る前のシモンズは、ニューオーリンズのプラリネ売り、ニューヨークの広告会社の幹部、ビヴァリーヒルズのレストランのボーイ長など、さまざまな仕事をしていた。職業上の技能を見境なく組み合わせて、キャンディーストライプの入った短パンにスワロフスキークリスタルをちりばめたタンクトップという衣装を足せば、ほら! 国じゅうが奮い立ち、死に物狂いで走り出した。そして走りながらカロリー計算をした。

現在では当たり前になっている表示は、一九九〇年、わたしが十歳になった年に栄養表示教育法が成立するまで制度化されていなかった。任意だったものが義務になった。どの食料品店でも、あらゆる加工食品と売上上位二十種類の果物、野菜、魚、貝類・甲殻類について、飽和および不飽和脂肪、砂糖、ナトリウムなどの栄養価が公表された。獣鳥肉と卵製品については、農務省が共同執筆した法律によって、一九九三年に取り決められた。

消費者運動のほとんどは、急成長するダイエット食品市場に関わる悪徳商法を懸念して起こったので、法律は〝低カロリー〟、〝低脂肪〟、〝ライト〟〝削減〟などの言葉の定義を統一することに重点を置いていた。表示義務を特別に免除されたのは、大衆のウエストラインの急速な広がりには荷担していないと見なされた食品だった。いくつかの乳幼児用調合乳、年間の売上が五十万ドル未満の小売商品、〝香辛料、調味料、着色料〟などがそこに含まれた。

この最後の除外項目に対して、当時はそれほど反対の声はなかった。〝ケイジャンスパイス〟のような集合的な表示は、少量の材料についてはは現実的と判断された。計量スプーンセットでは、ひとつまみ、ひとしずく、ひとかけらを測ることはできない。同様に、付随的な添加物や加工助剤も除外された。こういう抜け穴が、すぐに厄介ごとを招くようになった。

一九九六年、ＦＤＡは、〝食物中のアレルギー物質にさらされたのちに有害反応を起こした消費者について懸念する〟たくさんの報告書を受け取った結果、〝アレルギー警告文書〟を発表した。容疑をかけられたものは？　いくつか挙げてみよう。バターを含む〝天然香味料〟、ベーキングシートに塗るマーガリンなどの〝加工助剤〟、日本風スパイスミックスに含まれる小さな卵や海老のかけら。

食品安全・応用栄養センターの所長フレッド・シャンクはその警告文書で、製造会社が〝ごくわずかしか含まれない物質を不適切に解釈してきた〟と述べている。リストにない付随的な添加物に別の成分が含まれる可能性はあるが、最終的な製品をつくるのに利用した添加物はすべて列挙すべきだ。つまり、冷凍魚の切り身についた衣につなぎとして卵が使われているなら、材料に〝パン粉〟と記すだけでは不充分で、〝卵白〟も表示しなければならない。シャンクは製造会社に、一般的なアレルゲンとして知られる着色料や香味料、香辛料などをすべて原材料リストで示すよう求めた。

　聖体拝領の聖餅の場合、儀式化された食事が、聖職者たちとアレルギーを持つ人たちを、食べ物をめぐる戦いの両側に立たせている。しかし正確な食品表示をめぐる戦いでは、アレルギーを持つ人たちが、掟によって特定の食品を避ける宗教（たとえばユダヤ教やイスラム教では豚肉、ヒンズー教では牛肉）のなかに支持者を見つけた。原材料表示が今日の基準ほど詳しくなるずっと前から、母はわたしに、〝乳製品不使用〟を示すユダヤ教の精進料理《パルヴェ》のしるしを探すよう、そして〝乳製品使用〟を示す〝D〟と記された包装には気をつけるよう念を押していた。*

　正統派連合原材料認可局のラビ、ガヴリエル・プライス師は、会報《ダフ・ハカシュラス》の有名な二〇〇三年の記事のなかで、ベータカロテンを例にとって、隠された原材料の複雑さを示した。ベータカロテンは、植物に多く含まれる黄色やオレンジ色の色素のひとつで、よくマーガリンの着色に使用される。マーガリンの見た目はクッキーのような最終製品には反映されないので、ベータカロテンは付随的な添加物と見なされて、既存のガイドラインのもとでは表示義務がなかった。しかし、水分散性を持つベータカロテンは、魚や豚肉や牛肉からつくられるゼラチンを使っている。豚肉や、掟に適わない方法で食肉処理された牛肉で汚染されているとすれば、ユダヤ教の食事規定を守る人々にとっては食べてはならないものとなる（ベータカロテンはプレミックスジュースなどにもよく使われる添加物なので、多くの企業は自社の飲料のラベルに適正なパルヴェのしるしをつけている。長年、オレンジ飲料サニーデライトにはゼラチンが使われていた。メーカーは、サニーDと名前を変えて再発売したときにゼラチンを取り除いたと主張しているが、〝魚の骨が少なくなりました〟とは宣伝しなかった）。

二〇〇三年当時、プライス師は、FDAがユダヤ教徒の食事規定にかなう程度まで汚染と見なされる原材料の表示を命じる気があるのか、疑いをいだいていた。一般的な加工工場では、〝空気で運ばれた乳清の粉末が、ほんのわずかとはいえ、食物のなかに存在しうる……表示法はそこまでの公表を求めてはいない。乳清の粉末はごく微量存在するだけだからだ〟。プライス師はこう判断している。〝FDAは、乳製品や掟に適合しないものにさらされる設備への対策が、適切な食品を選ぶうえで重要であることを、まったく考慮に入れていない〟

〝まったく考慮に入れていない〟というのは少し言いすぎであることがわかった。二〇〇三年、急激に増加するセリアック病とピーナッツアレルギーが、ごく微量でもさらされることに対する人々の認識をすでに大きく変えつつあった。《ダフ・ハカシュラス》の記事が出てから一年余りで、ア

＊ユダヤ教の掟では、乳製品を肉類と同時に食べることが禁じられている

メリカ政府は、食物アレルゲン表示・消費者保護法を制定した。この法律は、保健福祉省の長官に、〝製造および加工において、食物が意図せずおもな食物アレルゲンに汚染される過程〟を分析した議会報告書を提出するよう求めた。また、異なる食物間の接触を確実に減らす、あるいはなくすための視察も指示した。工場から乳清を完全にはなくせないとプライス師は言うかもしれないが、それは初めの一歩だった。

法律のおもな機能は、アメリカの食物アレルギーの九〇パーセント以上の原因となっている八種類の主要食品または食品群である、牛乳、卵、ピーナッツ、木の実、魚、貝類・甲殻類、大豆、小麦を公式に認識することだ。この〝ビッグ8〟については、抜け穴はとても狭くなっている。それらは、着色料や香辛料、香味料に含まれるものとして扱ってはならない。乳たんぱく質の主成分であるカゼインのような派生物を使う場合、主要なアレルゲンの表示が必要になる。〝カゼイン（牛乳）〟のような形か、原材料表示の最後に〝牛乳を含む〟と書き添えるかだ。アレルゲン群に属する特定の名前も明記しなくてはならない。たとえば、単に〝ナッツ〟ではなく〝カシュー〟と表示する。焼き皿に塗った大豆レシチンは、もう隠された〝加工助剤〟ではなくなった。また、食物アレルギーとアナフィラキシー反応の全国的な罹患率を調査し、レストランや総菜屋、学校のカフェテリアでの調理におけるアレルゲン除去の指針をつくるための規定が設けられた。

お役所の車輪は――回り始めても――荷車を前へ進めるには長い時間がかかる。食物アレルゲン表示法は、原材料の記述について少しばかり入り組んだシステムを規定している。その一年前には、議会はトランス脂肪を表示するための一連のきびしい指針も決定していた。しかし、企業が両方の指針に適応するには、多数の製品のレシピを修正し、ラベルを印刷し直す費用がかかることを考慮して、ＦＤＡは二〇〇六年一月一日までどちらについても遵守を強要しなかった。

二〇〇六年二月、メディアは、マクドナルド社がフライドポテトの栄養表示に〝小麦と牛乳の成分を含む〟という言葉を加えたことを取り上げた。ＡＰ通信社は当時のマクドナルド社の世界栄養部部長（栄養成分が論争になったマックナゲットをつくっている人々がつけたにしては、理想主義的な肩書き）キャシー・カピカと連絡を取った。カピカは、調理油の香料添加剤に〝小麦と乳製品の派生物〟が確かに含まれていると語った。そしてすぐさま、その派生物にはたんぱく質が含まれていないことを明らかにし、小麦や乳製品にアレルギーを持つ人でフライドポテトを食べて問題がなかった人は、食べ続けてもいいだろうとほのめかした。

「事実上、そこにアレルゲンは存在しません」カピカは言った。「これぞ、科学の進歩の一例です」

なるほど。マクドナルドの主力商品が論争の対象になったのは、これが初めてではなかった。一九九〇年、会社は調理油を牛脂から純植物性油脂に変えたと発表した。しかし菜食主義者団体が起こした二〇〇二年の訴訟によって、ほとんどのフライドポテトがその後も（世界じゅうのヒンズー教徒をぞっとさせたことに）〝牛肉風味の油〟で調理されていたことが明らかになり、一千万ドルの示談が成立した。どうやら、ほんとうに調理法を変えるという裁判後のマクドナルドの約束は、生産を苦境に陥れてしまったらしい。現実問題として、象徴的な商品の味を変えるのが怖かったのだろう。カーネル・サンダースなら証言できたかもしれない。後戻りはできないのだと。

二〇〇六年にこういう報道を観ながら、わたしは笑うべきか泣くべきか、よくわからなかった。子どものころは、それほど多くの食の儀式を持てなかった。たいていは〝ふつうの子ども〟が持つ儀式のおかしな変形版で我慢するしかなく、それは仲間入りのしるしというより、決まりごとの安心感を与えてくれるだけだった。ほかに誰が、十二粒のヘーゼルナッツを机の鉛筆用の溝に並べただろう？　ほかに誰が、風邪を引くと、ほっとさせてくれる缶入りのキャンベルチキンヌードルスープではなく、自家製の鶏スープに浮かぶアーティチョークをまるごと食べることを思い浮かべるだろう？

しかし、ひとつだけ、ほかの子どもたちと同じ気分にさせてくれる儀式があった。生まれて最初の十年間、毎週注射を受けていたとき、ただひとつのご褒美が慰めになった。アレルギー専門医の診療所の近くにあるマクドナルドへ行くことだ。そこは特別すてきな店だった。店内にメリーゴーラウンドがあり、グリマスや、ハンバーグラー、バーディー、そしてドナルドもいた。いつだって、自分が注文するものはわかっていた。鮮やかな赤いカップに入ったフライドポテト。

毎週、わたしは乳製品アレルギーから守ってくれる注射に耐えた。そしてどうやら毎週、ご褒美には牛肉が潜んでいたらしかった。

　もしかすると、摂取量はごくわずかだったのかもしれない。ＫＦＣの経営者たちが現場で〝秘密のレシピ〟を変えたのと同じように、もしかするとそのマクドナルドの経営者は、どの店舗より早く植物油を使っていたのかもしれない。それでも、何かを疑ってしかるべきだった。ときどき、フライドポテトを食べたあとお腹の具合が悪くなり、体が油の消化を拒否して、二十分もトイレにこもることがあった。わたしたちは、となりに置かれていたハンバーガーのせいにした。みんなが体の警告を受け流した。用心深い両親でさえ。

　わたしに何が言えるだろう？　それはわたしの儀式だった。儀式とは、大きな力を持つものなのだ。

第四章

ピーナッツを恐れる人たち

マクドナルドに裏切られたわたしは、新たなおいしいファーストフード・フライドポテトを探しながら、十代と二十代を過ごした。ウェンディーズのフライドポテトはあっさりしすぎている。アービーズのは渦巻き形ですてきだが、大豆油をたっぷり使って調理されていて、食べると胃が痛くなってしまう。しばらくのちに、当時の恋人が週ごとの巡礼のようにベーコンチーズバーガーを食べに行っていたおかげで、ファイヴガイズを発見した。手で切られた皮つきのじゃがいもが、おまけのひとすくいとともに渡される。とてつもなく脂っこく塩辛い、究極のフライドポテトであることは間違いない。

初めて行ったとき、入口の扉の飾り板に目が留まった。あらゆる店舗でピーナッツが大量に用意されているという注意書きだった――レジの横に殻つきのピーナッツがたくさん置かれていて、注文したものを待つあいだに好きなだけ食べられるのだ。わたしはそのことについて、あまり深く考えなかった。しかし次に行ったときには、インクジェット印刷の大きなフォントでこう書かれた表示板がテープで貼られていた。〝近所の子どもたちが重いアレルギー反応を起こす可能性があるので、ピーナッツやピーナッツの殻をファイヴガイズの外へ絶対に持ち出さないでください〟これには注意を引かれた。

最近、公共の場所でもピーナッツアレルギーに対する意識がかなり高まってきた。ワシントン・ナショナルズは（レッドソックス、パドレス、マリナーズ、そのほか数球団のメジャーリーグチームとともに）毎シーズン、数試合にピーナッツフリー席を設けている。マイナーリーグの試合では、野球場全体がピーナッツフリーになることもある――ローストナッツも、ピーナッツM&Mも、スニッカーズもなしだ。密輸防止のため、入口で鞄を検査される。

ピーナッツを禁止する動きは、急速に広まっている。幼稚園で、もうピーナッツバターを塗った松ぼっくりの鳥の餌台はつくられていない。バーで、もうピーナッツのかごは出てこない。二〇〇九年、ウィスコンシン州立施設部門は、マディソンの繁華街にあるいくつものオフィスに手紙を送り、栗鼠《りす》にピーナッツをやるのをやめてほしいと頼んだ。州議会議事堂の正面の芝地が殻で散らかっていたので、役人たちが、見学にやってくる何千人もの子どもたちのうちでアレルギー反応が起こることを恐れたのだ。

なぜそんなに心配するのか？　子どもたちのアレルギーは増加していて、特にピーナッツアレルギーが多いからだ。二〇〇九年十一月に小児科専門誌《ピディアトリクス》に発表された『アメリカの子どもたちの食物アレルギー』という表題の研究で、二〇〇五年から二〇〇六年までの医療記録を調べたところ、ピーナッツに敏感なＩｇＥ抗体の発生率は九パーセントだった。注意すべきなのは、子どもたちの九パーセントがピーナッツにアレルギーを持つわけではないことだ。抗体がほんとうに反応するかどうかは、経口食物負荷試験ではっきりさせるしかない。しかし、その数値は、これまでの過敏性の水準から目立って増加している。

こういう数値を、ヤッピーたちの大げさな想像力の産物として退けようとする人もいる。ハロウィーンの都市伝説にある〝林檎に隠された剃刀の刃で〟子どもが死ぬ、というのが、〝隠されたピーナッツで〟死ぬに取って代わっただけだろう、と。しかし都市部では、アレルギーの発生率も増えつつある。その二〇〇九年の同じ研究では、アフリカ系アメリカ人の子どもたちの血液を検査したところ、白人の子どもたちの二倍も、ピーナッツに反応するＩｇＥ抗体を持つ確率が高いことがわかった。ヒスパニック系の子どもたちは、全般的な発生率が最も低いものの、以前に比べると最も大きな増加を示していた。

《リヴィング・ウィズアウト》（食物アレルギーやセリアック病、その他の食事制限を持つ人たちに向けた雑誌）のインタビューで、ジャッキー・クレッグ・ドッド――合衆国上院議員クリストファー・ドッドの妻で、複数の食物アレルギーを持つグレイシーを含むふたりの子の母親――は、ピーナッツアレルギー絡みの極端なエピソードを集約したかのような経験を語った。

あるとき、わたしはグレイシーとその幼い妹を連れて飛行機に乗りました。航空会社の人は、飛行中、木の実やピーナッツは食べられません、と乗客たちに告げました。離陸すると、わたしの席の後ろに座っていた女性が、そのことにひどく腹を立てているようでした。わたしは彼女のお孫さんに、昼食をいっしょにいかが、と勧めました――おいしいものをたくさん詰めてきたので――でもその女性は断りました。それから飛行機が降下し始めると、その人はお孫さんにピーナッツバターとジャムのサンドイッチを与えたんです。数分のうちに、グレイシーは激しく嘔吐し始めました。ほかに家族は乗っていないし、赤ん坊を抱えているというのに、もうひとりの子が重いアナフィラキシーを起こしてしまったんです。飛行機が着陸すると、わたしたちは病院へ直行しました。

明らかに、この話ではピーナッツバターとジャムを持ちこんだおばあさんが悪者になっている。けれども、ここで語られている事実と暗示が、どうしてもわたしの脳裏から離れない。ドッドは、何がアレルギー反応を引き起こしたと考えているのだろう？　ピーナッツバターのにおい？　ピーナッツの残りが、接触によって数分のうちに彼らの列まで移動したのか？　子どもが自分の席周辺の古いかけらを摂取したか、自分のおやつのどれかが汚染されていた可能性のほうが高いのではないか？

その女性の孫も、アレルギーを持っていたとしたら？　わたしは昔からずっと、ピーナッツバターサンドイッチやピーナッツバタープレッツェルを長旅の支えと考えている。アレルギーを持つ人に優しいはずの機内食でさえ、たいていサラダに分厚く切ったきゅうりが入っていたり、果物のなかに安価なカンタロープメロンが交じっていたりする。ドッドが〝おいしいもの〟を勧めたことには少しひとりよがりな面がある。誰かがわたしの母に、お腹をすかせた子どもが喜んで食べてくれるだろうと考えて、ガーデンサルサ（乳清入り）サンチップスの袋や、手作りのブラウニーを勧めるところを想像してみた。そのやり取りは、うまくいかないだろう。

ナッツフリーゾーンの提唱者たちが〝［食事でも、野球の試合でも、空の旅でも］誰だろうとナッツなしで生きられる〟と言うのを聞いたことがある。それはほんとうだと思う。しかしもし、〝ビッグ8〟それぞれのアレルゲン団体すべてが、毎回同じ配慮を求めたとしたら？　公共の場所から卵や乳製品や甲殻類を取り除きたい人たちにも、ナッツから子どもを守りたい人たちと同様、自分の子どもの安全を守る権利があるのでは？

ピーナッツに敏感な抗体を持つ子どもの割合が九パーセントであることを示した二〇〇九年の同じ研究では、牛乳に反応する抗体を持つ子どもが一二パーセントいることが明らかになった。わたしは映画館で、バターポップコーンを持つ誰かのすぐ近くに座ったせいで反応を起こしたことが何度もある。目がかすんできて、ぜいぜいと息が切れ始める。しかしわたしの家族は、映画館の所有者にポップコーンフリーの回を設けるように働きかけようとは考えもしなかった。飛行機では、確かに、カリフォルニアピザキッチンの袋を持った人がとなりに座ると、わたしは青ざめる。その後数時間は、反対側に上体を傾けて息を吸い、となりの人の油でよごれたナプキンがわたしのトレイにのらないように気をつける。それでも、ピザフリーの航空便を求めようとは思わない。
なぜ、ある世代の子どもたちだけが、ピーナッツを避けるには村じゅうみんなでやるべきだという信念のもとで育てられるのだろう?

「子どもたちは、自分がほかの子と違うと思いたくないんです」『ナッツフリー・ママ』ブログの作者でふたりの子の母親でもあるシカゴ在住のライター、ジェニー・ケイルズは言う。わたしたちは電話で、食物アレルギーを持つ子どもを育てる際の苦労について話していた。ケイルズは、娘を孤立させることなく、守られているという安心感を与えようとしている。ケイルズにも夫にも、アレルギーはない。だから、娘のアレクサンドラが幼児期にナッツの入った食べ物をいやがるそぶりを見せ始めたときには、「ただの好き嫌いかと思っていました」

ところが二〇〇四年、教師が四歳のアレクサンドラに、幼稚園で出されたピーナッツバターとジャムのサンドイッチをひと口食べるように強制した。一日が終わって、ケイルズが迎えに行くと、娘は目を腫らし、じんましんを起こしていた。なぜ連絡してくれなかったのかと尋ねると、「どっ断未確定のアレルギーを持っているのかもしれないと指摘した。ケイルズがベナドリルを買いに薬局へ車を走らせているあいだに、娘はアナフィラキシーの症状を見せ始めた。アレクサンドラは嘔吐して、気を失った。

「あんな恐ろしいものを見たのは生まれて初めてでした」ケイルズは思い起こす。アレクサンドラはその時点まで「健康そのもの」のように見えたが、検査でピーナッツと木の実に対するＩｇＥ抗体反応が確認された。家族は娘の安全を守るため、生活様式を変え始めた――まずはアレクサンドラを、もっとアレルギーに対して注意深い幼稚園に転入させた。

教育者の多くは、学校の一日にいくつもの形でアレルギー物質が入りこむ可能性について、あまり考えていない。工作粘土プレイ・ドーのなかには、小麦が隠れている。テンペラ絵具には、たいてい卵が使われている。誰かが善意で寄付した保湿石鹸には、大豆たんぱく質やきゅうり由来の添加物、カシュー油などが入っているかもしれない。

エルマーの糊を例に取ってみよう。現在では乳製品は含まれていないようだが、何年ものあいだ、この糊には結合剤としてカゼイン（牛乳の派生物）が使われていた。親会社のボーデンが乳製品事業を主としていることを考えれば、驚くには当たらない。牛のエルシーは本物の雌牛で、コネチカット州で買われ、その後ボーデン社の非公式のマスコットとして宣伝された。エルシーの〝夫〟

はエルマーという名の雄牛で、ボーデン社の化学部門のマスコットとなった。だから、エルマーの糊なのだ。

ケイルズは自称〝食物探偵〟になり、隠れた危険に常に目を光らせている。ブログを使って、アレルギーを持つ子どもの母親たちから成る大きなコミュニティーと情報を共有し、週に二、三回、メディアで取り上げられた医学研究や、祝祭日を乗りきるヒントや、最近のナッツフリー製品ブランドの評価などを記事にしている。不幸なことに、時として、食物アレルギーを持つ人のために製品をつくる動きが、別のアレルギーを持つ人たち同士を敵対させてしまう。多くの親たちが小麦アレルギーやセリアック病の子どもを守ろうとするにつれ、グルテンフリーのパンやケーキ――たいていは代わりにナッツ粉が使われる――が至るところに現れてきた。

「グルテンフリーにはぞっとします」ケイルズは言う。ナッツ粉はレストランでも問題になっている。家族で外食するときは、材料を知らずに食べ物を口に入れることはほとんどない。ケイルズはまず支配人を呼んで話し、娘がきちんと食事できるか確認する。

「気ままに生きることはほとんどできませんね」と認める。

ケイルズは、思いがけない汚染の危険を冒すよりは、ナッツ類を家に置かないほうが簡単だと考えている。わたしの母も、同じ理由で冷蔵庫に牛乳を入れていなかった。何年ものあいだ、サラダにブルーチーズドレッシングをかけるのを我慢していた。

ケイルズの夫は、ときどき平日の昼食に〝ずる〟をして、ピーナッツの入ったタイ料理を楽しむ。つまり、しっかり顔や手を洗うまでは、娘との接触を禁じられるということだ。

「アレクサンドラは夫に〝どうしてそんなものを食べるの？〟と訊きます」ケイルズは言う。わたしには、娘が裏切られたような気持ちになるのが理解できる。特に、十歳のころなら。父がよくドライブスルーでストロベリーミルクシェイクを買っていたとき、同じような気持ちになったからだ。

娘をナッツから遠ざけておくため、家族は子どもが昼食時の帰宅を許される小学校を見つけた。しかし、その自由には代償がある。アレクサンドラが学校にとどまりたいときにも、他のいくつかの学校にはあるピーナッツフリーテーブルは用意されていない。どれほど用心して席を選んでも、食堂では子どもたちが動き回るので、アレルゲンにさらされずにいるのは不可能だ。

自分が何度も学校の保健室に駆けこんだことを思い出し、ピーナッツアレルギーについて耳にする数々の恐ろしい話のことを考え、わたしはアレクサンドラがどのくらいひどいアレルギー反応を起こしたかと尋ねた。母親の答えに、わたしは衝撃を受けた。しかし、予測していた衝撃とは違う。アレクサンドラが診断を受けてから五年間、ケイルズも認める〝極端なまでの生活様式の変更〟のなかで、アナフィラキシー反応が起こった回数はゼロだ。一度もない。

わたしは受話器を耳に押しつけて、ケイルズの話を聞く。中華麺のようなものを食べたあと、娘の顔にいきなり発疹が現れた——つまり、木の実アレルギーがいまも現実の脅威である証拠だ。たとえ、確かにアナフィラキシー反応を目の当たりにしたわけではなくても。わたしは耳を傾ける。しかし、一家がアナフィラキシーをあのときの反応という形でとらえていることに気づいて呆然とする。完全な生活様式の変更のきっかけになった一度きりのできごと。ある年を象徴する一度きりのできごと。

　わたしはアナフィラキシーをあのときの反応ではなく、おそらく週一回はあるうちのひとつの反応という形でとらえながら育った。試行錯誤が、わたしの生きかただった。両親が無頓着だったわけではない。ふたりはただ、わたしがどういう選択肢を持つべきかについて、異なる考えかたをしていただけだ。

「なぜピーナッツフリーテーブルを設けることに問題があるのでしょう?」ケイルズは疑問を口にする。学校でのピーナッツ禁止は支持しないものの――「現実的ではありませんから」――カフェテリアでナッツを主材料とした食べ物を積極的に売るのはやめてもらいたいと考えている。そして、娘の学校が全面的に誕生日のごちそうを禁じたことにほっとしている。「誰ももらわないことになったんです。娘だけではなく」

　わたしは飛行機についてどう思うか訊いてみた。ケイルズはしばらく間を置いた。わたしはその間のなかに、アレルギーを持つ子どもの母親たちの多くが心にいだくためらいを聞き取る。〝自分の子どもの立場と自分の経験から話をすべきか? それともアレルギーを持つ子どもたち全員のために旗を掲げるべきか?〟

　ケイルズはジャッフェ食物アレルギー研究所の所長、ヒュー・サンプソン医師の研究に触れ、高空の環境での危険を説明する。アレルギー反応は、たんぱく質にさらされることで起こる。多くの個包装の食べ物に共通する製造法では、砕いて分ける過程でたんぱく質が粉状になり、包装の内側に貼りつく。指を舐めてポテトチップスの袋の内側をなぞったことのある人なら、言っている意味がわかるだろう。飛行機の客室の空気は加圧され、再循環されているので、一度解き放たれたナッツのかすはどこにも行き場がない。サンプソン医師の研究によれば、数十人の乗客がいっせいに包装をあけると、ナッツのかすはアレルギー反応を引き起こすのに充分な量に達する可能性がある。

　たびたび引用される一九九六年のメイヨークリニックの研究では、旅客機の空気浄化フィルターに、ナッツたんぱく質が大量にたまっていたことが示された。この研究は、アレルギーの世界ではよくあるように、サンプル数がやや少ないという難点がある――二機のみで、それぞれ前回フィルターを交換してから五千時間の飛行を記録していた。しかし、乏しい証拠でも、支持団体の圧力と組み合わせれば、運輸省を説得するのに充分な力になった。同省は、旅客機にピーナッツフリーゾーンを設けるか、航空会社にピーナッツの配布を完全に禁じる可能性を検討し始めた。

　いくつかの航空会社はスナックの変更を決め、アメリカン航空とノースウエスト航空はプレッツェルに切り替えた。他社は抵抗している。サウスウエスト航空は、〝ひと口サイズのごちそう〟

と書かれた袋入りのナッツを、市場ポジショニングの重要な一部と考えている。また、コスト削減のため自由席を採用しているので、ピーナッツフリーゾーンを設けても安全の確保は不可能だと主張した。ときには、事業方針によって決断が行われることもある。デルタ航空が――ピーナッツ生産の中心地ジョージア州アトランタに本社があることは偶然ではない――二〇〇九年にノースウエスト航空を買収すると、ノースウエストの定期便にピーナッツが戻ってきた。

アレルギーを持つ人たちが、目のかゆみや鼻水、感情的な消耗を避けたいのはわかる。わからないのは、これを命に関わる筋書きとして触れこむ人たちだ。空気で運ばれた物質による反応は、実際にある。アナフィラキシー発作は、実際にある。しかしそのふたつを同時期に認識するようになった主流メディアは、まるでふたつを混ぜ合わせて、〝空気で運ばれた物質によるアナフィラキシー〟というひとつの現象にしてしまったかのようだ。そしてある世代の親たちはこの混合語を、広まりつつある真の危機と確信している。ほんとうだろうか？

「主治医は、あれは誤った表現だと言いました」わたしが意見を訊くと、ケイルズは答える。「そのことについては、あまり心配していません」

ナッツフリー・ママという立場でさえ、子どもがアレルゲンのにおいに重い反応を起こしたと訴える親たちには疑いをいだいている。それも当然だ。においは鼻の粘膜を刺激する（風味を高める働きもある）有機化合物ピラジンによって運ばれる。こういう化学物質は、基本的にたんぱく質とは違う。だから、アレルギー反応の仕組みに新たな発見がないかぎり、においだけでＩｇＥによる反応が引き起こされるとは考えにくい。

においが引き起こす可能性があるのは、過去の経験による条件づけが元となる心因性反応だ。発疹やじんましん、嘔吐に、血圧、体温、呼吸の急激な変動などの症状――どれもがアレルギー反応を思わせる。研究では、被験者たちをある程度の強いストレス下に置くだけで、そのすべてが反応として現れうることがわかっている。こういう反応を退けるべきだと言っているのではない。これらもＩｇＥによる反応という前提のもとで、早急に調べる必要がある。しかし、反応の原因を明らかにするためにさかのぼって考察する際は、あらゆる可能性に偏見を持たないことが大切だ。

昔、両親がペンシルヴェニア州にあるハーシーパークに連れていってくれたことがあった。わたしが行きたいとせがんだからだが、着いたとたん牛乳とかミルクチョコレートといった言葉がひっきりなしに聞こえてきて、少しぞっとした。ホイルで包まれたキスチョコの着ぐるみを着た人たちに出迎えられたくはなかった。無料のサンプルはひとつも食べられない。ローラーコースターに乗ると、これから敷地内の工場があるチョコレートワールドの上を通るのだと誰かが言うのが聞こえた。

わたしは、牛乳が混じった煙突の排気を吸ったらきっと、絶対に、死んでしまうと思った。しかし、もう遅すぎた。体をシートベルトで固定されていた。コースターが鋭いカーブを曲がり、特にチョコレートのにおいがきつい空間に入った。興奮状態にあるわたしの小さな体が恐怖でこわばった。顔がかっと熱くなり、息が切れ始める。わたしは涙を流しながらコースターを降りると、まっすぐ吸入器を取りに行き、回転木馬に逃げこんで、午後の残りの時間を過ごした。

何年ものあいだ、わたしはこのできごとをいつものアレルギー発作のひとつとして語ってきた。その日、わずかな乳たんぱく質にさらされた可能性ならいくつもあっただろう。しかし、それが原因だったとは思わない。あのときは違う。わたしは恐がりの子どもだったし、反応を起こすのではないかと気にしてばかりいた。そしてほんとうに起こしたのだ。

こういう種類の反応について率直に話すことは――個人的な経験と医学的な判断との隔たりを埋めるのに役立つかもしれないが――アレルギーのコミュニティーでは控えられている。ほとんどあらゆるアレルギー反応を心因性だと信じたがる人がいる以上、自分たちの立場を少しでも危うくするわけにはいかないと感じるからだ。

二〇〇九年一月の《ロサンゼルス・タイムズ》の悪名高い特集記事のコラムで、ジョエル・スタインはアレルギーを〝ヤッピーのでっち上げ〟と呼んだ。スタインは、ハーバード大学の社会学者ニコラス・クリスタキスが《ブリティッシュ・メディカル・ジャーナル》の論文で触れた、伝染性の不安という概念をよりどころにした。さらに《タイム》誌は、同月に発表した記事のなかで、多くの親や学校職員の食物アレルギーに対する態度を〝集団パニック〟と表現するクリスタキスの言葉を引用した。

それに対する反応は、もちろん、集団の激怒だった。ジョンズ・ホプキンス大学医学部小児科学教授ロバート・A・ウッド医師は、《ロサンゼルス・タイムズ》に反論を発表し、スタインのコラムを〝侮辱的で不適切〟と批判した。

しかしウッドは、クリスタキスと全面的に意見が異なるわけではなかった。クリスタキスが《ブリティッシュ・メディカル・ジャーナル》に元の論評を発表するきっかけとなったのは、彼自身の子どもが通学していたマサチューセッツ州の学区で、バスから生徒たちを避難させたできごとだった。なぜ避難が行われたのか？　バスの床にピーナッツが見つかったからだ。危険が見分けられない、あるいは口のなかに手を入れずにはいられない幼稚園児の話ではない。十歳の小学生の話だ。ウッドは、その年齢でアレルゲンに一切近づかせないというのは無用な予防策だろうと述べた。「嘆かわしい状況です」ウッドは、《タイム》の記者ティファニー・シャープルズに言った。「アレルギーについて誤った認識を持つ家族が、十五メートル離れた場所にあるスニッカーズバーを恐ろしい凶器だと子どもに信じさせてしまうかもしれない」

無頓着と厳格のあいだに妥協点を見つけるべきでは？　そうでしょう？

「ピーナッツとピーナッツバターには、人々をいきり立たせる何かがあります――擁護派と反対派両方の」ジェニー・ケイルズはわたしに警告した。「ピーナッツバターは国民のシンボルのようなものので、子ども時代ととても強く結びついています。それを禁じることは、国への反抗と受け取られるのです」

ピーナッツ農家にとっては、それは愛国心だけの問題ではない。自分たちの暮らしがかかっている。ピーナッツを禁じるあらゆる店や施設が、商売に影響する。ニュースで広まるピーナッツ関連の死もだ。

二〇〇〇年三月、ディー・ディー・ダーデンは、ピーナッツ農家を代表する米国ピーナッツ生産者団体（NPB）の創設に加わった。科学的研究、国内での宣伝、輸出の促進などに焦点を当てた団体の活動は、年間のピーナッツ収穫高から徴収した一パーセントの割当金によって資金を供給される。団体が設立されてすぐ、ダーデンは委員会のリーダーたちに大胆な案を持ちかけた。農業科学だけでなく、ピーナッツアレルギーの爆発的な増加についての研究にも資金を出すべきだ、と。「最初はたくさんの反対に遭いました。特に、生産に関わっている人たちから」ダーデンは言う。「それを話題にしすぎると、最重要課題になってしまうと考えたからです」

ダーデンは決意を固めていた。「あらゆる反論を聞かされました」と話す。「でも、現状にプラスの影響を与えることがしたかったんです」当時四十代前半だったダーデンは、サフォークの農家に生まれ育った――「外で泥まみれにならない日は、ほとんど一日もありませんでした」――かつては世界のピーナッツ産業の中心地と呼ばれたヴァージニア州の町だ。「信じたくない状況でした。アレルギーを持っている知り合いはひとりもいなかったし、ましてやピーナッツアレルギーなんて……でも、現実から目を背けてはいけないと思いました」

ダーデンと同僚たちは、かなり少額な始動資金でどうすれば最大限の変化を起こせるか、考えを巡らせた。そして、科学諮問委員会（ＳＡＣ）を創設した。アメリカ、カナダ、イギリスの一流の医者と科学者五名から成る交代制の委員団だ。それぞれの委員はすでにアレルギー研究の分野で著名だが、ＳＡＣの半年ごとの会合では全員が集まって、自由に発想を出し合ったり、研究結果を共有する機会を設けたり、ＮＰＢが将来の資金援助者にどういう企画を提示すべきかを決めたりする。

「みんな、小さな子どものように、会議室のなかで興奮していました」ダーデンは思い起こす。

「子どもたちが、ぱっと顔を輝かせるときみたいに。わかるでしょう？　わたしたちピーナッツ農家の一団が、ああいう偉大な人たちを一堂に集めたんですから」

過去十年でＳＡＣは、アレルギー研究と教育のため、七百万ドル近くのＮＰＢの資金を、累積的に割り振る手引きをしてきた。ひとつの流れとして、どのピーナッツ調理法で最も多くたんぱく質が放出されるかに注目する研究がある。分子レベルでは、ドライローストピーナッツのほうが、茹でたピーナッツよりアレルギーを起こしやすいことがわかっている。アメリカでピーナッツアレルギーの発生頻度がきわめて高い理由が、これで説明できるかもしれない。ピーナッツバターを製造するときにも、ドライローストするのが当たり前だからだ。中国では、消費量は同じくらいだが蒸すか茹でるのがふつうなので、アレルギーの発生率は低い。

科学的なデータは諸刃の剣だ。ピーナッツ農家にとって喜ばしい発見もあれば、商売をむずかしくする発見もある。調査の焦点のひとつは、反応を引き起こしうる最小の曝露量を明らかにすることだった。最近の研究で、閾値《いきち》*はひと粒のピーナッツの十分の一程度であることが示された。農家にとっては恐ろしいほどわずかな量で、加工工場での二次汚染を警戒する製造会社との交渉にも影響する。一方で、科学者たちの研究によって、ピーナッツ油を精製すれば、反応性のたんぱく質を取り除けることがわかった。その結果、FDAはその精製油を〝アレルゲン〟のリストから外すことを承認した（数種類の大豆油もこれに該当する）――農家にとってすばらしいニュースだ。しかし複雑な問題として、この工程でつくられたピーナッツ油は、常温圧搾や連続圧搾あるいは抽出された油より、規準小売価格が高いという現実がある。

SACが一部資金を供給したある研究では、ピーナッツたんぱく質が母乳を通して母から子へどの程度伝わるかが調査された。長いあいだ親たちは、子どもが二歳になるまではピーナッツを与えないようにと忠告されてきた。母乳を飲ませている母親も、ピーナッツを控えるべきなのだろうか？　ところが二〇〇九年十月、《ピディアトリクス》に発表された研究では、初期にピーナッツ

*反応を起こさせるのに必要な最小の刺激量

を食べていたことと、ピーナッツアレルギーの発生率の低さに相関関係があることが示された。アメリカ小児科学会は公式見解を変更して、親が発育上で適当と判断したときならいつでも、子どもにピーナッツを与えるよう勧めている。

ピーナッツ農家は、まだそれほど喜んではいない。組織のレベルで信任投票を得るのと、何千人もの各地の医者が、母親になる人にこれまでとは違う忠告をし始めるのとは、まったく別次元の話だからだ。

わたしはNPBの広報部部長ライアン・レピシアに連絡を取った。科学界からの忠告と、深く根を下ろした各地の方針とに、うまく折り合いをつけようと働きかけている人だ。レピシアは、ピーナッツやその他のアレルゲンに関するマニュアルづくりに奮闘する学校に接触している。毎回、誰が決断を担っているのかをまず見極める必要があると言う。校長か？　栄養士か？　教育委員会か？　親たちか？　ある食物を完全に禁じる決断は――つまり、食物アレルギー・アナフィラキシーネットワークのような団体にも支持されていない方針は――ロビー活動やポリティカル・コレクトネスが常識をねじ曲げる危険な展開のひとつだと、レピシアは見ている。

ある同僚がこう言ったそうだ。「まるで、生徒を〝特定〟してしまうから、肥満と闘うプログラムを実行したがらなかった看護師協会みたいだ。あるいは、用務員が床掃除をいやがるから、葡萄を出さなかった学校みたいだ」

NPBは、ピーナッツ禁止令を阻むことに、否定しがたい金銭上の利害関係がある。しかしレピシアは、アメリカ人が国際的なアレルギー研究をもっと学ぶようになれば、いずれNPBがみずからを懸命に擁護しなくても済むようになるだろうと考えている。二〇〇八年にギデオン・ラック医師率いるチームが発表したところによると、一万人のユダヤ人の子どもたち（遺伝的な類似性を持つ集団）を観察する研究において、ロンドンで育てられた子どものほうが、テルアヴィヴで育てられた子どもより、ピーナッツに対する過敏性を示す割合が十倍高いことがわかった。ラックは、イスラエルの子どもたちの大半が、大衆的なスナック菓子バンバを食べて普段からピーナッツにさらされているのが要因のひとつだという仮説を立てた。

一九六〇年代半ばに発売されたバンバは、とうもろこしを膨張させて、数種類のビタミンを加え、アルゼンチン産のピーナッツバターを吹きつけて冷ましたものだ。ピーナッツバター味のチーズドゥードルを思い浮かべればいい。甘い〝苺〟味もあり、これはビートの根で赤く着色されている。イスラエルではありふれたスナック菓子で、指でつまんで食べる最初の食べ物として幼児に与えられることも多い。

ラックの仮説によると、幼いころからバンバをかじることが、何らかの形でピーナッツアレルギーの予防になっているらしい。その一方、三歳未満の子どもをピーナッツへの曝露から〝守る〟という広く行き渡った西欧のやりかたは、むしろピーナッツアレルギーの原因となっている可能性がある。ラックはNPBや国立衛生研究所を含むいくつかの団体から資金援助を受け、LEAP（ピーナッツアレルギーの早期学習）研究に着手している。湿疹あるいは卵アレルギーと診断され、ピーナッツアレルギーになる危険が高いと考えられる生後四カ月から十カ月の六百四十人の子どもを対象にした、七年計画の大がかりな研究だ。半数の子どもたちにはピーナッツの摂取を禁止し、残りの半数の子どもたちには十カ月から三歳のあいだに定期的に摂取させる。被験者が五歳に達したら、ピーナッツアレルギーの検査が行われる。

二〇一四年に入手可能になる予定のデータは、出生前と幼少期にピーナッツにさらすことに対して、どういう姿勢を取るかに影響を及ぼすだろう。また、完全に避けるより少量を摂取させてピーナッツアレルギーを治療する方向へ姿勢を変化させるうえで、このデータが裏づけになるかもしれない。あとは、最近ようやく試みられるようになった経口免疫療法の成功を待つべきだろう。この種の画期的な進展によって、いまより理性的に対処できる将来が、かすかに見えてきた。

だが現在は、シャロン・ペリーのような起業家が活躍している。ペリーは、テキサス州フローレンスのサザンスター牧場ペット預かり所の共同所有者で、社内のある部門を、ピーナッツを探知できる介助動物の教育にあてている。発案者たちは、誘導犬として、こういう連れ合いが広く受け入れられるようになればと願う。ペリーは、計画のために候補として選ばれた三百頭の犬を、一頭ずつ審査したという。購入が考慮され、予防接種と最長六カ月の訓練が終わると、犬一頭の値段は一万ドルを超えることもある。わたしが観たプロモーションビデオでは、引き具をつけたラブラドールが、主人とともに公立図書館の通路を歩き、ナッツでよごれた指で触れた本が見つかるたびに立ち止まっていた。

わたしはレピシアに、同僚のヨーロッパの科学者たちが、アメリカのピーナッツ探知犬をどう思っているか尋ねた。

「仰天してますよ」レピシアは答えた。

会話のなかにアレルギーが出てくるたびに、ふたつの意見のどちらかを耳にする。ひとつめは、「ああ、◯◯のひどいアレルギーがある人を知ってるわ」ふたつめは、「いまの学校は――何も出せないのよ。信じられないわ！」こちらを口にする人たちはそのあと、まるでわたしには理解できないだろうとばかりに、後ろめたそうな顔をする。しかし、わたしにも理解できる。子どもを守る努力のなかで、親たちは全員いっしょに茨の茂みへ入るよう頼んできた。親の役目を果たすという仕事は、それだけでもたいへんなことだ。アレルギーを持つ同級生のためだけに、サンドイッチの中身を新たに発明するのはむずかしい。

だから人々は、この状況を〝信じられない〟と表現する。つまり、〝わたしが子どもだったころと比べると、その変化が信じられない〟あるいは〝これがぜんぶほんとうに必要だというのが信じられない〟と。

何を恐れるかと何を信じるかとに隔たりが生まれるなかで、重いアレルギーがあると訴えるわたしたちに対して、人々は敵意を募らせてきた。アレルギーを主題にした特集記事のコメント欄には、懐疑的な意見が見られる。匿名の発言者は、すべては思い過ごしで、わたしたちが他人にまで神経症を広げようとしているのだとほのめかす。外食産業の一部からも、憤りの声が聞こえる。あるラスヴェガスの料理長は、ライアン・レピシアにこう語った。「ただ何かを食べたくないだけで、アレルギーがあると言う人がいますからね」

二〇〇七年の事件のようなニュースが流れると、何かがゆがんでいる気がしてならない。イギリスのノッティンガムのリヴァーサイド・ベーカリーで、清掃係が、壁に女性のヌードカレンダーを貼ったことをとがめられたあと、施設じゅう——普段はナッツフリーの領域——にわざとピーナッツをばらまいた。ポークファームズと呼ばれる大きな工場の一部であるベーカリーは、工場の汚染を除去するあいだの生産の遅れで百六十万ドルの損失をこうむったと概算した。〝清掃係、逆上す《ゴーズ・ナッ》る《ツ》〟と、オンラインニュースの見出しには書かれていた。

もしこれが、ベビーフードの瓶詰め工場に砒素がばらまかれた話だったら、誰も笑いはしないだろう。しかし、わたしたちは笑う。近ごろではますます、食物アレルギーが、映画やテレビでおもしろ半分に演じられることが多くなっている。

わたしは『ザ・シンプソンズ』を観ながら育った。シーズン十八に、バート（新たに海老アレルギーがあることが判明）とスキナー校長（新たにピーナッツアレルギーがあることが判明）が、スプリングフィールドにいつの間にかできたリトルバンコク地区のタイ料理工場で対決するというエピソードがある。武器は？　一本の長い棒の先に結びつけたピーナッツと、もう一本の棒の先に結びつけた海老。サウンドトラックは？　『スター・ウォーズ』のライトセーバーの戦いで使われる『運命の戦い』。決闘は、キャットウォークが崩れて、どちらにとっても同じくらい危険なピーナッツ漬けの海老の大樽にふたりが落ち、引き分けに終わる。わたしは笑った。わたしにも冗談はわかる。

しかし、『ザ・シンプソンズ』は当然ながら、世界を漫画的にとらえている。わたしが心配なのは、風刺や超現実の枠内で動いていないプログラムだ。そういうショーは基礎となる設定をつくり、三次元の登場人物を出演させ、ひとりひとりに感情を持たせている。ところが、アレルギーの逸話を使ったストーリーを見ると、その扱いかたがあまりにも無神経で、作者の頭にはアレルギーが現実に命を脅かすという考えがないことがわかる。

メディアは食物アレルギーを、三つのお決まりの陳腐な描写に納めてしまう。ひとつめは、滑稽なしぐさとしてのアレルギー反応だ。二〇〇五年のロマンチック・コメディー映画『最後の恋のはじめ方』では、ウィル・スミスが恋愛の指南役アレックス・〝ヒッチ〟・ヒッチェンズを演じ、エヴァ・メンデスが恋の相手として共演している。ヒッチが間違って甲殻類を食べてしまったとき、彼のまぶたは腫れ上がって、グロテスクな仮面のようになる。この場面は別に、ヒッチの空威張りがじつは自分にたてつく自分の体を信用できない生まれつきの弱さに基づいていることを見せているわけではない。まったく違う。これは、スミス演じる主人公がドラッグストアに入って、ベナドリルを飲みこみ、〝見てよ、変な酔っぱらいみたい〟と観客が笑える場面をつくる口実だ。お決まりの、逃げ回る車椅子のギャグと同じくらいおもしろいとは言える。

ふたつめの陳腐な描写は、アキレスのかかととしてのアレルギーだ。ほかの面では有能で負けず嫌いの登場人物が、アレルゲンにはやっつけられてしまう。ABCファミリーのテレビ映画『ピクチャー・ディス』で、〝ブロンドの悪女〟の典型であるリーサ・クロスは、主役のマンディー・ギルバート（演じるのは『ハイスクール・ミュージカル』で活躍したアシュレイ・ティスデイル）がリーサの元彼とパーティーへ行くのを阻止しようとする。その方法は？　ショッピングセンターの店員を買収して、マンディーにナッツ入りのスムージーを売らせるのだ。これが、アレルギー持ちの少女を恐ろしい〝風船顔〟に変えてしまうことを知っていたから。

その三年前の映画『ウエディング宣言』では、ジェーン・フォンダ演じる鬼のような姑が、結婚式の前夜、ジェニファー・ロペス演じるナッツアレルギーの女性の食べ物にこっそりピーナッツを入れる。反応を起こさせて、ロペスと自分の息子との結婚を阻止するためだ。現実の世界では、殺人未遂で告発されるかも？　まあ、細かいことは気にしないでおこう。

　三つめは、引き立て役としてのアレルギーだ。主人公が雄々しく行動するための口実。最近の映画版の『美少女探偵ナンシー・ドリュー』では、エマ・ロバーツ演じるナンシーが、勇敢で現実的で並外れて博識な十代の少女として紹介される。その証拠は？　あるパーティーで、ナンシーの友人が気絶して床に倒れる。それは、ピーナッツアレルギーによるアナフィラキシー反応を起こしたからだと判明する。

　誰も、その子がエピネフリン注射器を持っているかどうか尋ねない。その代わりに、たまたまナンシーが、在宅での気管切開術に精通していることがわかる。ボールペンとポケットナイフとちょっとした場所を与えられれば、命を救えるのだ（後半の場面に、感謝する友人が出てくるが、驚くほど元気いっぱいの様子だ。ティーンズの映画の世界に傷跡は存在しない）。

　三つの陳腐な描写がすべて含まれているのが、いまでもケーブルテレビで放映されている『レイブン　見えちゃってチョー大変！』の二〇〇五年のエピソードだ。ある晩わたしがそれを観たのは、午前一時にどんよりした目で、ホーム・アンド・ガーデン・テレビジョンとディズニーチャンネルのどちらにしようかと迷っていたときだった。『初めてのマイホーム』のそのエピソードは前に観たことがあったので、『レイブン』のシーズン三の「ビクターのリベンジ」を選んだ。料理人であるビクター・バクスターと娘のレイブン（演じるのは『コスビー・ショー』のオリビアとしても知られるレイブン・シモーネ）が、『アイアン・シェフ』に似た番組『チャレンジ料理コンテスト』に招かれ、ビクターの大学時代のライバルと対決する。

レイブンと父が前回の優勝者に努力しだいで勝てそうになったとき、嫉妬深い競争相手はどうにかしようと、レイブンの料理にマッシュルームを混ぜこむ。どうやら、きのこ類はレイブンにとってアキレスのかかとらしい（脚本家がこれをピーナッツにしなかった唯一の理由は、ドラマの一貫性を保つのがむずかしすぎたからだろう。ここまでの三シーズンのどこかで、レイブンがピーナッツバターの何かを食べていた可能性が高い）。

レイブンが味見でマッシュルームを食べると、カメラは彼女の視点になり、視界がぼんやりかすむのがわかる。父が気づいてアレルギー発作だと診断するが、「前回よりひどいじゃないか！」と言うだけだ。カメラが外からの視点に切り替わると、女優の顔が風船のような偽の皮膚に覆われている。アレルギーの腫れをおもしろおかしくまねて、目を固く閉じ、頰をぷっくりふくらませた顔だ。両手はグローブのようにふくらんだ漫画的な皮膚に包まれている。滑稽なしぐさとしてのアレルギー。

わざと妨害されたと知って、レイブンは料理を続けようとますます固く決意する。父は、いつもは理性ある大人として描かれているのに、二秒ためらっただけでこれを了解する。ベナドリルを飲む間も与えない。対戦相手が罰される様子もない。レイブンのアレルギーは、レイブンの問題なのだ。

勝負は、ビクターがフライパンで焼いている魚を〝連続四回転〟させる能力にかかってくる。競争相手は三回転までしか達成できない。もちろん、(英雄的な行為のために用意された)決定的な瞬間に娘が割って入り、父のためにわざを完成させなくてはならない。アレルギーなのにそうするのではなく、アレルギーだからこそそうする。鱒《ます》料理が空中で最後の一回転をしくじりそうになったとき、レイブンがいやらしいほど腫れた頬をぴしゃりとたたき——肺から空気を絞り出すように——魚を吹いて回転させるのだ。

勝つためには魚をとらえなくてはならないが、フライパンでは届かない。でもだいじょうぶ！レイブンは、アレルギーのおかげでディナープレートほどの大きさになっている手を伸ばす。そして、むき出しだが、じんましんのおかげで都合よく無感覚になった手のひらで、じゅうじゅう音を立てる魚をつかまえる。

ディズニーチャンネルでは、個人的な勝利がこんなふうに描写されるらしい。

これは深夜のスケッチ・コメディーではない。アートシアター映画でもない。こういう家族向けの番組だからこそ、大きな問題になるのだ。もし、俳優のイメージを傷つけたり、ボイコットを招いたりするような世間の抗議があるかもしれないと誰かが考えたなら、あの場面は書き直されたはずだ。しかし、書き直されはしなかった。俳優、監督、脚本家、プロデューサー、その他何十人もが、映像化する前にこの案を承認している。

ピーナッツアレルギーを持つ人たちによって活気づいたさまざまな運動のよい点は、アレルギー患者が文化的なレーダーに引っかかる光になったことだろう。悪い点は、不名誉にも、レーダー上の光が攻撃の的にもなるような数々の病気——痛風や喘息、慢性疲労症候群など——のなかに、食物アレルギーも加わってしまったことだ。

第五章

大豆王とその国民

考えてみるに、どれほど多くの人からの共感に頼っていることか。母親たちは、アレルギーの子どもと心を通わせる方法を見つける（あるいは見つけ損なう）。同級生は、学校のカフェテリアで親友といっしょにナッツフリーテーブルに着くために、ピーナッツバターサンドイッチなしで済ませる。わたしがいつもまわりの世界——教師や料理長、客室乗務員に至るまで——からの共感に頼っているとすれば、わたし自身の共感能力も高いだろうと、あなたは思うかもしれない。

それは間違いだ。十一歳の妹が菜食主義者になると宣言したとき、わたしはその哲学的姿勢に感心しなかった。妹の注文に対応できない（あるいはしようとしない）レストランについて、いっしょに嘆く気にもなれなかった。わたしはこう考えた。あら、そう。わたしだったら、自由にものを食べるためならなんでもするというのに、あなたは自分からそれを投げ捨てるわけね。

生意気な子。

十歳年上の優位な立場から見ていたわたしは、肉を食べないというクリスティーナの選択をただの気まぐれと考えた。妹が三歳のときの半年間、いちばん好きなおやつとして、ボウルに入ったハインツのケチャップを指につけて舐めていたのと同じくらいばかげている。

菜食主義という妹の姿勢は、のちにビーズリー家の〝親類〟の集まりでテキサス州フォートワースへ旅行したとき、面倒を起こすことになる。父が、故郷の英雄だか何かに選ばれて、部隊の写真と逸話を分かち合うために生まれた街を訪ねる計画を立てた。陸軍は、さまざまな指導的役割を通して父を准将にまで昇進させ、父は中西部の六大州の陸軍予備役軍人を指揮していた。わたしが子どものころには、定期的に軍務に戻って配備される期間があった。

前回家族でテキサスを訪れたのは、もう何年も前だった。クリスティーナはまだ生まれていなかった。わたしは、七歳のときに受けたヒューストンの印象を思い起こした。銀色の屋根に〝ビンゴ〟とペンキで書かれた納屋くらいの大きさの老人ホーム（確かに、見渡すかぎりずらりと並んだ賭けごと好きのおばあさんたちが暮らしている）。煙草の煙と、スパイシーな香水シャリマーが混じったにおい。シックスフラッグス遊園地で獲得した大きすぎるピンク色の熊。ジョーおじいちゃんの市民ラジオでトラック運転手とおしゃべりし、相手をびっくりさせたこと。

ワシントンＤＣからダラスのラヴフィールド空港まで飛行機に乗り、そこからフォートワースまで車で移動して、わたしたちはみんな疲れきってお腹を空かせていた。父は、街へ入る途中最初に見つけた高級レストランで車を駐めた。それからわたしたちを車内で待たせ、支配人と話しに店へ向かった。

父が戻ってきて、母に請け合った。「料理長は、問題ないと言ってる」

つまり、わたしにとって問題ないということだ。なかへ入ると、母が言った。「菜食主義者用の料理については、訊いたのかしら？」

その場所に置かれたすべての椅子が革張りされているという事実で、ぴんと来てもよかった。クリスティーナはしりごみしたが、ほかにどうしようもなく、わたしたちは座った。テキサス対ヴェジタリアン、テキサスの一点リード。

わたしは、限られてはいるが手ごろな選択肢のなかから、前菜としてアスパラガスのプロシュート巻き（ミシシッピ川の西側では、プロシュートはベーコンのこと）を選び、鶏胸肉のグリル、プレーンのベイクドポテトを注文した。クリスティーナの選択肢は、グリーンサラダの前菜に続いて、ふた皿めのグリーンサラダ、そしてプレーンのベイクドポテトだった。

妹はわたしの表情をうかがって、サラダの晩餐がどれほどみじめかを確かめようとした。しかしわたしは、目を合わせなかった。このときでさえ、妹がみんなといっしょに、テーブル上のパンのかごから気軽にコーンブレッドマフィンを取れるのがねたましかった。だからわたしは、かわいそうなアレルギー持ちの娘を演じた。アスパラガスが来たとき、メニューの写真そのものの前菜を食べるぜいたくに、ディケンズの小説に出てくる孤児になりきってうれしげな声をあげた。

「すごくおいしいわ！　ひと口食べてみればいいのに！」しばし間を置いて、「そうそう、あなたはだめなのよね」

翌日わたしたちは、心臓内科医で、その年の集会主催者であるジョージ・マーヴィンの家に集まった。ビーズリー家の者たちはみんな一様に、趣味においては風変わりで、職業においてはしつこいほど細かい。メンバーには、高名な地質学者で蛇の専門家のチャールズ、テキサス大学エルパソ校の経営学名誉教授で、法定の盲人なのにアマゾン川へカヌー漕ぎにも行くローラ、純血のアパッチ族で、火打ち石の打ちかたやかごの編みかたを教えながらテキサス州を旅しているラモン・オラキアがいる。

〝親類〟の集まりと呼ぶのは、自分たちの血縁関係を把握するのがむずかしいからだ。長年参加しているあるカップル――いつも彼女は花柄のシャツを着て、彼はネイビーブルーの帽子をかぶっている――は、みんなが知るかぎり、家族との血のつながりはない。しかし、ふたりともとてもいい人なので、誰もそのことについて問いただせないのだ。

午前半ば、まだ全員が揃う前だったが、ジョージ・マーヴィンがみんなを呼んで、最初の食事前に祈りの輪をつくろうと言った。クリスティーナとわたしはためらったが、やらないわけにはいかないようだ。手をつなぐと、人の鎖が居間に詰めこまれたソファーや椅子のまわりをぴったり取り囲んだ。

「見てごらん」親類のひとりが言った。「心臓の形になってるよ」

ジョージ・マーヴィンが、医者らしく入念に集団を眺めた。「左心室に拡張早期虚脱だな」と指摘する。わたしたちは祈った。

ビュッフェ式の昼食が用意されたとき、わたしは困った状況に置かれたことに気づいた。コーンチップスには、すでに溶けたチーズがかかっている。サラダには、すでにきゅうりと卵がさいの目切りになって入っている。

「あれは何？」妹が、答えを知っているくせに、ロメインレタスのあいだに埋もれたピンク色の小片を指さした。

「ハムよ」もてなし役である、ジョージ・マーヴィンの長年の恋人が答えた。

妹が身をこわばらせた。まったくもう、とわたしは思った。母がキッチンに入って、わたしたちが食べられるものを探し、元の袋に残っていたいくらかのコーンチップスや、冷蔵庫のなかの緑の野菜を集めてくれた。

何年も前に、祖母はわたしのアレルギーに疑いをいだかなくなっていた。しかし、クリスティーナの新たな使命や、それに伴う不満は理解できなかった。妹の空っぽの皿をじっと見る。

「クリスティーナ、神さまは、わたしたちの食べ物として動物をお与えくださったのよ」祖母が言った。

その日は、家族と会話を交わしながらゆっくり過ぎていった。わたしたちは居間でのんびりし、私道でおしゃべりし（お酒嫌いのローラに見つからないよう、誰かの車のトランクにビールが入れてあった）、プールのそばでぶらぶらして過ごした。ラモンが到着し、喫煙者用に張られたテントのなかに、編み道具を用意した。かごの底になる平らな円板を手に取り、残りの葦《あし》を丸めてバケツの水に入れ、濡らして曲げやすくする。そして作業に取りかかった。わたしはラモンのそばについて、煙草の煙でくしゃみが出ても平気なふりをした。

昔のヒューストンの思い出は、あまり役に立たなかった。大おばのどちらがルースで、どちらがイレインなのか見分けようとしたが、記憶のなかでふたりの顔はぼんやりかすんでいた。結局、あとになって深い親愛の情とともに思い出したのは、イレインのほうだった。「ほんとうにねえ、七歳のころのあなたは、苛立たしくて、知ったかぶりの生意気な子だったのよ」

家に十代の若者はほかにいなかったので、クリスティーナはスーツケースに詰めこんできた五百ページのペーパーバックに安らぎを求めた。あらゆる誘いは、妹の菜食主義の倫理に反するよう計画されているらしかった。いいえ、剝製コレクションは見に行きたくない。いいえ、家畜置き場の牛追いパレードはやめておくわ、ありがとう。

妹があまりにもおとなしいので、わたしは自分がビーズリー家の一員であることを証明しようと、いつになく躍起になった。キッチンで、辛いサルサについての議論に加わり、自分がテキサス州人の舌を受け継いでいると自慢した。ジョージ・マーヴィンが、窓台で育てている唐辛子をひとつかじってみろとけしかけた。わたしは一本丸ごとつかんで、口に放りこんだ。あとで、それはスコヴィル値約三十二万五千のスコッチボネットだとわかった。ちなみにハラペーニョはたったの五千だ。

まるで電気のコンセントとディープキスをしたかのように、舌がびりびりした。目から涙があふれた。涼しい顔で水を飲んだが、それは炎を喉の奥まで広げただけだった。

「牛乳にする?」親類のひとりが訊いた。「だって、ほんとうに効くのは牛乳だけだからね」

わたしは首を振って、咳きこみながら裏庭のデッキチェアに退いた。二十分たってようやく、痛みが鈍いうずきにまで鎮まった。日が暮れかけ、ぼんやりプールの向こう端を見つめて、コンクリートのへりをちょろちょろ走る尾の青い蜥蜴《とかげ》の数を数える。

しばらくすると、クリスティーナが外に出てきて、プールの脇を行ったり来たりし、ときどきつま先を水につけた。

「それじゃ」妹がだしぬけに口走った。「パパには別の奥さんがいたの?」

なんてこと。誰かが洗面所のそばに、完璧すぎる家系図を貼りつけていたのだ。わたしはなんとか説明しようとした。これは父の重大な過去というわけではないし、家族みんなで隠していたわけでもない。子どものいない、ほんの短い期間の結婚だったのだ、と。自分がどうして知ったのかも話した。十四歳のとき、両親の結婚証明書を見て、父のところに〝離婚歴あり〟と書かれていることに気づいたのだ。妹をなだめることはできなかった。

どんな家族も、互いを失望させてしまう場面と向き合わなくてはならないことがある。しかしわたしの家族には、小さな事実を大ごとにしてしまう特別な才能があるらしい。自分の心にためこんだ思いと——その後に聞かされる真実のせいで。妹にかけるべき言葉を見つける前に、わたしたちはなかへ呼ばれた。親類の誰かが夕食をつくっていた。

「牛の肩ばら肉だよ」男性たちが誇らしげに言った。「弱火でじっくり煮たんだ」

クリスティーナとわたしは、コーンチップスとサルサをもうひと皿用意して、居間の床に自分たちだけの場所をつくった。誰かが、白黒フィルムで撮った昔のホームムービーをかけた。曽祖父や大おばらしき人たちが映っていた。わたしは、血のつながりを一瞬でも感じたいと強く願った。しかしどんなに目を凝らして眺めても、顔は見分けられなかった。

翌日は、かなりましだった。おかしなことに、これ以上悪くなりようがないと、事態は改善するものだ。父がクリスティーナを、おじのジムといとこのミシェルといっしょに乗馬に連れていった——動物を銃弾やフォークの標的にしない、テキサスの伝統のひとつだ。最初の奥さんの話は出ないだろう。それはわたしたちの流儀ではない。

わたしは母とプールサイドに残ったが、しばらくすると、母はジョージ・マーヴィンが勤める診療所までの徒歩旅行に連れていかれた。二時間後、母は、瑪瑙《めのう》や晶洞石《しょうどうせき》が含まれているとチャールズが言い張る岩石の箱と、ほんとうの目当てであるベナドリルとアレグラの試供品がたくさん詰まった鞄を持って戻ってきた。

「これを見てちょうだい！」母が言った。「半年分はあるわ」

プールバレーボールの試合が始まり、九十四歳のローラも水玉模様の水着を着て加わった。乗馬に出かけていた人たちも戻ってきた。夕食の予定が発表された。残りの肩ばら肉と、ハムやサラミのサンドイッチ。

生死を賭けた食事の三日め。あと一枚でもコーンチップを食べたら、吐いてしまうだろう。母がサンドイッチをばらばらにして、七面鳥の肉をはぎ取り、クリスティーナのためにチーズサンドイッチをつくった。それから、サンドイッチ用に脇に置かれていたレタスとトマトを寄せ集めて、わたしのためにどうにかしなびたサラダをこしらえた。

母がカウンターからカウンターへせわしなく動くのを眺めているうちに、苦闘しているのはクリスティーナとわたしだけではないのだと気づいた。なにしろ母は、おおぜいのビーズリーたちに囲まれた、たったひとりのプルエット家の人間だ。氷のかたまりを使いやすい大きさに砕く母の姿には、静かな迫力があった。娘たちを守ることが、母の使命だった。

毎年の白い象のプレゼント交換*で親類の集いを締めくくる前に、父が陸軍の任務のスライドを見せた。アフガニスタンでの移動撮影、ホンジュラスで調査した土砂崩れ、スネリング砦での国旗掲揚式、そしてイギリス女王からブルー・デビルズ・ホース小隊に贈られた体高百九十センチの馬、ノーマン。家族みんなが心をこめて拍手をした。ワシントンDCでは、愛国心が優先事項というより政治絡みの戦略ととらえられるので、こういうことはめったにない。テキサスでは、〝国のために尽くしている〟ことに感謝する場合、それは心からの感謝を意味する。ラモンが手編みのかごを、母とわたしとクリスティーナに贈り、わたしたちの尽力にも感謝してくれた。

プレゼント交換は、浮かれた雰囲気のなかで行われた。ビーズリーの誰かが欲しがるものを、別のビーズリーが奪う。誰もたいして気にしていないらしい。プレゼントは、異国風の織物から、レースのコースター、ペン、ポケットナイフまでさまざま。わたしは、昨夜観たホームムービーで学んだとおりに、うまく立ち回って小さなおもちゃのステーションワゴンを手に入れた。

クリスティーナは最終的に、しっくいの蛙をもらった。淡い緑色で、優に二十センチはあり、満面の笑みを浮かべている。文鎮なのだろうか？　それとも庭の装飾品？　醜いのだが、妙にバランスが取れていた。妹はにっこりして、新しいペットの頭を撫でた。

妹を見ているうちに、バーベキュー好きに取り囲まれたなかで菜食主義者になるという決意がわがままに思えるのは、食物アレルギーを中心に回っている世界でだけなのだと気づいた。わたしの

＊白い象とは不用品の意味。札を引いてプレゼントを選び、その場で開封していく。あとから札を引いた人が開封されたプレゼントを奪うこともできるゲーム

世界では、いつも食物アレルギーを意識している必要がある。クリスティーナの世界では、その必要はない。わたしは妹の膝をぽんとたたいた。

「その蛙になんていう名前をつけるの？」わたしは訊いた。

飛行機で自宅に戻った最初の朝は、いい感じに時差ぼけだった。妹が寝ているうちに、母が雑食の家族のためにベーコンを焼いた。わたしたちはスーツケースをあける作業に取りかかった。

「まあ！」母がキッチンで大声をあげた。「どうしましょう」

タッパーウェアとタオルのあいだに注意深く詰めたにもかかわらず、クリスティーナの蛙は、手荷物引渡所の手荒い扱いのせいで足をなくしていた。両親とわたしは、かつては水かきだった粉々のしっくいを調べた。どうこれを妹に伝えようか？　国を縦断する四日間の旅を終えて、家族はようやく心をひとつにし、すばやく無言の決断を下した。

「先週、ライト・エイドで同じものが特売になってるのを見たわ」母が言った。

「車を出してくるよ」父が言った。


入れ墨から儀式的な断食まで、人間は昔から自分の体をキャンヴァスにして、部族や宗教、文化、政治における所属を示してきた。菜食主義という習わしは、古代までさかのぼることができる。紀元前六世紀のジャイナ教徒たちは、動物への非暴力を説いた。紀元前三世紀のインドを支配した仏教徒のアショーカ王は、正式にいけにえや狩りを非合法とし、〝雄鶏を去勢してはならず、生けるものを隠す殻を焼いてはならない〟とした。

古代ギリシャ・ローマ時代、菜食主義を表すギリシャ語は〝魂を持つ存在を断つこと〟を意味した。南イタリアでは、肉を避けることは〝ピタゴラスの生活様式〟に従うものとして賞賛された（斜辺の二乗は他の二辺の二乗の和に等しいという定理と混同しないように）。

中世ヨーロッパの修道士は、菜食主義を自分たちの禁欲的な生きかたの一部ととらえ、聖ヒエロニムスや聖ジュヌヴィエーヴを手本とした。のちの菜食主義支持者には、芸術家のレオナルド・ダ・ヴィンチや詩人のパーシー・ビッシュ・シェリー、そして——頑固な十六歳だった——ベンジャミン・フランクリンがいた。

一八五〇年、アメリカ菜食主義協会が、ウィリアム・メトカーフ師と、クラッカーの名前の由来となった人シルヴェスター・グラハムとの協力によってつくられた。ふたりは、セブンスデーアドベンチスト教会の指導者エレン・G・ホワイトと同教会の支持を得た。十九世紀後半、菜食主義は熱烈な信仰を示すものであり、動物実験反対や禁酒を唱える文化的な運動と結びついていた。

二十世紀に入ると、菜食主義は主流になった。二〇〇二年のCNNの世論調査では、アメリカの成人の四パーセントが自分を菜食主義者と考え、うち五パーセントはさらに厳格な完全菜食主義者《ヴィーガン》と見なしている。ヴィーガン（vegan）という言葉は、動物製品——肉やチーズだけでなく、羊毛や絹、人によっては蜂蜜や蜜蠟《みつろう》も含む――を断つことを意味する。一九四四年に、イギリス人のドナルド・ワトソンが〝ヴェジタリアン（vegetarian）の最初と最後〟の数文字からつくった言葉だ。

アメリカでの菜食主義の高まりは、大豆製品の増加と軌を一にしている。トーファーキー*は正式な感謝祭の料理だ。スターバックスで豆乳を注文することは、ハーフアンドハーフ**を注文するのと同じくらいありふれたことになった。発酵豆乳は古代中国漢王朝のころからあるが、アメリカ料理に大豆が盛んに使われるようになったのは、意外な三人組のおかげとも言えるだろう。メンバーは、ジョージ・ワシントン・カーヴァー、ヘンリー・フォード、そしてジョン・ケロッグだ。

ジョン・ハーヴェイ・ケロッグは、一八六四年、十二歳のときにジェームズ・ホワイト（エレンの夫）の訪問を受けて以来、セブンスデーアドベンチスト教会の信者だった。ベルヴュー病院で医学の学位を取得したあと、アドベンチスト教会の療養所の所長となり、《グッド・ヘルス・マガジン》の編集者も務めた。ケロッグは誌上で繰り返し、果物とナッツと穀類から成る食生活を勧め、肉は必要ないと訴えた。

今日では、偽医者だと言われることも多い。T・Cボイルの小説『ケロッグ博士』とそれを原作にした映画でおもしろおかしく描かれたせいだ。しかし一九〇六年、バトルクリーク療養所には、この国随一の有力者たちが七千人（と神経症患者が少数）滞在していた。ケロッグは、あらゆる食事とともに大量の水を飲むように命じた。乳牛の副産物に頼ることをひどく嫌い、アーモンドやヘーゼルナッツでつくったミルクを好んだ。これは、後年徐々に増えてきた乳糖不耐症を理解するうえで役立つことになった。ケロッグの名がついた――弟のウィルが商標登録した――シリアルが、変性させた小麦に砂糖をまぶし、ボウルに入れて牛乳に浸すのが〝最高〟なものに変わってしまったことは、痛烈な皮肉と言える。

一九三八年の手紙で、植物学者ジョージ・ワシントン・カーヴァーはこう書いた。「健康に関心のある聡明な人なら誰でも、ケロッグ先生の行いを賞賛していると、わたしは確信しております。あのかたはほんとうに、わたしの理想の人物です」一九一一年、カーヴァーは、すべてがピーナッツ製品からできた十四の料理（スープ、パン、クリームチキン、デザートのクッキーを含む）から成る五品の昼食を用意した。タスキーギ学院***校長ブッカー・T・ワシントンと主任医師と、その妻たちを含む、学院の権威者たちのテーブルにも給仕した。のちにしっかりと歴史に刻まれたとおり、この食事の意図は、豆科植物の価値を証明することにあった。ケロッグは、カーヴァーが事前にメニューの写しを送ることにした人物だった。

ふたりの文通の話題は、ピーナッツ乳に対する賞賛から、アルファルファサラダのおいしさにつ

＊七面鳥の丸焼きに見た目と味を似せた豆腐の加工品
＊＊高脂肪乳と無調整乳を一対一で混ぜたもの
＊＊＊アラバマ州タスキーギに設立された黒人のための職業訓練校。現在は大学に改編されている

いての議論までさまざまだった。ケロッグは、アルファルファが苦すぎるのではないかと考えた。「いくつかのドレッシングをかけて試してみました」とカーヴァーはケロッグに宛てて書いた。「フレンチドレッシングがいちばん好きです。酢の代わりにレモン汁を使うようご忠告くださってありがとうございます。とてもおいしいです」

カーヴァーはピーナッツとさつまいもの研究で知られているが、個人的な嗜好ははるかに多様だった。一九九〇年代にテラ（すなわちタロいも）チップスが人気の高級ブランド品になる何十年も前に、ハワイ大学農業試験場の教授にこんな手紙を書いている。「わたしは少しばかりタロいもを育てていまして、それをたいへん気に入っています。タロいもでつくったチップスが特に好きです……じゃがいもでつくったものよりおいしいと思います」一九〇三年以来、カーヴァーは、アイスクリームからチーズ、コーヒー、穀粉まで、すべて大豆でつくることに取り組んでいた。一九三六年のインタビューでは、大豆のことをこう表現している。「三百種類の製品がつくれるピーナッツと、完全にではないが、ほとんど同じくらい使い道が広い」

この言葉は、ヘンリー・フォードの耳に心地よく響いた。一九二八年以来、フォードは、農作物と工業製品を結びつけようとする〝農産化学〟を学んでいた。その使命は、大恐慌のあとますますはっきりしてきた――しかも、フォード・モーター社の主たる研究者たちが判断したところでは、大豆が最も有望だった。一九三四年のシカゴ万国博覧会で、フォードは記者たちを十四品の食事に招待した（もしかすると、これに先立つカーヴァーの昼食に敬意を表したのかもしれない）。大豆パンから、大豆チーズと大豆ソースを添えたパイナップルの輪切りまで、すべての料理が少なくとも部分的に大豆でできていた。その翌年、イリノイ州シカゴのグリッデン社が工業グレードの大豆たんぱく質をつくる最初の工場を建てたのは、偶然ではない。

一九三四年、フォードはカーヴァーと手紙のやり取りをするようになっていた。一九三八年三月には、初めてカーヴァーのタスキーギの研究室を見学した（のちに、カーヴァーが健康の衰えによって体に障害を負うと、フォードは実験を続けられるようにと構内にエレベーターを設置する費用を支払った）。そしてカーヴァーに、微妙な色合いの染料——本人が提案したのは桜材に似せた大豆由来の混合物——をつくってほしいと依頼した。ジョージア州ウェイズステーション*の七万五千エーカーの私有地にある、発電施設の床を塗るためだ。

フォードが大豆製のプラスチックを加えて大幅に軽くした六百キログラムの車の製造に没頭するにつれ、カーヴァーはこの新しい依頼人の執着に気づかずにはいられなかった。友人への手紙で、カーヴァーはフォードについて「いままでは大豆でできたスーツを着ているると秘書が言っています」と書いた（アズロンと呼ばれたこの大豆製の合成繊維は結局、市場ではデュポン社のナイロン製品

*現在のリッチモンドヒル

に負けてしまった)。ふたりは長年友情を保ったものの、カーヴァーはほどなく、大豆が原動力となる未来というフォードの構想に、正式に関わることを辞退した。「わたしが研究を続けているのは、最下層の人がそれによって利益を得られるようにするためだ」一九四〇年、カーヴァーは南アフリカの同僚に言った。「工場にはあまり興味がない」

フォードの車は、大豆のセルロース繊維を原料にした樹脂と副産物の化合物を使い、軽さと頑丈さを実現した――フォード自身が斧を振るってドアを試験したほどだ。しかし残念なことに、パネルは一〇〇パーセントの防水を達成できなかった。自動車産業における大豆の役割は、次の世紀にバイオ燃料への新たな関心が集まるまで、充分には認識されなかった。

とはいえ、必要なだけの下地はできていた。第二次世界大戦が始まると、大豆は役立つ必需品として抜擢された。従来のコーヒー豆の消費が制限される一方で、大豆コーヒーはカフェインを含まないものの、フォードの後押しもあって人気となった。窒素固定によって土壌を肥やし、多くの収穫が得られる使い道の広い大豆は、政府の助成金を獲得するチャンスをとらえた。二〇〇〇年には、合衆国は〝小さな菜園の〟(食用の)大豆と〝大きな畑の〟(工業用油の)大豆を七千五百万トン生産した。

マイケル・ポーランの『ヘルシーな加工食品はかなりヤバい』によると、大豆はアメリカの食生活において、とうもろこしに次ぐ第二位の普及率になった。「あなたが口にしている植物性油脂の七五パーセントは、大豆でできている」とポーランは指摘する。「とうもろこしは、アメリカ人ひとり当たりの一日の食糧中五百五十四カロリー、大豆は二百五十七カロリーを占めている」

大豆粉はファーストフードのハンバーガー用のパンだけでなく、ピザやドーナッツ、たいていの大量生産のパンにも使われている。大豆たんぱく質はハンバーガーの肉からツナ缶、チョコレートまで、あらゆるものに入っている。もし子どもに牛乳アレルギーが現れたら、頼りになる代用品として大豆でつくった乳幼児用調合乳が、液体や粉末、濃縮の形で手に入る。最近、枝豆が〝スーパーフード〟と位置づけられてから、冷凍炒め野菜ミックスやアップルビーズのサラダにも、ひとつかみほどの未成熟な大豆が交じるようになった。

わたしのように大豆にアレルギーを持っている場合、これはちょっとした悪夢だ。レストランで、わたしはしょっちゅうこんな状況に直面する。

第一段階：「伝えておかなくてはならないアレルギーがあるんです」わたしは言う。ウェイターが緊張する。

第二段階：「牛肉、乳製品、卵……」わたしは列挙し始める。ウェイターが見るからに緊張をゆるめる。「問題ありません！」と言う。「菜食者向けの健康的なお料理をいろいろ用意してますから」

第三段階：じつは大豆アレルギーもあるので、豆腐やテンペや〝植物性たんぱく質〟（ベジバーガーのパティに使われるもの）を避けなければならない、とわたしは説明する。大豆マヨネーズもだめ。乳製品を含まないマーガリンもだめ。

第四段階：「それから、肉食者向けの料理が食べたいんです。でも、牛肉や海老はだめ」

第五段階：「かしこまりました。何ができるか、調べてまいります」ウェイターが肩を落とし、料理長と話しに厨房へ戻っていく。わたしはどうにか菜食主義者たちを黙らせることに成功する。

ありがたいことに、いまのところ大豆に敏感なＩｇＥ抗体を持つ人たちは、ピーナッツや貝類・甲殻類にアレルギーを持つ人たちより反応を起こしにくい傾向がある。たいていは、四百ミリグラム以上の大豆を摂取して初めて、発作が起こる。わたしの場合、寿司にちょっぴり醬油をつけてもなんともないようで、大豆油は避けているが、ほかに選べない場合は我慢することもできる（多くのレストランは調理に大豆油しか使わないので、そういうことはよくある）。

ひとつの文化として、わたしたちは危険な火遊びをしている。何世紀ものあいだ、アジアの人々は食生活に大豆を取り入れてきた。そして確かに、ほとんどなんの害もなかった。しかし、わたしたちはいまやあちこちで、一日に平均九グラム消費される味噌や納豆などの一次発酵食品について話している。ストローつきの持ち帰り用カップで、発酵させていないたんぱく質を一日の摂取量の二倍とれる大豆シェイクについて話している。なぜピーナッツアレルギーがあれほど急速に深刻化するのかは、誰にもわからない。もし同じことが大豆に起これば——とうもろこしとは違って、すでに発生率において〝ビッグ8〟アレルゲンのひとつになっているのだから——料理によって自分たちの首を絞めることになる。

大豆とわたしたちの関係をさらに複雑にしているのは、大豆に特異的なIgE抗体を持たなくても、そのアレルゲンに反応する人がいるという事実だ。これは、口腔アレルギー症候群（OAS）として知られる食物アレルギーの特殊型のひとつで、たいていは重い花粉症を持つ成人に見られる。食物のたんぱく質と花粉のたんぱく質がよく似ているため、交差反応が起こるのだ。大まかに言えば、マスト細胞がそれらを取り違える。アーモンド、林檎、セロリ、桃は、榛《はん》の木の花粉と混同される。稲科植物の花粉は、メロン、トマト、オレンジと共通する抗原分子を持つ。豚草は、バナナやカンタロープメロン、きゅうりと同じ組になる。

たいていは、最大限の反応でも、唇や口のまわりがちくちくしたり、かゆくなったり、腫れたり、ことによっては胃腸の不具合を伴ったりする程度で済む。林檎のような果物は、皮をむくか調理すれば、充分にたんぱく質が変性して、そういう影響を止められることもある。しかしセロリなど、そのほかのOASの原因食物は、しつこいアレルゲンだ。それで、大豆は？　大豆はよこしまな樺の木のまねをして、その花粉に敏感な人が豆乳を摂取すると、アナフィラキシー反応を起こさせることがある。

だとしたら、なぜ大豆はこれほど人気なのか？

豆は悪者ではない。優れたたんぱく質を与えてくれるただの植物だ。しかし、元の形をはるかに超えた操作をされていて、いまや絞りかすの成分（レシチン）までが多目的の乳化剤として販売されている。

ジョージ・ワシントン・カーヴァーは食品科学の先駆者だったが、農場で取れたものを自然な形でとる食事の提唱者でもあった。しばしば食べていたのは、地元で収穫した芥子菜《からしな》、蕪《かぶ》、トマトなどで、メイン料理というより薬味として豚足やオポッサムを使った。カーヴァーは、〝見た目のいい料理をつくる〟人や、栄養価より準備の簡単さを重視する人を非難した。

ポーランにその姿勢を支持されるずっと前に、カーヴァーは人々にこう警告した。「農業の科学と実践は、分かちがたい緊密な関係で結ばれている。どのような状況でも、切り離すべきではない」彼の考えていた未来とはだいぶ違うようだ。

もしかすると、これは嫉妬から出た発言かもしれない。大豆王へのわたしの憤懣《ふんまん》は、ほんとうはヴィーガン姫を標的にしているのかもしれない。妹と同じ年ごろで、わたしより十歳若くすらりとして、大豆ラテをちびちび飲み、形のいいお尻の部分にブラウン大学やカリフォルニア大学サンディエゴ校（ＵＣＳＤ）のロゴが入ったショートパンツをはいて走っているかわいい女の子たちを。わたしが走りに〝いった〟ことは一度もない。犬から逃げて走ったり、バス停から離れていくバスに向かって走ったりしたことはあるが、それは数に入らないだろう。理屈の上では、運動が大切なことはわかっている。一九九九年には、テニスシューズを買った。夏を過ごす計画のひとつとして、当時の恋人とともに、ウィリアム・アンド・メアリー大学のレクリエーション・センターでラケットボールの試合を楽しもうと自分に言い聞かせた。シューズに描かれた鮮やかな紫色の流線が、肉体的な能力を飛躍的に伸ばしてくれることを約束していた。きっとできる！　きっと好きになれる！

シューズの白い部分は、いまも白いままだ。靴ひもの二重蝶結びは、たぶん二〇〇三年春からほどいていない。

機会がなかったせいにはできない。父は早い時期から、わたしが何かスポーツを始めないかと期待していた。土曜日になると、あちこちの高校の裏にある野原に連れていってくれたことを憶えている。そして、ありとあらゆる運動用具を詰めた大きなナイロンバッグを持っていった。アルミニウムのバット、ソフトボール、ミット、ラグビーボール、サッカーボール、バスケットボール、テニスラケット、テニスボールふたつ、さらには、とにかく切実な思いから用意したに違いない、バレーボール。父はボールを投げたり、取ったり、高く放ったり、定位置につけたり、サーブしたりするあいだずっと、わたしのなかになんらかの才能のきらめきを見つけようとしていた。

わたしは、父と過ごすのがうれしかったので調子を合わせた。わたしが打ったり蹴ったりするボールはみんな、のろのろと転がった。サッカーにバントというものがあったとしたら、わたしはその達人だった。テニスのサーブは短く、バレーボールのサーブは横へ外れた。二時間たつと、わたしは尋ねた。「まだ〈ロングジョンシルヴァーズ〉*に行かないの？」

妹がいっしょに来たときのほうが、まだうまくいった。妹の菜食主義について父がいちばん心配していたのは、そこそこのサッカー技能を伸ばしていくだけのカルシウムとたんぱく質がとれないのではないかということだった。慢性喘息と花粉と稲のアレルギーがあるわたしは、自分が外を走り回るようにできているとは思えなかった。スポーツとはつまり、自分の体に自信をつけていくことだろう。わたしは自分の体を信用していなかった。

ほとんど運動をしなかったので、わたしは痩せっぽちの子どもとは言えなかった。それでも、体重のことでからかわれた記憶はない。中学生になると、女の子ひとりひとりのスタイルの違いがもっとはっきりしてきた。わたしは、念入りに選んだスカートやネックレスやブローチよりも、ずんぐりした体型が目立たないことを願った。

八年生になり、親友メロディーの家に泊まったとき、わたしは彼女が日記として使っているミードコンポジションノートを一冊引っぱり出した。メロディーは母親と話すために部屋を離れていた。

日記を見つけるのはむずかしくなかった。ベッドの頭板のところに並べてあったからだ。白黒のマーブル模様の表紙を開いて、始業日に、わたしたちが理科の実験のパートナーとして出会ったときのことが書かれたページまでめくっていった。

わたしについて最初に気づいたのはなめらかな白い肌だった、と書いてある。「おもしろくて、ちょっと太っている」

太っている？

あの新学年初日、わたしは何時間もかけて服を選んだ――〝スタイルがよく見える〟と母が言った黒のミニスカート、色とりどりのシードビーズのネックレス、一枚だけ持っているボタンダウンのシャツ。ゆったりした絹製なので、急に大きくなってきたバストラインを見るために横を向いても、不格好にしわが寄らない。リミテッドの店員は〝シナモン色〟と言ったが、わたしは〝オレンジ色〟だと思っていた。

顔がかっと熱くなった。きっと大きなかぼちゃみたいに見えていたんだわ、と考えた。メロディーが部屋に戻ってくるまでには日記を棚に戻しておいたが、わたしの自尊心はずたずたになった。

＊シーフードを中心とするファーストフード店

わたしの母は当時四十代の初めだったが、そのころもいまも、はっとするほどの美人で――かつてイリノイ州の〝桜の王女〟に選ばれたこともある（祖母が言うには、「あのころは学力のほうがずっと重視されてたのよ」とのことだが）――家にはあまりジャンクフードを置かなかった。たとえ母がチョコレートシロップとアイスクリームを常備していたとしても、牛乳アレルギーがあるわたしには食べられなかっただろう。それなら、ぜい肉はどこからやってきたのか？

その後十年かかってようやく気づいたのは、問題が食事の選択肢の少なさ（プレッツェルよりプリングルスにするか、鶏肉は皮つきか皮なしか）にあり、たいていの場合は食べすぎでさらに悪化していたということだった。母が朝にライスクリスピートリートをつくると、わたしは午後四時までにトレイの半分を食べていた。二時間でチキンウィングを一袋食べきったこともある。

両親に、残さず食べるようにきびしく言われていたわけではない。少し気分が〝乗らない〟だけで食事をとらないこともあった。それでも、とりわけ旅に出たときや、誰かの家に呼ばれたときに、〝サンドラに優しい〟食べ物を見つけると、すっかり満腹になるまで食べるように促され、さらにもう少し食べるように勧められた。

マクドナルドのハッシュポテトを一枚ではなく、二枚でもなく、四枚食べた朝食を思い出す。これだけで三十六グラムの脂肪――一日の推奨脂肪摂取量の八〇パーセントが含まれている。健康的でないことはわかっていた。しかし、ハッシュポテトが午前十時半で終わってしまうこともわかっていた。そして、わたしが安全に昼食を食べられる場所が見つかるまでどのくらいかかるか、誰にもわからなかった。

どこかの時点で、満腹になったことと、食べるのをやめようという本能が、頭のなかで結びつかなくなった。そのとき手に入る料理がぜんぶなくなるまで食べてしまう。つまりローストチキンまるごとの場合なら、小指を使って、鶏の肩甲骨の隙間からしっとりした肉を最後のひとかけらまではがす。ファイヴガイズへ行く場合は、袋に残った最後の揚げかすまで食べる。家でパーティーをする場合は、ローズマリーパンの余りで残ったガーリックホムスをすべてぬぐい取る。時間がたちすぎてディップが乾き始め、プラスチック容器の縁からぽろぽろはがれてくるころに。

ここ二、三年で、わたしはぎこちないながらも自分の食欲と休戦協定を結んだ。いまは料理を学んでいて、ときには（特に来客があるときには）本格的な食事を用意することもある。キヌア*とカレー味の根菜を添えた七面鳥、あるいは黒豆とワカモーレを添えたトマティロ**チキン。しかしたいていは、お腹いっぱい食べたいという本能を受け入れて、ひとつの料理より複数の食事で栄養のバランスを取るようにしている。

「食べられるものはあるの？」アレルギーのことを初めて聞いた人は、よくわたしに尋ねる。

*あかざ属の植物で、メキシコやアンデス高原地帯で古くから主食用の穀物として栽培されている
**メキシコ産の茄子科の植物。小さな球状の果実を食用にする

「たくさんあるわ」わたしは答える。「クスクス、ひよこ豆、アーモンド、魚、林檎、オートミール、ほうれん草、ワイルドライス、鶏肉、ブロッコリー……」

すべてほんとうだ。ただわたしが打ち明けないのは——レストランでの食事や特別な機会を除けば——おそらくいつでも、選択肢のなかの一種類か二種類を、四人用のボウルに山盛りにして、ほとんどドレッシングやソースもかけずに食べているということ。

食物アレルギーに関わるきびしい制約のせいで摂食障害を起こす人は多いような気がする。しかし、共感が得られるコミュニティーを見つけるのはむずかしい。世間一般には逆の動きがあって、摂食障害を持つ人が、自分たちの行動を正当化するために食物アレルギーを利用しているからだ。拒食症の人が、自分は菜食主義者になったのだと言う。過食症の人が、胃の不調を〝何かの不耐性〟のせいにする。タレントたちがインタビュー中にパンを断《ことわ》って、炭水化物を食べないわけではなく小麦にアレルギーがあるからだ、とメディアに説明する。《デイリー・ビースト》の二〇一〇年の記事は、〝スターのあいだで新たなダイエットが大流行〟とうたっていた。

長いあいだ、グルテンフリーの生活というのは、セクシーさで言うと糖尿病持ちの生活と同じくらいであって、話題にのぼれば会話をだいなしにし、晩餐会を気まずい雰囲気にさせたもの

郵便はがき

料金受取人払

板橋北局
承　認

1047

差出有効期間
平成28年7月
31日まで
(切手不要)

1 7 4 8 7 9 0

板橋北郵便局
私書箱第32号

国書刊行会 行

フリガナ ご氏名		年齢	歳
		性別	男・女
フリガナ ご住所	〒　　　TEL.		
e-mailアドレス			
ご職業		ご購読の新聞・雑誌等	

❖ 小社からの刊行案内送付を　□ 希望する　□ 希望しない

愛読者カード

❖お買い上げの書籍タイトル：

❖お求めの動機

1. 新聞・雑誌等の公告を見て（掲載紙誌名：　　　　　　　　　　　　）
2. 書評を読んで（掲載紙誌名：　　　　　　　　　　　　　　　　　　）
3. 書店で実物を見て（書店名：　　　　　　　　　　　　　　　　　　）
5. 人にすすめられて　5. ダイレクトメールを読んで　6. ホームページを見て
7. ブログやTwitterなどを見て
8. その他（　　　　　　　　　　　　　　　　　　　　　　　　　　　）

❖興味のある分野に○を付けて下さい（いくつでも可）

1. 文芸　2. ミステリ・ホラー　3. オカルト・占い　4. 芸術・映画
5. 歴史　6. 宗教　7. 語学　8. その他（　　　　　　　　　）

＊通信欄＊

本書についてのご感想（内容・造本等）、小社刊行物についてのご希望、編集部へのご意見、その他。

＊購入申込欄＊

書名、冊数を明記の上、このはがきでお申し込み下さい。代金引換便にてお送りいたします。（送料無料）

書名：　　　　　　　　　　　　　　　　　　　**冊数：**　　　**冊**

❖最新の刊行案内等は、小社ホームページをご覧ください。ポイントがたまる「オンライン・ブックショップ」もご利用いただけます。http://www.kokusho.co.jp

＊ご記入いただいた個人情報は、ご注文いただいた書籍の配送、お支払い確認等のご連絡および小社の刊行案内等をお送りするために利用し、その目的以外での利用はいたしません。

だった……それにもかかわらず、いや、もしかするとだからこそ、グルテンフリーダイエットは洗練された食生活と同義語になり、知的な美意識としてたくさんの独自の研究を促し、有名人を取りこんだ。それどころか、ハリウッドには、唐突にグルテンアレルギーが蔓延し始めた。ジェニー・マッカーシーは、グルテンが息子の自閉症の原因だと考えている。グウィネス・パルトローは、休暇中に体重が増えたのをそれのせいにしている。『ザ・ビュー』の司会者エリザベス・ハッセルベックは、それが原因で何年も慢性の痛みに苦しんだと言う。そしてみんながこぞって、ほとんど宗教のような熱心さで、小麦抜きの食生活がもたらしてくれた安らかな睡眠や、きれいになった肌や、季節ごとのアレルギーからの解放や、あらゆる面での生の喜びについて、とうとうと語るのだ。

おかしな論理の飛躍が見られることにお気づきだろうか？　食物アレルギー以外の理由で小麦を断《た》った三人の有名人（ハッセルベックはセリアック病を患っている）を引き合いに出した記事が、ハリウッドには〝唐突にグルテンアレルギーが蔓延し始めた〟と言っている。つまりアレルギーとは、反対意見を持つ者になるため（〝それにもかかわらず、いや、もしかするとだからこそ〟）、あるいは極端なダイエットを正当化するために宣言されるものなのだ。それはシンチベルトや偽モヒカン刈りにも似た粋な装いであり、流行している一シーズンだけ身に着け、次のシーズンには脱ぎ捨てることができる。

二〇〇七年、ポップスターのジェシカ・シンプソンは《エル》のインタビューで、『めざせ！スーパーの星』の撮影中に軽い内出血を経験し、「潰瘍の原因らしいちょっとした厄介なものをお医者さんが見つけた」と話した。それ以外にも深刻な（しかし根拠のない）不快感があると訴えたところ、「チーズ、小麦、トマト、唐辛子、コーヒー、とうもろこし、チョコレート」にアレルギーがあると診断されたそうだ。

ふむ。もしその〝ちょっとした厄介なもの〟、つまりヘリコバクター・ピロリ菌が問題なら、この記事は少しばかり紛らわしい――快復中は刺激の少ない食事が勧められるものの、食生活は消化性潰瘍のおもな原因にはならない。それよりも重要なのは、二〇〇五年の『デュークス・オブ・ハザード』で成功したときが、シンプソンの大人としてのキャリアでいちばん痩せていた時期だということだろう。新たに見つかったアレルゲンのほとんどは、二号サイズのスタイルを保つためには我慢すべき食べ物と偶然にも一致している。

夫ニック・ラシェイとの新婚生活を描いたリアル・バラエティ番組『新婚夫婦――ニックとジェシカ』（熱心に見すぎていたことは認めよう）では、どのエピソードにも食べる場面はたくさんあったが、アレルギーの話など一度も出てこなかった。《コンシューマーリスト》ウェブサイトの解説者がすぐさま指摘したように、チーズや小麦やトマトにアレルギーがあるはずなのに、ピザハットの広告出演の契約は断らなかった。自分の牛乳アレルギーだけを考えてみても、いくらお金を積まれようと、顔のすぐそばにひと切れのピザを持ってポーズを取ることはできない。じんましんや嘔吐を見せては、きれいなコマーシャルにはならないだろう。

俳優のビリー・ボブ・ソーントンのような人が、小麦と貝類・甲殻類と乳製品にアレルギーがあり――そのうえ強迫性障害と、過去には拒食症も患っていたことを告白すると、どこに真実があるのかわからなくなる。わたしがいちばん信用できると思う有名人のアレルギーは、公の場での事故に関連する話――歌手のケリスが、ツアー中にナッツを口にしてチューリヒ病院へ担ぎこまれた例など――か、熱狂的なファン層がいないスターの話だ。コメディアンのレイ・ロマーノに関するささいな情報を手に入れて、アイドル雑誌《タイガービート》のポスターの〝嫌いなもの〟欄に〝ピーナッツ〟と書きこむ人はいないだろう。

ジェシカ・シンプソンがときどきひそかに朝のコーヒーとデニッシュを楽しんでいたとしても、別にかまいはしない。菜食主義者になるという妹の決断と同じくらい、わたしには関係のないことだ。しかしそこには、社会が女性の体をどんな枠にはめるかに関わる問題がある。そういう問題に反論せずにはいられないし、それはいつだって自分の体への偏った思いに根差している。

決意をしてからほぼ十年たったが、クリスティーナはいまも菜食主義者だ。たとえあした考えを変えたとしても、もうただのわがままや気まぐれとは言えないだろう。かつて姉としての賢明な考えに思えたものは、妹が自分で選択できる年だと認められないわたしの頑固さだったことに気づいた。もうそういう間違いは犯さないようになったと思いたい。しかし、血筋か食物連鎖かはわからないが、わたしたち姉妹をつなぐひもは、アレルギーのせいでもつれ合っている。

第六章

豪華に飾ったゴーダチーズ

平均的なアメリカ人を〝グルメ〟にしようとする勧誘は、いまや数十億ドルの産業になっている。長年、よくて禁欲的、悪く言えば無秩序な食生活を送ってきたわたしが、そのわなにかかった。それ以外に、自分の決意をどう説明すればいいのかわからない。土曜の朝八時に目を覚まし、繁華街でタクシーをつかまえ、マイクのような男性たちが集まるイベントに参加するとは。アロハシャツの第一ボタンの上から胸毛がはみ出しているマイク。本日、豚の腰肉の下ごしらえをすることになったマイク。

「おじょうずですよ」ジャーダ・デ・ラウレンティスが言う。手本を見せるように両手で小さく円を描いて、豚肉の表面全体に塩胡椒をすりこむようマイクを促す。カフェイン不足のほかの観客たちが座席で梟《ふくろう》のようにまばたきをしているあいだに、マイクは料理番組『毎日がイタリアン』の司会者デ・ラウレンティスがいる舞台に飛び乗っていた。自信たっぷりでにこやかな五十代半ばの男性は、腰肉の扱いを心得ている。わたしは、暗い色のシャツの襟元にのぞくふさふさとした銀色の胸毛に釘づけになる。毎朝、櫛でとかしているのだろうか?

巨大なウォルター・E・ワシントン会議センターの一室、その一画を占める二千七百席に大観衆が座っていた。毎年恒例の第四回メトロポリタン・クッキング&エンターテイニングショーの幕開けとなる料理実演会だ。午後には、人気料理家ポーラ・ディーンとガイ・フィエリのために立ち見席が用意されるだろう。しかし、わたしたちはジャーダを見に来た。「だって」友人のエイミーは言う。「彼女、すごい美人なんだもの」

ジャーダは華奢な腰の女性で、グレーの絹でできたバレリーナ用のぴったりした衣装を着ている。首に黒いスカーフをゆるく巻き、鎖骨をあらわにしないようかさばる生地で慎みを保っている。黄褐色の髪は、結って頭の高い位置にまとめてある。わたしだと、そのヘアスタイルは学園祭に臨む大学三年生みたいに見えるだろう。ジャーダなら完璧だ。

マイクがやる気満々で肉の下ごしらえをしているので、ジャーダは気ままに舞台の前方へ進み出て、質問に応じ始める。質問その一は、「なぜそんなに細いままでいられるんですか?」「何を食べてもいいんですよ」ジャーダが答える。「食べすぎなければね」時間中、あと三回は同じ意見を繰り返すだろう。

司会者の小柄で美しい姿が、周囲の調理器具の妙に現実離れした、人形の家のような外観を際立たせている。まるで製作者たちがキッチンを半分に切ったかのようだ。輝く冷蔵庫、ふたつのオーブン、こんろ、水道つきの流し台、フードプロセッサー、ブレンダー、すべてが一枚しか壁のない

〝部屋〟のなかでコンセントにつながれ、準備が整っている。どれほど費用がかかろうと、主催者たちには工面できる。この集会はいまや、国で最も急成長している五十のトレードショーのひとつに数えられているからだ。

わたしは、九〇年代半ばに料理専門テレビ局フード・ネットワークが大人気になったときの、最初の波は見逃した。当時は、主婦たちがエメリル・ラガッシの生き生きとした公開番組に群がった。料理ショー人気の第二波は、二〇〇二年ごろ最高の盛り上がりを見せ、わたしの大学院の同級生や、パートタイムで働く二十代の若者たちまで巻きこんだ。友人たちはマリオ・バターリ対ボビー・フレイで議論を戦わせたが、わたしはそれには口を挟まなかった。料理ショーに関するわたしの知識は、『セサミストリート』のあとに公共放送サービス（ＰＢＳ）で放送された番組の、ぼんやりした子ども時代の記憶から成っていた。料理研究家ジュリア・チャイルド、『節約グルメ』、ジャスティン・ウィルソンの『ルイジアナ料理』――どの料理人もバターとクリームと脂肪をあがめていた。『世界の料理ショー』のグラハム・カーは、それらを「手軽な快楽主義」と呼んでいた。『ヤンさんの自慢料理』のマーティン・ヤンでさえ、炒め物にはたいてい刻んだ卵を少し放りこんでいた。なぜ、自分を惨めにさせなくてはならないの？

しばらくして、レイチェル・レイが現れた。この人を好きか嫌いかはともかく、健康に関する多くの研究が地中海料理のよさを宣伝し始めるなかで、レイはエクストラヴァージンオリーヴオイル

（本人の言う「ＥＶＯＯ」）に人々の注目を集めさせた。番組を観る前から、わたしはレストランでのレイの影響に気づいていた。サラダドレッシングを断ると、以前はウェイターを戸惑わせたものだが、いまでは明るい声でこう勧められるようになった。「では、イーヴィーオーオーはいかがです？」初めて聞いたときは、なんのことかよくわからなかった。この頭字語は広く普及して、二〇〇七年には『オックスフォード・アメリカン・カレッジ・ディクショナリー』に掲載された。

そしてわたしは土曜の朝、新たな信者としてここにいる。ジャーダが大きな緑色の油の瓶をあけ、ヴィネグレットソースの準備をする。それから、手がぬるぬるになったマイクに、いくつかの香辛料をブレンダーに入れるように頼む。マイクは手袋が必要かと尋ねる。

「いいえ、手袋は必要ありません」ジャーダは答えてから、少し考え直す。「あなたが必要でなければ。にんにくにアレルギーがありますか？」

マイクが首を振り、仕事に取りかかる。新しい時代が来たのだ。ジュリア・チャイルドは、食物アレルギーのことなど一度も尋ねなかった。ジャーダが生の腰肉をオーヴンに入れ――テレビの魔法で――すっかり焼き上がったものを別のオーヴンから取り出すと、わたしはほかの観客とともに満足のため息をつく。この料理なら、つくるだけでなく実際に食べることもできる。

「次は海老のリガトーニです」ジャーダが言う。がっかり。このレシピは使えない。ジャーダが輝くみごとな冷蔵庫のところへ歩いていって、大げさなしぐさで扉をあけ……空っぽの棚を見せる。

「冷蔵庫に海老がないわ」ジャーダが言って、助けを求めるように舞台の袖を見る。若いスタッフが肩をすくめる。この日最初の実演者に降りかかった危機。「間に合わせでつくるしかないわ！」ジャーダが言う。「海老がないんだもの！」

観客から選ばれた次の助手はリンダだ。縁の太いめがねをかけてオリーヴ色のカーディガンを着た二十代の女性。リンダが、ずっと前から熱烈なファンであることを告白する。

「料理はします？」ジャーダが訊く。

「わたしは野菜を洗います」リンダが答える。

「パスタはどう？」

「わたしは野菜を洗います」リンダがもう一度きっぱりと言う。

手近に魚介類がないので、ジャーダはバターナット南瓜《かぼちゃ》のリガトーニをつくることにする。南瓜はすでに皮をむいてさいの目に切ってあるので、洗う野菜はない。リンダはその知らせを聞いて肩をこわばらせる。ジャーダがカウンターの後ろに貼りついてひとつひとつリンダを指導するあいだに、質問のある観客たちの列がどんどん長くなっていく。

ジャーダがパスタの箱を手渡し、リンダが中身を鍋に放りこむ。

ジャーダが胡椒をひくように頼み、リンダがロボットのようにつまみを何度も何度も回す。とうとう司会者が、腕を押さえてやめさせる。

「そのくらいにしないと」ジャーダが言う。「胡椒をかけたパスタじゃなくて、パスタをかけた胡椒を出すことになってしまいますからね」

それから、バジルを少し切るように指示する。リンダがカウンターに置かれたふた束しかないハーブの正しいほうを手に取ると、ジャーダが褒め称える。「えらいわ！」

進み具合はのろいが、少なくとも追いかけるのは楽だ。あとでつくれるだろう。ところが、南瓜を炒めるジャーダの手には、牛乳の容器が握られている。いったいどこから現れたの？　そしてなぜジャーダは――やめて！

「どうやって混ざるかがわかるでしょう？」ジャーダがリンダに訊き、スプーンで鍋を指す。「崩れて、いい感じにクリーミーになるのが？」

大きな硬い三角形のチーズと、細長いおろし金を取る。「パルメザンチーズをたっぷりね」そう言って、チーズをすり下ろす。「それから海老を焼いて、なかに入れます」

料理ショーを観ていると、こういうことはよく起こる。辛抱強く座って十五分間メモを取ったあげく、何か重大な材料が、レシピすべてをわたしにとって無益なものにする。わたしの塩水のパスタには、クリーミーさが足りない。いつだって、クリーミーさが足りないのだ。わたしはさえない海老なしのパスタとともに一生を送る運命にある。

それに引き換え、ジャーダは美食への情熱とともに生きている。南瓜の花のフリッターが話に出ると、握った両手を胸に当て、うっとり身を震わせる。心からうっとりした様子だ。体につけたマイクがブーンと響く。ナポリのクリスマス菓子ストゥルフォッリのつくりかたを観客にきかれると、顔を輝かせて、たっぷりの油で揚げたボール形の生地を温めた蜂蜜に絡め、蜂蜜が結晶化し始める瞬間に鍋から取り出すのだと教え、故郷の町の大好きなごちそうであることを熱心に語る。

ジャーダが完璧にすらりと痩せていることにはもう触れたかしら？　デザートはリコッタチーズと砕いたビスコッティを使った何かで、どちらもわたしには食べられない。ボランティアの助手たちはますますスターに魅せられていき、ますます役に立たなくなっていく。この時点ですでに、舞台は次世代のグルメたちでいっぱいだ。十歳から十二歳くらいの女の子が五人、実演カウンターから目を離そうとしない五歳の子、突き出たお腹を〝ミーガン〟と紹介する妊婦、それからひどくおどおどした様子の大人がもうひとり。

ジャーダが、スプーンでチーズをフードプロセッサーに入れる。わたしはこれがどういう味なのかについて、役に立つ評価基準を持っていない。もしかすると、これがポルノグラフィーの真の定義なのかもしれない――具体的な意味のないイメージだけに満足感を味わうよう誘われること。わたしの頭に大学時代のできごとが浮かぶ。ある男友だちが、寮の誰かの部屋にひょいと顔をのぞかせてこう言った。「ナップスターで落としたシャキーラのビデオがあるぞ」友人たちが、ラテン系のガールポップにまで音楽的な視野を広げていたのは好ましく思えた。ところがそのあと、彼らが音を消してシャキーラを観ていることに気づいたのだった。

舞台の上では、フードプロセッサーの刃がぐるぐる回転することで、エスプレッソの粉末がリコッタチーズと混ざり、魅惑的でなまめかしい茶色のクリームになっている。しかし、わたしにとっては虚しい喜びだ。そこに未来はないのだから。わたしはシャワーを浴びたい衝動に駆られる。ジャーダとわたしたちの時間が終わる。ジャーダがお礼を言って、舞台裏に退く。エイミーとわたしは群衆のあとを追って、列を成す広告主の展示物や業者のテーブルのほうへ向かう。それぞれが何かを、ちょっぴり味見するように勧める。頭がくらくらしてくる。ファニボンズ・バーべキュー、ベルジョイオーゾ・チーズ、ベルモント・ピーナッツ、ペストス・ウィズ・パナシュ*、レッドロッカー・キャンディー、マクナルティーズ・チャツネ。

チーズからできるだけ遠ざかりながら、味見をしてもだいじょうぶかどうかじっくり考える。こんなにたくさんのサルサを見たのは初めてだ。それぞれの販売員が、テーブルの横を通り過ぎる人を品定めする。売上に貢献してくれそうか? 試食だけが目的か? フードジャーナリストか? わたしが容器を回してラベルを調べるのを、彼らは喜ばない。展示をだいなしにされるからだ。食べてみようと決めたディップやソースを口まで運ぶには、また次の問題がある。食器代わりに

＊バジルソースのブランド

豪華に飾ったゴーダチーズ

使えるのは、ブランド名のないコーンチップスやプレッツェルだ。気をつけなくてはいけない。昔のプレッツェルは小麦とイーストと塩でできていたが、いまでは主流の商品にさえバターミルクが使われている。いくつかのコーンチップスには、牛乳の派生物でつないだライムの香料が使われている。

「これはどういう種類のチップスか、訊いてもいいですか?」わたしはひとりの販売員に尋ね、材料を確認できるよう袋を出してくれたらいいな、と思う。

「安いものです」販売員が答える。「このサルサについてご説明しましょうか?」

わたしは貴重な客の流れを妨げている。こういう業者のほとんどは、全国の店に棚を持ってはいない。インターネット販売や大量注文に頼り、どこかの熱心なブロガーが口コミで商品の人気を広げてくれないかと願っている。多くの顧客にとって、普段手に取れないものが買いづらいことは、起業家としてよくわかっている。無料の試食品ににっこり笑っている人たちが、結局は安いトレーダー・ジョーズで似たものを買うか、ピーポッドのデリバリーサービスで届けてもらえるものを選ぶかもしれない。

多くの人は、その経路を取るだろう。しかし、全員ではない。グルメたちは違う。食物アレルギーを持つ子どもの親たちも違う。彼らは、時間と距離を超えて特定のブランドを追いかけることを、毎日の家事に組みこんでいる。ダンカン・ハインズが地元の食料品店の棚から〝サンドラに優しい〟市販のオートミールレーズンクッキーを引き上げたとき、母はメーカーの供給が尽きるまで箱ごとクッキーが買えるよう、業者と特別に取引した。そして布教者のように、わたしが遊びに行くかもしれない家の親たちにそのクッキーを配ったものだった。

十五種類めのスパイシーなサルサと二十種類めのホットソースのあいだのどこかで、体がぞくぞくし始める。希望の光が見えたからか、カプサイシンを取りすぎたせいのどちらかだろう。わたしが考えていたのは、何が人をグルメにするのだろうということだ。ブランドのえり好み、産地へのこだわり、それとも調理法に対する興味？　食物アレルギーを持つ大人に共通する特性とは何か？　ほかの人たちと変わりはないはずだ。もしかするとわたしの遺伝子は、永遠に続く退屈な食事という呪いをかけてはいないのかもしれない。もしかすると、わたしを生まれながらのグルメにしてくれたのかもしれない。

わたしは実演の周囲に群がっているおおぜいの観客に目を留めて、そちらへ歩き、ケーブルテレビで有名な料理人カーラ・ホールがピーナッツスープをつくっていることに気づく。ホールは長年ワシントンＤＣに住み、カリネアリで教えている。ＤＣでケータリングサービスと料理学校を手がける、比較的新しい企業のひとつだ。ホールは、ケーブルテレビ局ブラヴォーの『トップ・シェフ』第五シーズンで人気者となった。ひとつには前向きな姿勢（〝愛情をこめた料理〟）のおかげ、ひとつにはほんとうに体の栄養になるもの以外はつくろうとしないからだろう。

わたしにとって、番組の対戦でホールが見せた最高の場面は、食事に合うカクテルを出すように指示されたときのことだった。お酒を飲まないホールは、自分の信条を曲げてアルコール類を使いはしなかった。アルコール抜きであることを隠した偽のカクテルでごまかしもしなかった。代わりに、キーライムソーダをベースにしたクランベリーと生姜のスプリッツァーをつくった。おいしい――それ以外の目的はない飲み物を。

いま、ホールはお腹を空かせた観客に、スープをすくって配っている。誰かがヘヴィークリームのカロリーを避ける方法について尋ねると、ホールはスープにとろみを加えるために豆腐を使うように勧める。年配の男性が、自分のレストランを開きたいと思ったことがあるかと尋ねると、ホールはないと答える。わたしは、カリネアリでは、食物アレルギーを持つ人向けのクラスを設ける考えがこれまでにあったかと尋ねる。ホールがわたしに目を向ける。

「とてもいい考えだと思います。いろいろな代用品を使うクラスでしょう？　牛乳のアレルギーがあれば、これを使う。ピーナッツが食べられなければ、これを使う、とか」

熱心な反応に喜ぶべきかもしれないが、わたしはがっかりする。いろいろな代用品？　すばらしい料理ならいくらでもある。牛乳やピーナッツや卵や小麦（あるいはその代用品）を一切使わなくても、グルメ料理教室を計画できると、言ってくれてもよかったのではないか。しかしホールは、わたしが振り払おうとしているアレルゲン中心の考えかたを口にした。「あなたは、ほんとうの意味ではわたしたちの一員にはなれないのよ」とほのめかしている言葉を。

助手がわたしに、ホールのスープを注いだ紙コップを渡そうとするが、わたしは首を振る。材料を把握していなかったからだ。〝愛情をこめた料理〟だけで切り抜けられないことは、よくわかっている。

わたしは保守的な食べかたをして育ち、ゆっくりと味覚の幅を広げてきた。レストランでオリーヴオイルを頼んではいても、オリーヴを食べたのは、二十歳になって、サラダバーの前に立って刻まれた黒オリーヴの容器を見下ろし、「そうだ。きっとこれも食べられるわ」と自分に言い聞かせてからだった。何年ものあいだ、茄子《エッグプラント》を避けていた。ほかの茄子科の植物にアレルギー反応を起こしたからではなく、〝エッグ〟という響きに神経質になっていたからだ。ロブスターのような食べ物は、家で料理するには迫力がありすぎるし、外で試すには高価すぎた。わたしは反復と、簡素さ自体が美とされる料理を高く評価するようになった。

数年前、友人のパーティーで、わたしは多国籍料理について不平をこぼしていた。多国籍が流行しているということは、常に何か目新しい要素があるということだ。泡立てたバジルソースとか、削ったチリチョコレートの飾りとか。それらが、メニューの説明からは予測できない形で料理を命取りにする。皿をひと目見て、突き返すことはしたくない。レストランの食べ物とわたしの時間がむだになる。

しかし、ああ、寿司！　わたしの愚痴はしだいに寿司への賛歌に変わった。新鮮な魚を、伝統的な組み合わせの手法にのっとって、上品な形にまとめ上げた食べ物。思いつきでハネデューメロンをひと切れのせたりしない。気取ったヴィネグレットソースをかけたりしない。寿司は安全だ。寿司は神聖だ。

ホームパーティーを催した友人の恋人が、たまたま地元の月刊誌の編集長で、ワシントンの寿司屋について紹介記事を書かないかとわたしに提案した。書かせてもらった記事のなかには、箸で〝にぎり〟をどう扱うかや、高級なサーモンの刺身のうっとりさせる味への賛辞、海藻サラダについての詳細にわたる描写――絡み合って、胡麻油をしたたらせている――もあり、それなどは《ペントハウス》に載せてもなじむくらい官能的だった。読者からの反応があり、わたしは批評家として定期的に仕事をもらえるようになった。

そのときになって、たとえ二十年間用心ばかりしてきたとしても、自分が食を愛していることに気づいた。料理にまつわるちょっとしたことについて書くのが楽しかった。マンゴーがカシューやピスタチオの仲間だと知り、〝汝の敵を知れ〟作戦に役立つ事実を集められてうれしく思った。ヴェトナムのフォーのベースについて（牛肉のスープ？　海老？　野菜？）、アレルギーに取りつかれた人ではなく、フードライターとして尋ねることができた。

また、家族を誘って街で何度か〝リサーチ〟の食事に同行してもらい、自分の感想を補う意見を求めた。長年わたしが味見できるものしか注文してこなかった母は、わたしが食べられないものを注文する役目を喜んで引き受けた。海老のココナッツ衣揚げについては、頼りになる専門家だった。父は、陸軍の心理作戦部隊の日々を懐かしむ気持ちからか、批評の秘密めいた面を最も楽しんでいるように見えた。とはいえ、さりげなく演じているとは言えなかった。いつも必ず、レストランの支配人に自分の（わたしのでもある）姓を名乗って自己紹介する。ある日の夕食では、ジャマイカ風チキンと料理用バナナのフライを食べたあと、コーヒーを褒めちぎった。カリブからの輸入だ、と父は断言した。そして、わたしが批評にその話を加えたくなった場合に備えて、ブレンド名を訊くべきだと言い張った。

ウェイターがほどなく戻ってきた。「マックスウェル・ハウスです！　いれたてです」

仕事は楽しかったけれど、わたしは次世代のルース・ライシェル*にはなれそうになかった。能力の限界が、徐々に明らかになってきた。ピザ専門のイタリア料理店の批評を任されたときには、薄い生地が〝完璧なまでにパリパリしていた〟と報告した。〝完璧なまでに〟というのは、ランチのピザ・マルゲリータを気に入った友人の意見をもとにしている。モッツァレラチーズが〝おいし

＊アメリカの有名なフードライター

い〟とのことで、わたしは素直にそれを記録した。

おいしい。わたしが頼れる基準はそれだけだった。わたしが食べたのは、あっさりしたパスタだ――チーズなし、チョリソーなし、ミートソースなし。どう考えても店の特別料理ではない。どうしてそれに基づいて判断できるだろう？　その料理は、シェフが得意の味つけでつくったものではない。わたしが無理に用意させたものだ。

わたしの批評は、形容詞で美しく飾った材料リストの反復になった。さらに、編集者は新しいフランス料理店を批評するよう促した。わたしはバターもチーズも牛肉もないフランス料理を思い描こうとしたあと、もうお手上げだと告げた。わずか二年で、わたしの批評時代は終わってしまった。

シェフたちでさえ、アレルギーに優しくないメニューのせいで理不尽な目に遭うことがある。《ジ・アトランティック》の二〇〇九年のある記事で、ミン・ツァイ――中国系アメリカ人シェフで、ジェームズ・ビアード財団賞受賞者であり、公共テレビ放送の『シンプリー・ミン』の司会者――は、五歳になる息子のアレルギーがもとで、マサチューセッツ州のとあるレストランから追い払われたことを語った。席に着く前に、ツァイは支配人との会話を求め、息子にピーナッツ、木の実、小麦、大豆、乳製品、卵、貝類・甲殻類の重いアレルギーがあることを知らせた。

「やる気のある態度で愛想よく応じられることはなく」ツァイは語る。「文字どおりこう言われた。〝お出しできる料理はありません〟」

現在、食物アレルギー・アナフィラキシーネットワーク（ＦＡＡＮ）の代弁者となったツァイは、地元の料理店主たちの態度を変えさせようと決めた。一九九八年にウェルズリーに開いた自身のレストラン〈ブルー・ジンジャー〉で、ツァイは『食物アレルギーの参考書』をつくった。この三穴リングバインダーはあらゆるメニュー品目の材料を網羅し、質問に手際よく確実に答えられるようになっている。わたしが何度も聞かされたことがある「今夜はシェフが帰ってしまったので、スープに何が入っているかはわかりません」という言い訳は、もう通用しない。

皿の洗いかたからサラダのクルトンの抜きかた、リネンのナプキンの広げかたまで、〈ブルー・ジンジャー〉のサービスはあらゆる面で、二次汚染を防ぐために改良を加えられてきた。安全な厨房をつくるための鍵は優れた（そして費用のかからない）技術であり、高価な代用品ではないと、ツァイは強調する。下ごしらえをするシェフたちには、材料をできるだけ長い時間、できるだけ離して保管するように指示している。すでに厨房の文化にいくぶんか根づいてきた習慣だ。

「誰もが知っているように、生の鶏肉を切ったあとは、サルモネラ菌の危険があるから、まな板を替えることまではしなくても、包丁とともにしっかり洗わなくてはならない」ツァイは記事のなかで書いた。「〈ブルー・ジンジャー〉では、すべての材料が生の鶏肉と同じだ」

ツァイとＦＡＡＮの働きかけの効果もあって、二〇〇九年、マサチューセッツ州は食物アレルギー認識法（上院法案二七〇一）を可決した。この法案はあらゆるレストランに、〝ビッグ８〟のアレルゲンを列挙し、アレルギー反応の症状を説明し、対応の手順を定めた注意喚起のポスターを厨房に貼ることを求めている。レストランはメニュー上で顧客に対し、注文前にアレルギーについて給仕係に知らせるよう求めなくてはならない（販売側にいくぶんか責任制限を与えることにもなる）。また、ＦＡＡＮとマサチューセッツ州レストラン協会が共同で作成したビデオを使って、アレルギーの不安を持つ人々への対応を支配人たちに教えなければならない。

これらの基準に従うとともに、独自の『食物アレルギーの参考書』を進んでつくるレストランは、マサチューセッツ州公衆衛生局から〝食物アレルギーに優しい〟店と認定される。

こういう指針の一部またはすべてと同等の法律が、ミネソタ州、ニューヨーク州、コネティカット州、ペンシルヴェニア州でも導入された。しかし、政府が関わっていない場面でも、アレルギーを持つ人たちへの統一された対応が必要という意識は高まっている。米国レストラン協会は会員に無料のパンフレット『食物アレルギーのお客さまのもてなしかた』を配っている。そこには、わたしがこれまで直に対処してきた微妙な文化的問題のいくつかが取り上げられている。アレルギーを持つ客だと自覚している人は、知っておいたほうがいい。

そう、レストランは、知識の豊富なベテランの担当者にあなたの注文を取らせるよう指導されている。だから不意に別のウェイターが現れても、それとなく拒絶されているわけではない。

そう、レストランは、誤って汚染されてしまった料理は捨てて、最初から作り直すよう指導されている。それが行われていないようなら、あなたには、きちんと実施するよう求める権利がある（スパゲッティのお皿の縁からパルメザンチーズを払い落としただけで、もう一度わたしのところへ運んでこないでくださいね。シャーロッツヴィルの〈ヴィヴァーチェ〉、いいですか、見張ってますよ）。

そう、何が〝安全〟かの最終的な判断は、顧客にゆだねられる。もし運ばれてきた料理で具合が悪くなりそうだと直感でわかったなら——注文の不手際のせいでも、当てにならない給仕係のせいでも——丁重に断ってかまわない。勘定を払う必要も、後ろめたく思う必要もない。

この最後の指針を見て、わたしはこれまでに何度もデザートに注文するよう強要された〝完全に乳製品抜きの〟シャーベットのことを残念に思った。別のアイスクリームがひと筋混じっているのを見て、「すみません、やっぱり食べられそうにないです」と言う許可が与えられてさえいれば、多くの時間と苦痛とお金を節約できただろう。

安全は、ぜいたくではなく権利だ。しかし、善意から出た料理店主の言葉が、そのふたつを混同していることもある。革新的なスペイン人シェフ、ホセ・アンドレスのシンクフードグループが、アレルギーを持つ人のためにつくったメニューを発表したとき、わたしは興奮した。しかも、彼らが開いたレストラン〈カフェ・アトランティコ〉の魅惑的な宣伝文句には、含み笑いせずにはいられなかった。

「食欲をそそる唐辛子《マラゲータ》ソースのサーモン・サンドイッチ。あぶったサーモンに、サーモンサラダときゅうり、ミックスチップを添えたお料理は、乳製品、大豆、ピーナッツ、木の実にアレルギーを持つお客さまにぴったりです」彼らはメディアへの発表でそう約束した。こんなに魅力的な言葉で食物アレルギーに配慮した人はいままでいなかった。

「メキシコ料理店〈オヤメル〉のトルティーヤは、とうもろこしでできています。小麦やグルテンが苦手なお客さまにぴったり。〈オヤメル〉では、オアハカ州名物のソテーしたバッタのタコスから、グリーントマティロソースを添えた子豚のコンフィまで、どのお料理にも九種類のタコスからお好きなものを選べます」

ついに！　アレルギーを持つわたしたちのためのバッタと子豚のコンフィができた。この日が来るのをずっと夢見ていた。

とはいえ、これは値の張る専門店の料理の話だ。チェーンレストランはどうだろう？　ファーストフードは？　ほかのアレルギーへの対応はまだこれからだが、マジアノス・リトル・イタリーからレッド・ロビン、ウェンディーズ、P・F・チャンズ・チャイナ・ビストロに至るまで、どこにでもグルテンフリーのメニューはある。どの価格帯のレストランも、安全を知った客がリピート客になることに気づき始めた。ウノ・シカゴ・グリルでさえ、一種類どころか二種類のグルテンフリーピザを提供している。

ニューヨーク市では、食物アレルギー団体とレストラン団体の共同プロジェクトが開始された。そのなかで、『アレルギー持ちの女の子』の著者スローン・ミラーは、二〇〇八年からずっと、〝心配のない夕食（Worry-Free Dinner）〟という会員制グループを組織している。ミラーは、トム・コリッキオの〈クラフトバー〉などの有名なレストランと提携して、特定の食物アレルギーに配慮した複数コースのメニューを考案してきた――つまり、その晩はレストラン全体が、ピーナッツあるいは乳製品を使わないということだ。こういう行事は、食物アレルギーを持つ一般の人たちとのネットワークをつくり、自分のアレルギーについて外食産業の人にうまく伝える方法を教える機会にもなる。たとえば、注文をするときには、給仕係の解釈に左右される〝プレーンな〟ではなく、〝何もつけない〟という言葉を使う。「何もつけないグリルチキンとレタスをください」というふうに。

外食でのこういう画期的な進歩には励まされるものの、それればかりに意識を傾けていては、私的な現実から目をそらすことになる。わたしはもう、友人たちとショッピングモールでおやつを食べるのに安全な場所を探すティーンエイジャーではない。手取りの収入がたくさんある二十代の会社員でもない。ウェイターに運んでもらうより、自分の食卓に自分で食事を並べたい年齢になった。わたしは料理がしたい。

長いあいだ、わたしはヴァージニア大学のジェファーソン文学・弁論協会で出会ったアダムという名前の男性とつき合っていた。彼と同居するようになる前のルームメイトはキッチンを独占していたので、アダムとわたしはよく外へブランチに出かけた。わたしたちは〈ルナ・グリル・アンド・ダイナー〉までぶらぶらと八ブロック歩いた。白髪交じりのいつものウェイトレスが、コーヒーを持ってきて尋ねる。「もう決まった？　外へ煙草を吸いに行きたいのよ」アダムがワッフルかパンケーキに、どっさりのバターかチーズ入りの卵を添えたものを注文し、わたしはシナモンレーズンのオートミールとつけ合わせのベーコンを頼んだ。

もう一度ベーコンに四ドル、オートミールに八ドル払いたいとは思わないが、ブランチの儀式はなつかしい。とは言っても、卵？　ワッフル？　パンケーキ？　わたしは永遠に、家できちんとしたブランチをつくれる人にはなれないだろう。アレルギーに邪魔されて。

いや、ほんとうにそうだろうか？

「ねえ、すごく大切なお願いがあるの」わたしはアダムに言って、机に近寄った。「費用はぜんぶ払うから」

アダムが椅子を後ろに引いて、警戒するようにこちらを見上げた。「なんだい？」

「ブランチづくりをいっしょにやってほしいの。料理教室で」

「ふうん」アダムがパソコンの画面に目を戻した。Xボックスのコントローラーのいろいろなボタンを前後に動かし、『コールオブデューティ4 モダン・ウォーフェア』をやっているところだった。

「いいよ。もっとずっと変なことにつき合わされるのかと思った」

わたしにとっては、かなり変なことに感じられた。ブランチは、卵や乳製品、メロン、ソーセージにアレルギーを持つ人には無慈悲だ。だからこそ、わたしはそれを選ぶことにした。カーラ・ホールに言われたことがしゃくに障り、自分が〝ふつうの〟グルメ料理教室にどこまで入っていけるか試してみたくなったからだ。代用品なし、アレルギーへの配慮なしで。

日曜のセミナーはカップルでの参加を募集していたが、わたしはアダムに、そばで見守るだけにして、実際の仕事はすべてわたしにやらせてほしいと頼んだ。わたしが反応を起こし始めたら、そこで初めて立ち入り、交代する――騒ぎを起こしたくはない。しかし、重要なのはわたしが二十九歳の大人として、ちょっとしたブランチをひとりでつくれると証明することだった。

数週間後、わたしたちは十二月のみぞれのなかを抜けて、ワシントンDC北西地区にあるカリネアリのつややかな正面入口にたどり着いた。教室には、カップルごとにひとつずつ、五カ所の設備が用意されていた。それぞれにバーナーとミキシングボウルとへらが揃えてある。アダムは熱いコーヒーのカップを持ってゆったりと座り、わたしは立ったまま戦場を見定めようとした。

粉末の材料はあらかじめ計量されて、二、三個の卵と分葱《わけぎ》、椎茸の小さな山の横に置かれていた。わたしは卵をひとつ取り、その冷たい重みを肌で受け止めた。四角く切られたごくふつうのチョコレートと、半カップの牛乳をちらりと見る。牛乳は、小さなプラスチックのカップに入った糊のようだ。それにはさわらなかった。

わたしたちと同い年くらいに見えるシェフが、歓迎の挨拶をした。それから白いエプロンを着けた助手たちを紹介した。わたしたちを手助けして、食べ物のくずや汚れた皿を片づけ、ミモザ・カクテルを注ぐ報酬としてレシピを無料で学ぶ有志の人たちだ。〝キッチンの妖精たち〟という呼び名が浮かび、次の二時間それが頭から離れなくなった。

講習の広告には、料理の一覧が載っていた。プロシュートと果物、マフィン、野菜のフリッタータ、チョコレートムース。わたしはムースに怖じ気づいたが、先にほかの三つの料理をつくれば、ミルクチョコレートと卵とクリームを同時に扱う段階までに自信がつくだろうと考えた。

「さて」講師が言った。「ムースはでき上がるまでに一時間冷やさなくてはなりません。ですから、最初につくって冷蔵庫に入れてしまいましょう」

講師が、湯せんでチョコレートを溶かし、卵白を分け、クリームを泡立てる方法について話し始めると、恐怖のあまり耳にブンブンという低い音が響き出した。わたしはコーヒーカップの中身に目を凝らしてから、何かを見逃しそうな気がして、さっと前方に視線を戻した。妖精のひとりが近づいてきた。

「ヘーゼルナッツリキュールは？」妖精が申し出た。

「お願いします」わたしは感謝して答えた。

妖精がボウルにリキュールを入れた。なるほど。ムースに風味を添えるという意味だったのだ。

「何をしてほしい?」アダムが尋ねた。

「何も」わたしは答えた。「この卵を分けるわ」

「本気かい? 白身がそこらじゅうに飛び散るかもしれないよ」

わたしはアダムをにらんでから、卵でボウルの縁を軽くたたいた。できるはずだ。ごく細いひびが入った。もう一度たたいても、何も起こらなかった。あまり強くたたくと、手のなかで卵が破裂するのではないかと思った――アレルギー反応よりもむしろ、不器用さが証明されるのが心配だった。

親指の爪をひびに食いこませて、両手で殻を割り、手のひらで黄身を受け止めて残りをボウルに落とした。それから黄身をくず入れに投げつけ、流しまで駆けていった。石鹸を泡立てて手のひらをこすり、二回繰り返して洗う。わたしが卵一個をめぐってあくせく働いているあいだに、となりのカップルはすでにフードプロセッサーを準備して白身を泡立てていた。

アダムが厄介なバーナーのほうに身をかがめ、妖精に手助けされながらガス缶を取りつけた。準備作業はふたりで効率よく行うよう設定されていたので、わたしたちはすでに遅れていた。わたしはアダムに、ボタンを押したりダイヤルを回したりといった機械的な作業をやってもらうことにした。手間取りつつもムースをつくり終え、ようやく混ぜ合わせたものをすくってふたつのカクテルタンブラーに注ぎ、それを冷蔵庫に押しこんだ。ひと品完了。

「ミキサーが出ているので」シェフが言った。「次にシナモンシュガーマフィンをつくりましょう」さらに卵。わたしは手を上げて、ミモザ・カクテルを頼んだ。

わたしたちは、教室のなかの初心者だった。ほかの人たちがスプーンでムースのてっぺんをきれいな形に整えているあいだ、アダムはまるで砂のバケツとシャベルを持った子どものように、泡立った生地を積み重ねていた。わたしは新鮮なナツメグを小麦粉にすり入れようとしてまるごと落としてしまい、手で取り出そうとしてシナモンをまき散らした。ふたりでどうにかマフィンの生地を焼き型に流しこんでいると、妖精が飛んできて、こぼれた生地をふき取った。

「こうしないと、焦げてしまいますから」妖精が説明した。

「いや、いや、ぼくはそういうマフィンが好きなんですよ」アダムが言った。「これはぼくの得意わざでね」決まり悪さから逃れるために、いつも大げさなことを言うのだ。「火がついたら豚肉を加えるんです」

果物については幸運だった。「ふつうはメロンでつくるんですが」講師が言った。「わたしはメロンが嫌いなんです」わたしたちは代わりに葡萄と梨の薄切りを使った。午前中いっぱいで初めて、わたしは気後れせず両手で食物を扱えた――梨の皮をむき、ひと粒ずつ葡萄に串を刺し、指先でプロシュートを伸ばしたりたたんだりして、波打つように串をのぼっていく形に整えた。

「すごくおいしそうに見えるよ」アダムがそれとなく言った。わたしはひとつあげたが、あとの串はあっという間にひとりで食べてしまった。正午を過ぎていたが、わたしがこれまでに口にしたのはミモザ・カクテルだけだった。アダムは、ひどくいびつな形だが（本人いわく）おいしいマフィンをがつがつ食べて、お腹を満たしていた。

「みんなが、あんなにすばやくつくり終わったなんて信じられないな」アダムが言った。「それに、自分が多少なりとも何かを焼いたなんて信じられない」

わたしたちのまわりでは、カップルたちがのんびりとおしゃべりしていた。これが、グルメの食事会についてずっとうらやましく思っていたことだ——一回の食事を何時間も続けられること。のんびりしたペースこそが目的で、準備は食欲を誘う前戯のようなものだ。オートミールのボウルをあんなに長く持たせたり、あんなにセクシーに見せたりできればいいのだが。

「フリッタータをつくる準備はいいですか？」シェフが訊いた。

準備万端だ。わたしは包丁で肉厚の椎茸を刻み、生姜の皮をむいてさいの目に切った。にんにくが平たい刃の下でつぶれて割れる様子にはいつも心惹かれるのだが、使うのはやめておいた。にんにくを食べると、アダムが頭痛を起こすからだ。わたしは分葱に手を伸ばした。

「それも使わないでくれるかな？」アダムが頼んだ。「好きじゃないんだ」

だめ、と答えたかったが――包丁さばきは、この日のわたしが得意とする数少ないことのひとつだったので――それはつまらないこだわりだった。フリッタータができ上がったとき、味を判断できるのはアダムだけなのだ。フライパンをオーヴンに入れたあと、調理台に塩と胡椒が待ち受けるように置かれていることに気づいた。わたしはアダムを見た。

「塩を使ったかしら？　どの料理にも？」

アダムが首を振った。たいした違いはないだろう。オーヴンから出して冷ますと、フリッタータはまるごと、三十秒と五口でアダムの皿から消えた。

まったくよごれていないわたしのナイフとフォークを見て、通りかかった妖精が尋ねた。「フリッタータはまだできてないんですか？」

「誰かが盗んだんです」アダムが言って、フォークとナイフでカウンターをこつこつとたたいた。

「もうひとつ欲しいな」

デザートにたどり着いた。ムースができていた。講師が飾り用にミントの葉を配り、ヘーゼルナッツリキュールを使った人は、刻んだヘーゼルナッツもスプーン一杯飾るように勧めた。

「食べる人には、予想外の材料があることを知らせておきましょう」講師が言った。「その人に、ナッツアレルギーがあるといけませんから」わたしは口もとをゆるめた。デザートの材料のなかで、わたしが食べても死なないのはヘーゼルナッツだけだったからだ。

残った仕事は、泡立てたクリームでムースを仕上げることだった。わたしは片方の手で小さな浅いボウルを、もう片方で泡立て器をつかみ、冷やしたクリームを効率的にかき回せる角度に傾けようとした。そして勢いよく泡立て器を回し始めた。どろりとした液体が、ボールの縁から飛び出ないように気をつける。そのうち手首が痛くなってきた。しかし固まらない。もう一度試す。変わらない。クリームがぬるくなり始め、こうなるときちんと泡立てるにはもう遅すぎる。もう少しなのに、まだまだだった。

アダムがわたしから優しくボウルを取り上げて、泡立て器をすばやく前後に打ちつけてかき回した。手と腕に白いものがはねかかるにつれ、クリームが空気を含んで固まっていった。「本気になって、危険を冒さないとだめだよ」アダムが言った。「きみのような人には無理だね」

少なくとも、わたしにはそう聞こえた。あとになって、実際には「危険を冒せ《テイク・ア・リスク》」ではなく「手首を動かせ《フリック・ユア・リスト》」と言ったのだとわかった。しかしわたしの傷ついた自尊心は、自分が聞きたいように聞いた。判定を受けたのだ。わたしには、ふさわしい素質がなかったらしい。

わたしは調理台から身を引いた。並んだ窓のほうへ歩いていくと、となりの部屋で、十歳と十一歳の子どもたちの誕生会が催されていた。近ごろ思春期前の子どもたちのあいだでは、料理パーティーが人気だ。わたしが子どものころは、そんなことがなくてよかった。一度だけ、何かをつくるパーティーに参加したのを憶えている——手づくりのパスタ。全員が、パーティーで配られたエプロンを着けた。第一段階として、わたしはほかのみんなといっしょに小麦粉の小さな山をつくった。それから卵が出てきたので、第二段階は下がらなくてはいけなかった。第三段階も。さらに第四段階から第六段階まで。

カリネアリのこの誕生会には、どこか奇妙なところがあった。ふつうの母親たちのほかに、三メートルおきに男性がいて、その警戒態勢とカジュアルなボタンダウンのシャツがちぐはぐな印象だった。生徒のひとりが、シークレットサーヴィス、と言うのが聞こえた。オバマ。どうやら、オバマ大統領の娘が、パーティー客のなかにいるらしい。この有名人との遭遇によってわたしは自己憐憫からすばやく抜け出し、アダムに教えにいった。

クリームは完全に泡立っていた。アダムはとても誇らしげだった。彼がムースにクリームをたっぷりのせるのを眺めながら、わたしはふと、自分が完全に間違っていたことに気づいた。最初の計画――アダムを控えめにそばに立たせて、自分ですべて料理すること――が、建前としては勝利のはずだった。しかし料理とは、プロシュートをパッケージからそのまま食べる代わりに串に刺したり、卵にアジア風の味つけをする方法を学んだりすることではないのだ。

グルメな食事は、愛の意思表示としての食べ物に、輝きを添えるためにある。それが自分への愛――上等な磁器でダイエット食品を食べること――であっても、食卓の向かいに座っている人への愛であっても。相手が後ろに下がって、わたしがムースで死のうとするのを見ていたいはずがない。

「おいしそうね」わたしは言い、アダムが最初のひと口を食べた。そのころのわたしたちは、ふたりで居心地のよい家をつくろうとしていた。どちらが卵を割ろうと、かまいはしない。

第七章

死の接吻

〝ナッツアレルギーの少女に死の接吻〟二〇〇五年十一月二十九日、ロンドンの《デイリー・テレグラフ》紙は見出しでそう伝えた。ケベック市郊外に住んでいた十五歳の少女が、ピーナッツに対するアナフィラキシー反応らしき症状で病院に運ばれたのちに、亡くなった。原因は？　恋人との午前三時の情熱的なキス――彼はその前にピーナッツバターを食べていた。友人たちは、少女のバックパックからエピペンを引っぱり出すまで、アレルギーがあることさえ知らなかった。少女は医療警告ブレスレットを持っていたが、着けていなかった。

「もしピーナッツが口のなか、あるいは舌や唇に残っていれば、反応を起こす可能性はあります」アレルギーの専門家カレン・シグマン医師は、《デイリー・テレグラフ》のインタビューで言った。「アレルギーを持つ十代の若者は、友人たちに知らせておかなくてはなりません。誰かとつき合うようになったら、自分にはアレルギーがあるので絶対に木の実やピーナッツに接触してはならないのだと、親しい相手に説明しておく必要があります」

キスが原因だと疑われる先例が、ほかにもある。二〇〇三年、《メイヨークリニック紀要》は二十歳の女性の症例報告を発表した。女性は、唇の血管浮腫（腫れ）、吐き気、呼吸困難、けいれん、血圧の著しい低下で病院に運ばれた。すべては、恋人にお休みのキスをされた直後に起こっていた。女性は甲殻類にアレルギーがあり、恋人はその一時間足らず前に海老を食べていた。女性はプレドニソン、噴霧式アルブテロール、エピネフリン静脈注射など数種類の治療を受けて、ようやく快復した。

「飾らない愛情や性的な欲望を表す古くからの方法であるキスが、食物アレルギーを媒介するものとして認識され始めたのは、つい最近のことだ」デイヴィッド・P・スティーンズマ医師は、報告書に記した。おそらく、スティーンズマがウィリアム・ケインの『もっと素敵なキスのために』を脚注で引用しなくてはならなかったのは、これが初めてだろう。

二〇〇六年春にカナダの検屍官マイケル・ミロンが発表したところによると、十五歳の少女が亡くなった症例は、もう少し複雑であることがわかった。少女にはアレルギーに加えて重い喘息の病歴があり、パーティーで喫煙者たちと何時間も過ごしていた。体内からは微量のマリファナが検出された。これらの要因が食物アレルギーではなく喘息の発作を引き起こし、それに続いた無酸素脳症（脳に酸素が届かなくなる）によって死に至ったのだ。恋人がピーナッツバタートーストを食べたのは午後六時で、ふたりがキスをして、少女が息苦しいと訴え始める九時間以上前のことだった。「ある研究では、一時間たてば、唾液のなかにアレルゲンは残っていないことが示されています」

ミロンは記者会見で話し、少年を生涯にわたる罪悪感から救うために、科学的な事実をわかりやすく説明した。

そのニュースは〝キスによるアレルギー反応〟に対する国際的な興味が高まるきっかけとなった。マウントサイナイ医科大学は、有志の人たちに大さじ二杯のピーナッツバターをサンドイッチにして食べてもらう実験を行った。その後、ピーナッツアレルゲンを取り除く行為として、それぞれに歯を磨いたり、ガムを嚙んだり、水で口をゆすいだりしてもらった。一部の被験者たちは、ほんの五分ほどで口のなかからピーナッツたんぱく質がなくなった（もしかするとよく嚙んでいないのかもしれないし、とりわけ活発な唾液を持っているのかもしれない）が、別の被験者たちは、三時間余りたったあとも口のなかに微量のナッツが検出された。《アレルギー・臨床免疫学会誌》に発表されたある研究によると、恋人にアレルギー反応を起こさせないようにする確実な方法は――もし相手にアレルギーがあるものをどうしても食べたい場合――食後四時間待ち、キスする前に何か〝安全な〟ものを嚙むことだ。

金曜日の夜、夕食と映画に行こうと彼が誘ってきたら、そのことを話したほうがいい。

十年前、二十代になったころ、多くの友人たちが、親密な触れ合いによるアレルギー反応の記事をわたしに転送してきて、「このニュース、聞いたことある?」と尋ねるようになった。もちろん聞いたことはあった。わたし自身、九年生のクリスマスパーティーのとき、瓶回しゲーム*で、大好きな男の子からのキスを断った経験がある。なぜか？　ゲームが始まる前に、手のひらいっぱいのM&Mを食べたと彼が打ち明けたからだ。

そして、大学時代の恋人。彼と乳製品との熱烈な関係は、わたしが登場するずっと前からでき上がっていた。ある日、恋人の家でとりわけひどいけんかをして、彼は頭を冷やすために寝室から出ていき、わたしはベッドに残って腹を立てていた。恋人が戻ってきて、わたしたちは仲直りをし、いちゃつき始めた。数分後、わたしは身を引いた。何かがおかしかった。

「きみのアレルギーが、そんなに悪いとは思わなかった」恋人が言った。

姿を消していたあいだ、板チョコを食べて過ごしていたのだ。わたしはトイレへと走って、明かりをつけた。鎖骨のあたりにじんましんが吹き出ていた。

その関係は、長続きはしなかった。しかし、被害が起こるのに、特に男性が無情である必要はない。単純な不注意が危険を招くこともあるのだから。

同居を始める前、アダムとわたしは数年にわたって長距離恋愛をうまくやろうと努力して（失敗もして）いた。彼はまだヴァージニア大学のロースクールの学生で、わたしはジャーナリストの助手としてワシントンDCで働いていた。ふたりともお金がなく、いつも疲れきっていた。週末には、

＊輪になって座り、ひとりが中央で瓶を回して、瓶の口が向いた相手にキスをするゲーム

車で長距離を移動して顔を合わせた。そうすれば情熱を保てると考えたからだ。ところがわたしたちは、借りてきた映画を彼のパソコンで観るあいだ、目をあけているのにも必死だった。そのパソコンの画面は反射光がぎらぎらとまぶしく、DVDドライヴは五分おきに動かなくなった。やがて、わたしの小さめの布団か、アダムがベッド代わりに床に広げたマットレスの上で、ふたりとも眠りこんでしまうのだった。

ある金曜日、わたしはとりわけきびしい夕方の渋滞のなか、州間道路六六号線に車を走らせて懸命に街から抜け出し、〝ロマンチックな〟再会をしようと心に決めて、アダムの家に飛びこんだ。わたしは、玄関のそばに積み上げられたごみ袋を無視した。居間が柑橘類のにおいでいっぱいなのを無視した（建設作業員のルームメイトがオレンジばかり食べていて、山のような皮とわたを家じゅうにばらまくせいだ）。アダムがスポーツクラブから戻ったばかりで、まだバスケットボール用の短パンと汗だらけのTシャツ姿なのを無視した。

すべてを無視して、アダムが使い古しの格子縞のソファーから立ち上がる間も与えずに、膝に飛び乗って熱烈なキスをした。

わたしは、アダムが運動後にいつもすることを知っていたが、それも無視していた。すぐさま、舌に粉っぽい牛乳の味を感じた。ぐいと身を引いて手のひらを唇に押し当てたが、遅かった。口がひりひりし始めた。

「何を飲んだの？」わたしは尋ね、そのときようやく、白い膜が張ったグラスに気づいた。

「オヴァルティン*だよ」アダムが気まずそうに答えた。

「なんなの、あなたはおばあちゃん？」わたしはどなった。

膝から降りて、水道のところへ行き、生ぬるい水をごくごくと飲んだ。反応は止められなかった。そのあとベナドリルを一錠を飲み、ソファーに横たわって口を開き、鼻孔がふさがっていても息が吸えるようにした。いらいらしながら口呼吸している女ほど、そそられる姿があるだろうか。まったく。

「ごめんよ」アダムが言った。しかし、わたしは自分のほうにもっと腹を立てていた。何がロマンチックな夜なのよ。

あらゆる関係は、信頼の問題を中心にして成り立っている。わたしたちは個人的な期待――宗教や性、家族、お金に関して――を優先し、その必要性を尊重してくれる人を見つけたいと願う。どんな関係にあっても、その信頼が崩れる瞬間がある。そういう瞬間に対するパートナーの反応を自分の心と照らし合わせて、いつ怒るか、いつ許すかをよく考えて決めればいい。たいていの場合、わたしもそうしている。しかし、食物アレルギーの扱いかたについては、判断の誤りを軽くあしら

＊牛乳に溶かして飲む粉末栄養飲料

えない。ひとつひとつの違反が、頬のじんましんと同じくらい否定しがたいものになるからだ。

アレルギーを持つ人は、いつの間にか、まわりの人の生活様式を管理するようになる。ダイエットすると宣言しておいて、こっそりチーズバーガーを食べるのはかまわない。それは本人の勝手だ。けれど、申し立てでは一週間ずっとセロリとホムスしか食べていなかったはずなのに、わたしにキスをして病院送りにさせるとしたら、本人の勝手がわたしの問題になる。

だからアダムに、過去と未来の恋人たちに、わたしは尋ねるしかない（「手と顔を洗った？」）。しつこく質問するしかない。恋人というより母親に近い気分になるとわかっていても、まわりの人の衛生状態に細かく口を出すしかない。その瞬間を楽しいと思ったことは一度もない。

女性誌《コスモポリタン》や《グラマー》は、恋愛における〝相性〟のよさの大切さを、過剰なほど宣伝する。自覚している性格や癖だけでなく、瞬間ごとににじみ出るホルモンやフェロモン、あらゆるセクシーなしぐさも。食物アレルギーのせいで、恋人との相性が変わってしまうのだろうか？　異常なほどきれい好きな人が現れるのを待つべき？　完全菜食主義者を探すべき？　もし、ある朝目を覚ましたアダムが、自分の真の天職は海老獲り漁師だと悟ったら、つき合っていけるだろうか？

それだけでは心配ごとが不充分だとでも言うように、パートナーとの〝相性〟の判断には、もうひとつ（ほんの少し下品ではあるが）重要な側面がある。よく人に訊かれる、別の種類のアレルギーのことだ。それを食物アレルギーと呼ぶことには賛成できないが、ここではっきりと言っておこう。アレルギーは、たんぱく質を摂取したり浴びたりすることによって引き起こされる。どのたんぱく質であってもおかしくない。たんぱく質は、食物やペットのふけ、花粉にも含まれる。たんぱく質は、精液にも含まれる。

性感染症や化学物質による刺激に結びつけた誤診がすべて除かれたとしても、精液アレルギーはごくまれだ。しかし、存在する。最初に記録された症例は、一九五八年、オランダの婦人科医J・L・H・スペッケンが検査した、性交後にじんましんと気管支のけいれんを起こした六十五歳の女性だった。アレルギーと診断されるのはたいてい、他の治療法では効果のなかった膣炎の病歴を持つ二十代の女性だ。診断の指標は、避妊具を使ったときには症状が現れないこと。プリックテストで、精液のたんぱく質へのIgE抗体反応を確かめる。

これは、わたしが経験したことのないアレルギーだ。しかしだからといって、それをみだらな冗談のおちのように考えているわけではない。キスの最中に、懸命にパートナーに打ち明けようとして、ベッドのなかで身を引き、「ええと、ちょっと問題があるの」と言わなくてはならないストレスは、わたしには想像もつかない。体への影響は、どんなアレルギー反応にも負けないほどつらい。接触したあらゆる部分がひりひりして赤くなる——数時間から数日続くこともある——だけでなく、呼吸困難やその他の全身症状も起こりうる。

その後の長期的な対策にも苦労が多い。精液アレルギーと診断されたら、妊娠を考えている女性は、毎回の予測排卵日の七日〜十日前からプレドニゾンを服用する必要があるかもしれない。避妊具を使わない性行為のストレスに耐えられるよう体の準備を整えるためだ。プレドニゾンを飲んだことがある人なら誰でも知っているとおり、この薬はかなり気分を重くさせ、急激な体重増加や極端な神経過敏を伴うこともある。それがうまくいかなければ、夫婦は費用のかかる困難な体外受精に頼らなくてはならないかもしれない。たとえふたりが健康な精子と卵子を持っていたとしても。

過敏性を和らげる治療がいくつかあり、それには性交渉の相手から取った物質を使うのが望ましい。選択肢のひとつは、少量の、そのアレルゲンが含まれた注射を受けることだ。別の方法として、〝段階的希釈法〟というのもある。さまざまな濃度に薄めた精液を二十分おきに膣内に入れていき、薄めていない完全なものに対する耐性をつけていく。

耐性ができたら、アレルギー患者は最小限のアレルゲンにさらされ続ける必要がある。推奨されるのは、少なくとも四十八時間ごとの性交渉。

これを希望の光と見ることもできる。あなたとパートナーのどちらかが、しょっちゅう旅行に出ているのでなければ……。その場合は、医療上の必要から、相手の留守中に使用するための、かなりきわどい種類のアイスキャンディーをつくるよう命じられることになる。

わたしが初めてアダムとデートしたのは、大学二年のときだった。実際には、デートではなかった。「やあ、サンドラ。軽く何か食べに行くところなんだ。いっしょに来るかい?」というほうが近い。足もとに薔薇の花びらをまかれたわけでもない。しかし、すっかり恋のとりこになっている女性にとって、そういう誘いは、王子さまを乗せた金色の馬車が目の前で止まったかのように思えるものだ。

わたしたちは〈カフェ・エウロパ〉に行った。コーナーにある人気のたまり場で、ガラスのカウンターの奥からデリカテッセン形式で安い地中海風サンドイッチを出す店として知られている。スヴラキ、ひよこ豆のコロッケ、フェタチーズ、茄子。十ページの社会学のレポートやひどい二日酔いに立ち向かう十九歳に力を与えそうな、こってり脂っこい気楽な食べ物。カフェのロゴの、とがった鼻と波打つ髪をした女――たぶんエウロパだろう――は、誰かがナプキンにボールペンでいたずら書きした絵のようだ。皿は紙で、フォークはプラスチックだった。

「ここで何か食べられるものがあるかな?」アダムが訊いた。

「もちろん!」わたしは明るく答えた。「大好きな店よ」

ほんとうは、そこで食事をしたことはなかった。学生スタッフは愛想はいいが、二次汚染や汚染自体を避けることにさほど熱心とは思えない。それだけのことだ。アダムが注文したものを手に、席を取りにいくのを待ってから、カウンターの後ろの男性に次々に質問を浴びせた。

ホムス、人参とセロリのスティック、それとピタパンひと切れに決め、さわっただけでぐらつくテーブルに皿を置いた。ホムスを選んだのは失敗だった——ざらざらとして、にんにくたっぷりで、キスの前に食べるにはまったく不向きだ。しかしほどなく、もっと大きな問題が起こった。

あぶく。わたしは必死に、空気の泡が胸骨の裏側からせり上がってくるような感覚を無視しようとした。それはねっとりと気管を這い上がり、はじけては、また上がってきた。わたしはアダムと目を合わせようと意識を集中し、甘いコーラシロップの入りすぎたコカコーラをぐいっと飲んだ。ぽん、ぽん、ぽん、ぽん。

きっと軽度の反応に違いない。予測どおりの、汚染の問題だ。人参とひよこ豆は安全なはず。支配人は、ピタパンに乳製品は入っていないと断言した（後に、スタッフが山羊乳を乳製品とは考えていなかったことがわかった）。

アダムは、映画についてあれこれおしゃべりしていた。わたしにできるのは、背筋を伸ばしたまま、うなずき、微笑んで、唾をのみ、また微笑むことだけだった。ときどき指先で頬を撫で、熱やじんましんが出ていないかを確かめながら、これが戯れのしぐさに見えることを願った。少なくとも、斑点だらけの肌にはなっていない、と考える。いまはまだ。

ぼんやりしたまま四十分が過ぎた。わたしたちはいっしょに、オルダーマン図書館まで戻った。アダムがそこで研究会の会合に出る予定だった。彼の背後で扉が閉まるのを見てようやく、わたしはとなりの建物まで歩き、公衆電話を見つけて、大学病院に電話した。ほどなく、救急車に乗せられた。

そのままでやり過ごせるなら、わたしはいつも、すばやくアレルギー反応を隠した。原因が恥ずかしいからという場合もある。十歳のころ、ある晩わたしは飼い猫にドライキャットフードを食べさせて——ひと粒ずつ洗濯室の床に投げ、子猫に追いかけさせて——いて、無意識に、ひと粒自分の舌にのせた。粉乳、牛肉エキス、海老たんぱく質、ほかにも何が入っているかわかったものではない。ごくん。飲みこんでしまった。その晩は夕食のあいだじゅう〝ロンロン〟という音を立てていたが、母にはなんでもないと言い張った。

もう少しましな状況だとしても、自尊心の問題がある。わたしが求めているのは大切にしてくれる人であって、世話をしてくれる人ではない。デートの最中のアレルギー反応は、決して美しくない。ひとしきり咳きこんだあと、ハンカチで口を軽くたたけば済むような上品な発作ではないのだ。息を切らしたり、汗だくになったり、吐いたりする。ディナーデートで出かける準備をするとき、わたしはいつも、まぶたにラインを引いたりアイシャドウをつけたりしながら、夜が終わるころには腫れて涙で重くなっているかもしれないと考えていた。唇にリップクリームを塗りながら、キスをすることになるのか、それとも五十三歳の口臭のある救急救命士に人工呼吸を施されることになるのか、どちらだろうと考えていた。

あの不運な〈カフェ・エウロパ〉での食事から八年がたち、何度か仲たがいや仲直りを繰り返したあと、アダムとわたしはふたたび向き合って食事の席に着いた——今度はワシントンＤＣの〈オープン・シティ〉という食堂だった。店は、わたしの家からも近いアダムのアパートの、通りを挟んだ向かいにあった。そのころまでには、それなりの数のデートをこなし、パンを完全に避けることを学んでいた。ところが、サラダをふた口ほど食べたところで、おなじみのむずむずを感じ始めた。

わたしは立ち上がってトイレに向かい、厨房の横を通るとき、なかをじっと見つめた。スタッフたちは、手袋をして野菜を混ぜていたが、サラダごとに手袋を替えてはいなかった。つまり、誰かがつかんだチェダーチーズの油が、わたしの皿にのった赤ピーマンのロースト全体に貼りついているということだ。

わたしはテーブルに戻り、もう一、二枚葉野菜をかじって、お腹がいっぱいになったふりをした。アダムに家まで送ってもらう途中で、冷静さの仮面がはがれ落ちた。足取りがのろくなり、ふらついた。金属のガードレールに寄りかかり、道路に吐きそうになった。

「家に帰りましょう」わたしは言った。「家に帰らなくちゃ」

家に入ると、わたしはバスルームに駆けこんでしゃがんだ。お腹がごろごろと暴れた。アダムは外で待っていた。数分おきに「だいじょうぶかい？」と呼びかける。

だいじょうぶでいようと決めていた。アダムには見せられない。でも、ひとりになるのもいやだ。二錠めのベナドリルを飲んでも効いてこなかった。頭がくらくらした。

「だいじょうぶかい？」

問いかける声は聞こえたが、返事はできなかった。ひどい発作でたまに起こるように、非現実的な映像が頭に浮かんだ。今回は、わたしの呼吸がヴァイオリンの弓になって、前に後ろに動いていた。前に……後ろに……前に……。

弾き続けなさい。わたしはもうろうとしながら自分に言い聞かせた。弾くのよ。

そのとき、バスルームの扉が勢いよく開き、アダムが飛びこんできた。

「出ていって」わたしは叫び、下着を引っぱり上げようとした。

わたしに意識があることに安心して、アダムはすばやく廊下に出て扉を閉めた。

救急救命士の一団が来て去ったあと、わたしが自分のベッドと呼んでいる細長い布団のそばに、アダムが座った。そして両腕をわたしに巻きつけた。

「お願いだ」アダムが言った。「死なないでくれ」

わたしは身をこわばらせたまま、抱擁に抵抗した。バスルームであんな姿を見られたことに屈辱を覚えていた。

「サンドラ」アダムが言った。「わかってくれ。とてもじゃないけど、きみのお母さんに言い訳が立たないよ。きみをひとりで死なせたなんて——しかもトイレで」

そう言われてようやく、アダムがこれからもしばらくはわたしのそばにいるつもりなのだとわかった。しかし、知り合ってこれだけ長い時間がたち、同居を試す準備ができてからでさえ、いくつもの小さな言い争いに耐えながらわたしの食物アレルギーとともに生きる覚悟がアダムにあるとは思えなかった。アレルギーそのものだけでなく、そのアレルギーに対処し続けることで形づくられた人間との生活に。

わたしは何ごとも念には念を入れ、やるべきことのリストをつくり、ラベルを細かく調べ、書類をファイルフォルダーにきちんと収めずにはいられない。それに対してアダムは、開放的な整理整頓術に従い、なんでも目につく場所に置けば簡単に見つけられると考えていた。それはお金や靴下、使用済みのグラス、一カ月前のクロスワードパズルにも当てはまった。アパートじゅうをポルターガイストのように歩き回り、通り道のあらゆるキャビネットや引き出しを半開きにしていった。

気づいていなかったわけではない。大学時代を通して、アダムはピーナッツバターの瓶をあけたまま、いつでも取れるようにナイフを刺した状態で部屋に置き、おやつに食べていた。わたしが訪ねるたびに、瓶はいろいろな場所に移動していた——ナイトテーブル、ドレッサー、椅子の上。わたしはそれを、〝放し飼いのピーナッツバター〟と呼んでいた。

大人になっても、しょせんは大人の男だ。アダムは半分残ったソーダの缶をあちこちに置き、チョコレートスプレッドをすくったのと同じスプーンでアイスクリームをすくっては元に戻し、カッテージチーズの容器を同時に三つ保管した。彼の家の、彼のキッチンなら、べたべたしたカウンターやよごれた皿は無視できる。しかしそれがわたしのキッチンとなれば、鳥肌が立つような習慣というだけでは済まなかった。じんましんや、それより悪いことを起こすかもしれない習慣なのだ。

「卵をきちんとお皿からはがしてくれた?」わたしは言ったものだった。「食器洗い機に入れる前に、こすり落とさなくてはだめよ。そうしないと、固まってしまうから」

「ええと、あの牛乳を捨ててくれない? まだ冷蔵庫に入ってるやつ。きっともう腐ってるわ」わたしは指摘した。「わたしがさわれないって、わかってるでしょう」

うるさく言われるほうにとっては、うんざりすることばかりだっただろう。わたしのアレルギーは、あらゆる懸案事項――筋の通った不平と、正直に言えば、ときには単なる月経前のいらいらによる意地悪も――をリトマス試験紙にする。〝わたしを愛してる? だったらグラスを洗ってちょうだい〟

自分はひとりで生きる運命なのかと考えることがある。そうでなければ、週に一、二度、自分の家でじんましんを起こすという現実を受け入れなくてはならない。それは、こぼれたオレンジジュースをふき取ってから、恋人が飲んだプロテインシェイクのホエイパウダーの顆粒でカウンターが覆われていることに気づいたときかもしれない。あるいは、キスで驚かせたあと、手遅れになってから「コーヒーにクリームを入れたんだ」と打ち明けられたときかもしれない。

しかし、家のなかで折り合いをつけているのはわたしだけではない。どんなパートナーであれ、わたしが扉の向こう側で体を丸め、喘いだり吐いたりする夜が何度もあるという現実を受け入れなくてはならないのだ。〝彼女が死んだら、お母さんにどう言えばいいんだろう？〟という考えが頭をよぎる夜が。

アダムとわたしが同居し始めてふた月ほどたったころ、わたしはある友人の〝サーモン〟ディナーにひとりで出かけた――ワシントンＤＣの文学界の集まりで、みんな主催者の友人だが、知らない同士だった。わたしが玄関から入ると、招待客全員の名前がピンク色の渦巻き文字でタイプされたカンニングペーパーを渡された。まず招待客たちは、ジョージタウンの邸宅のかわいらしい居間に立ち、顔と名前、名前と職業を一致させようと努めた。わたしたちはすぐに、義務的な人脈づくりをやめて、この家のプードルを褒め出した。ウェストミンスター・ケネルクラブ・ドッグショーで優勝した犬の血統だった。

接待役が、温かいパフペストリーの皿を置いた。犬が上品ににおいをかいでから、顔をそむけた。わたしは手を伸ばして、パフを食べようとした。よくトレーダー・ジョーズで買っているものと同じに見えたからだ。しかしそこで、なかに海老がぎっしり詰まっていることに気づいた。危なかった。お腹がぐうと鳴った。

夕食が出されると、わたしは近寄って皿をつかんだ。豚の腰肉がどんなふうに料理されたかの説明を聞く。オリーヴオイル、ハーブ、加熱。完璧に思えた。しかし、マンゴーで飾った豚肉をひと口飲みこむとすぐに、喉がむずむずし始めた。

いやだ、どうしよう。当時はまだ、マンゴーを安全と考えていた。マンゴー入りのジュースを飲んだことがあったし、マンゴーサルサを試したこともあったが、問題なかった。しかし、最初の二回の摂取のあと、どうやらわたしの体は考えを変えたらしかった。急にお腹が痛くなった。わたしはバッグのファスナーをあけ、ベナドリルの包装を親指の爪で裂いて、錠剤を手のひらから口に運んだ。あたりを見回し、誰も気づいていないことを確かめる。たぶん、このまま乗りきれるだろう。

ワインをもうひと口含み、飲みこむ力を試した。プードルが、何かおかしいと感じ取ったらしかった。横に座って、わたしの手をくんくんとかぐ。わたしは長いあいだ黙りこんでいた。

深く息を吸って、左に座った脚本家のほうを向いて尋ねた。「それで、いつイギリスを離れたんですか?」

脚本家の男性が長い物語で応じたが、集中するのがむずかしかった。喉のかゆみは消えてくれない。何か刺激の少ないもので胃に膜をつくればいいのかもしれないが、近くに役立つプレッツェルのボウルはなかった。そういうものを出すにはおしゃれすぎるパーティーだった。手づくりのフランスパンも、材料がはっきりしない。あぶったサーモンは？

わたしは立ち上がってふた切れ取り、さらにもう半切れ取って、まだマンゴーと豚肉が盛られた皿から指でつかんで食べた。ものすごい大食いのように見えただろうが、それはうまくいった。かゆみが和らいだ。

「それじゃ、恋人といっしょに住んでるのね？」接待役が尋ねた。

「ええ」わたしは答えた。「アダムと。弁護士なんです」さらに、大学で出会ったことを話したが、初デートのあとひとりで緊急治療室に入る羽目になったことは省いた。〝アレルギーの子〟というレッテルを貼られずにこの夜を切り抜けるつもりだった。

デザートの時間になると、いろいろな種類のカップケーキを見て、みんなといっしょに感嘆の声をあげた。実際には、どんな味がするのか想像もできなかったけれど……。薄いケーキ屋の箱がテーブルに回されると、わたしはボール紙の底からバタークリームが染み出していることに気づいた。箱が通り過ぎていくとき、わたしはバッグのなかを探るふりをして、それにさわらないようにした。

招待客たちは、いっしょに玄関を出た。わたしはアレルギー反応を抑えられたことにあまりにも感謝していたので、ジャーナリストの妻にバタークリームのついた唇でお休みのキスをされても、ひるみさえしなかった。車の運転席に座ると、キスの形のじんましんが頬に浮き上がるのを感じた。

わたしは家に入り、アダムが床に座ってXボックスで『スター・ウォーズ』をプレイしているのを見た。ただいまのキスをしようとかがむと、アダムがチョコレートスプレッドのあいた瓶を指さした。

「ぼくは恐ろしく危険だよ」と警告する。「ディナーはどうだった?」

「楽しかったわ」わたしは答えた。「反応が出るまではね」もう演技をする必要はなかった。ベナドリルの効き目が切れてきた。喉のむずむずが戻ってくるのが感じられた。

「そいつは悔しいな」わたしが話せるくらいに元気でも、アダムは無理に問い詰めないことを学んでいた。画面のほうに視線を戻す。「ぼくがドロイドを殺すところを見たいかい?」

「ええ」わたしは答えた。「吐いたとしても、わざとじゃないわよ」もう一錠ベナドリルを飲む。これでふらふらになるのはわかっていたので、リクライニングチェアの上で体を丸めた。

ハリウッドのロマンス映画に、こんな場面はない。ライトセーバーのヒューッという音が、どうして子守歌になるだろう。真実の恋人に、眠っているあいだの呼吸を確かめる人になってほしいと、どうして願えるだろう。

高校時代、わたしは初めて、結婚式が自分の健康にとって有害になるかもしれないと気づいた。ひそかに心を寄せていたヒンズー教徒の男の子が、ある日、ベンガル地方の〝ボウバート〟と呼ばれる伝統的な結婚披露宴について冗談を言った。新郎の家に到着したら、女たちが新婦の足を小麦粉と牛乳で洗うのだそうだ。

「牛乳？」わたしは聞き間違いだと信じて尋ねた。

ほんとうらしい。それ以外のやりかたとしては、新婦が小麦粉と牛乳を混ぜたもののなかに足を入れて足跡をつけてから、家のなかへ導かれる――そしてシャーベットを食べさせられる。つまり、わたしに言わせれば〝ボウルに入った甘く冷たい死〟を。

その晩わたしは家に帰って、少しばかり調べ物をした。食物が珍重される文化ではよくあるように、インドの通過儀礼《サンスカーラ》としての結婚式には、アレルゲンが次々に登場する。〝マデューパック〟と呼ばれる儀式では、新婦の父が歓迎の意味をこめて新郎にヨーグルトと蜂蜜を食べさせることになっていた。それから新郎と新婦は、ギーという液状バターが投げこまれた火のまわりを四度回る。どれも実現しそうになかった。そういう儀式に対する文字どおりのアレルギーより、もっと大きな問題があった。彼の両親は、息子が〝あの白人の女の子〟と結婚するのを決して認めはしないだろう。

それでも、好奇心をそそられた。そのときまで、結婚式について考えたことはなかった。わたしは結婚に関わる様々な伝統文化の目録をつくり始め、ひとつひとつを〝楽しい〟と〝命取り〟に分けて綴じた。モロッコでは、新婦が牛乳の風呂に入れられて（体を清められて）から、両手と両足をヘンナで飾られる。イタリアとギリシャでは、新郎新婦が糖衣アーモンドのシャワーを浴びながらリムジンまで歩く。かつてチェコスロヴァキアの伝統では、えんどう豆のシャワーを浴びていた。ハンガリーでは、新婦が卵を割って、将来生まれる子どもたちの健康を確かなものにする。ブルガリアでは、新婦が小麦と硬貨の入った皿に卵を入れ、頭上に放り投げる。

こういうシナリオはすべて、わたしにとっては純粋に架空の話だった。ところが大学を卒業したあと、わたしは〝千の結婚式が続く時期〟の第一回を経験した。ほとんど毎週末、略式礼服を着て、誰かのおじさんについてうわさ話をし、シャンパンを飲みすぎたあとアイズレー・ブラザーズの『シャウト』に合わせてダンスすることになる時期。人生のこの時点で、わたしは結婚という戦場に関して、とても現実的で、とても具体的な敵と向き合っていることに気づいた。敵よ、汝の名はケーキなり。

ウェディングケーキの伝統は、古代ローマにまでさかのぼるそうだ。当時は新郎が、新婦の頭に大麦パンの〝ケーキ〟（かたまり）を投げつけて割り、服従の証とした。もう少し優しい説によると、新郎が多産を願って、崩したパンを新婦の頭にかけたらしい。実際には、新郎新婦の力関係によってどちらもありえたのではないだろうか。今日、ふたりが最初のひと口を分けるときに、愛情をこめてフォークですくうか、互いの顔にぶつけるかの違いがあるように。

まだ多くの人が砂糖を入手できなかった十七世紀半ばには、ヨーロッパで結婚式に使われるケーキは〝花嫁のパイ〟に進化した。中国では、龍と鳳凰《ほうおう》のケーキが出されるようになった。たいていは赤か緑の小豆《あずき》のペーストが入っていて、ひとりずつに配られる——現在も続いている伝統だ。いくつかの〝花嫁のパイ〟のレシピには、牡蠣、雄鶏のとさか、子羊の睾丸など、媚薬も兼ねた材料が定められていた。ありがたいことに、料理人は充分な量のスパイスを入れて本来の味を隠した。もっとあっさりしたレシピでは、ひき肉か、果物とナッツを使った。

ケーキのなかにガラスの指輪が埋めこまれることもあった。それを見つけた人が、来るべき年に幸運に恵まれると言われた。ただし飲みこんでしまった場合、それが幸運かどうかは疑わしい。

現在は、ケーキの伝統もさらに多様になった。フランスのクロカンブッシュは、カスタードを詰めた小型のシュークリームをチョコレートに浸したもの、あるいはガナッシュを挟んだマカロンを積み重ねてつくる。お菓子で覆われ、カラメルで筋をつけられた魔法使いの帽子を思い浮かべてほしい。ノルウェーのクランセカーケも、円錐形をしている。少しずつ小さくなるアーモンドクッキーの輪を、ときにはワインの瓶などのまわりに、順番に積み重ねてつくる。アパラチア地方では、〝スタックケーキ〟が出される。出席する招待客のグループそれぞれが持ってきた薄いケーキの層を重ね、林檎のペーストかジャムを塗って冷やしたものだ。スタックケーキ（できたものがパンケーキを積み重《スタック》ねたように見えるのでそう呼ばれる）は、社会的なバロメーターにもなる。新郎新婦の人気が高いほど、ケーキも高く積み重なるからだ。

こういうさまざまな種類に加えて、段になった古典的なバニラスポンジケーキ、チョコレートスポンジケーキ、あるいは人参ケーキがあり、すべてが、ある共通の特徴を備えている。わたしが食べれば死ぬかもしれないということだ。

ひと切れもらうのを遠慮するのは簡単だが、それで危険がなくなるわけではない。あらゆる結婚式で、わたしは多かれ少なかれ酒に酔ったたくさんの人々に囲まれる。彼らの指や唇はいまや、わたしの目に涙を流させ、頬にじんましんを起こさせる何かで覆われている。わたしはテレビゲーム『フロッガー』の蛙になって、握手や抱擁やキスという大型トラックに轢かれないよう、自分のテーブルから扉へと進んでいく。

わたしは戦いの準備を整えて、あらゆる結婚式に臨む。多めにベナドリルを持つ。エピペンの使用期限を確かめる。微笑んでトレイを差し出すウェイターに、何度も何度も「けっこうです」と言う。前菜のあいだに、こっそりピーナッツバタープレッツェルをかじる。わたしには、高校時代に仲のよかった友人たちが重なるので、頻繁に同じ結婚式に招待される男友だちがふたりいた。彼らはわたしの食事版のスタントマンを務めて、常に快くシーフードやステーキをふた口ほど食べ、わたしの皿がまったくの手つかずにならないようにしてくれた。これだけの予防策を講じていても、出席した二十回余りの結婚式のうち、十回以上でアレルギー反応を起こすことになった。

ある結婚式では、わたしのために特別に用意されたサラダのトマトをひと切れと、レタスを二片、思いきってかじってみた。おそらく、わたしのトマトを切ったのと同じナイフが、ほかのみんなのモッツァレラチーズとトマトのサラダをつくるのに使われたのだろう。バンドが演奏を始め、文学部修士課程の教授がダンスに誘ってくれた。わたしたちは軽快にステップを踏んだり、ゆるやかに回ったりという一連の動きをうまくこなした。

ついに、わたしがシンデレラになる瞬間がやってきた——舞踏室から駆け出し、ショールを背後に引きずりながら、どうにかホテルの来客用化粧室を見つけた。わたしはトイレの前に座りこみ、サテンのドレスがタイルの上でしわくちゃになるのもかまわず、はあはあと喘いだ。

次の一時間は、豪華なロビーに座り、歩いて家に帰れるほどに呼吸が落ち着くのを待っていた。友人や同級生たちが、代わる代わるそばについていてくれた。ビッグバンドの演奏が、まだ披露宴会場の扉を通して聞こえていた。

「もしかすると、わたしはただの結婚式アレルギーなのかもね」わたしは女友だちに言った。

しばらくして、大学時代からの親友のひとりが、菜食主義者と婚約した。ステファニーは、式典のあとわたしがきちんとした食事だけでなく、デザートまで食べられるようにすると固く決意した。そしてワシントンDCにあるヴィーガン向けベーカリー〈スティッキー・フィンガーズ・スイーツ&イーツ〉と話し合い、わたしにケーキ生地の材料リストをメールで送ってきた。そこにはありきたりのもの（塩やバニラ）から奇抜なもの（オート麦粉やフロリダ・クリスタルズ社の濃縮砂糖黍《さとうきび》ジュース）まであった。ウェディングケーキについて、ひとつ問題になりそうなのが糖衣の大豆だとわかると、ベーカリーの職人ドーラン・ピーターサンと交渉し、糖衣なしのカップケーキを別につくれないかと頼んだ。ピーターサンは一枚上を行って、乳製品も大豆も使わないヴィーガン・ダークチョコレートのガナッシュを提案した。

「こういうもの、食べられる？」ステファニーがメールに書いてきた。「それとも、怖すぎて食べられない？」

ええ、怖すぎる。そう認めようかと考えた。チョコレートの味見さえしたことがあっただろうか？　でもステファニーはとても興奮しているし、ここまで骨を折ってくれたのだ。

「挑戦してみるわ」わたしは返事を書いた。

その記念すべき日、新婦はケーキカットの数分後、こちらへ歩いてきた。たいていの場合、わたしがじりじりと出口へ向かい始める時間帯だった。最初は、手ぶらで謝りに来たのかと思ったが、（まるでウェディングドレスのひだのあいだに隠していたかのように）ステファニーは大げさな身ぶりで、ダークブラウンの糖衣が渦を巻くわたしのためのカップケーキを差し出した。

わたしはきっと何かまずいことが起こると考えて、新婦が立ち去るのを待ってから、ほんのひと口かじった。しかし、わたしの「ふーむ」は「うーん」に変わった。ケーキの中身は甘くしっとりしていて、一〇〇パーセント、サンドラに優しかった。すばらしい。

翌朝、わたしは母に電話した。天気や、招待客や、ステファニーがどれほどきれいだったかや、そういうくだらない話は飛ばし――すばりと要点を言った。「あのカップケーキのことを、どうしても話したいの」

「心配してるのよ」先日、母が言っていた。わたしにどんな結婚式をさせてやれるかと考えているのだ。いまのところ婚約者はいないが、母はステファニーのカップケーキを再現してくれそうなヴィーガン向けのベーカリーについて、いろいろな記事を切り抜いて準備している。ミニキッシュやデビルドエッグの代わりになるものも、あれこれ検討している。「だって」と母は言う。「あなたみたいなアレルギーを持つ人が、ソーセージロールを出すわけにはいかないでしょう」

どうやら、花嫁の母になることに特別な夢をいだいてはいないらしい。母は、ヴァージニア州マクリーンにある両親の家にほど近い、退職者向け施設ヴィンソンホールの礼拝堂で父と結婚式を挙げた。式典後、ふたりは施設のビリヤード台のとなりにある娯楽室でパンチとクッキーを出した。それに先立つ母の姉の結婚式は、きれいに整えて庭に見えるように塗装したガレージで行われたそうだ。姉妹の母親が結婚したときはどうだったかと言えば、昔からよく祖母に聞かされていたのは、オードヴルのことでもドレスのことでもなく、式の前に祖父カールが何カ月もかけて新婚旅行用に車のガソリンを蓄えたという話だった。

わたしは母に、ヴィンソンホールでどんなケーキを用意したのかと尋ねる。

「黄色いシートケーキ……だったような」母が答える。「よく憶えてるのは、すごくお腹が空いてたのに、何も食べられなかったということよ」

きらびやかな結婚式を夢見る遺伝的な傾向がないので、事実と向き合うのはむずかしいが、もし結婚式の正式な写真に担架に乗った花嫁として写りたくないなら、自分の必要を中心にその日を計画しなければならない。厨房での二次汚染を避けるため、その日にほかの行事への料理提供を行わない会場を選ぶ必要がある。使うつもりの調理用油をすべて列挙するよう頼んでも、まばたきひとつしない仕出し屋を探す必要がある。あらゆるレシピとあらゆるラベルを確かめる必要がある。友人が知っているケーキ職人か、ほかに誰か、ココナッツミルクのガナッシュのつくりかたを知っている人を見つけよう。新郎が自分のための〝花婿のケーキ〟を選んでもいい——けれど、それは〝サンドラに優しい〟ケーキのなかから選ぶなら、ということだ。もしかすると、コーヒーにもミルクを添えないかもしれない。

たぶんわたしは、恐ろしく危険な賭けに自分を追いこもうとしているのだろう。それはあきらめて、市庁舎での式のあと、最高においしい寿司を用意すべきかもしれない。けれども心の片隅では、愛する人たちみんなが、毎日わたしが食べているような料理を食べ——しかも誰もがおいしく食べて、誰もがお腹いっぱいになって帰り、一瞬の同情も感じない、そんな夜にしたいと夢見ている。

一度でいいから、誰かとケーキの最後のひと口をめぐって争ってみたい。

第八章

路上にて

大学生になった妹は、初めてキャンパスの外に引っ越すにあたって、ニューヨーク市イーストヴィレッジの、KGBバーがある通り沿いに共同アパートを見つけた。染みついた煙草の香りがし、クリスマスの電灯が一年じゅうつるされ、一九二〇年代のよごれたビロードで覆われたソファーがあり、大瓶入りのメルローが何本も置かれているアパートだった。誰かがシャンデリアを、鳥の巣とまつわりつく蚋《ぶよ》の群れを備えた芸術作品に変えていた。

そこは、芸術家肌のニューヨークっ子たち——棚ぼた式の仕事と失業のあいだを行き来するのに慣れている人たち——が、二百ドルの靴と道路脇で拾ったナイトスタンドを、同じくらい熱心に崇めることができる完璧な場所だった。ある朝、妹が寝室の扉をあけると、居間では三人のモデルを使って《プレーボーイ》の撮影が行われていた。ほぼ毎朝、扉をあけると、居間のソファーと妹が化粧台として使っているサイドボードのあいだに、犬のおしっこがたまっていた。

ニューヨークを訪れたとき、わたしはワシントンDCへ戻る午後九時発の列車に乗る前に、クリスティーナとその恋人と連れ立って、妹のお気に入りのレストランに出かけた。アジア風の装飾を施した小さな店で、好きな具を選べる丼物と、七ドルもするメキシコ風フルーツジュースがある。イーストヴィレッジの多くの店と同様、菜食主義者を優遇していたので、大豆を避けるのは簡単ではなかった。自分の丼物を三、四口食べたところで、喉が抗議してきた。おそらく野菜の千切りを取るときよけたつもりだった枝豆か、にんにくと生姜のソースをなめらかにするための大豆マヨネーズのせいだろう、と考えた。わたしは、並んだ色とりどりの米――ココナッツライス、ブータンのレッドライス、ブラックライス――に視線を移し、生姜入りジュースをぐっと飲んだ。反応が鎮まった。

もし、前菜として分け合った餃子の五、六種の材料に海老が含まれていることを知っていたら(クリスティーナの恋人があとで思い出した)、もっと警戒していたかもしれない。あるいは、食べるのをやめたかもしれない。とはいえひとつしか食べなかったし、わたしの知るかぎり、海老にはそれほど強いアレルギーはなかった。子どものころは、海老の天ぷらが好きだった。十二歳になったころ、ほんの二度ほど口のなかがちくちくする疑わしい反応があり、もともと貝類や甲殻類に用心していたこともあって、海老はやめることに決めていたのだ。

夕食のあと、わたしはタクシーでペンシルヴェニア駅へ行き、ノースイースト・リージョナル号の窓際の席に着いて、数分で眠りこんだ。午後十一時ごろ、はっと目を覚ました。目がひりひりしてコンタクトレンズが貼りついていたが、なんとかまぶたをあけようとする。ここはどこ？　喉が痛かった。

　わたしは二相性反応に襲われていた。アレルゲンにさらされて数時間たったあとに、マスト細胞がふたたび活発に反応し始めたのだ。こういうアレルギー反応は、二十代後半から起こるようになったうれしくない新たな症状だ。カシューナッツ、マンゴー、（そしていまわかったとおり）海老によって引き起こされる。嘔吐や下痢や、アナフィラキシーを生じる可能性もあった。しかもワシントンＤＣに到着するまでの一時間、アムトラックに閉じこめられているのだ。

　わたしは電話を取って家にかけ、アダムに駅まで迎えに来られるかどうか訊こうとした。誰も出ない。神経が高ぶっていて、まともなメールの文章は打てそうになかった。わたしはもう一度電話をかけた。留守番電話が応じると、言葉があふれてきた。

「アダム、わたしよ。いま、すごくひどい反応を起こしてるの。できたら――」

　体を丸め、ふたつの座席を使って寝そべっていると、誰かの制服のウエスト部分が視界をさえぎった。目を上げると、車掌がぐっとこちらに身を乗り出していた。

「すみませんが、お客さん」

　わたしは電話に向かって話し続けた。「……ちょうど誰かが来たわ。もしかすると……」わたしが苦しんでいるのを見て、医者の手助けが必要かどうか訊きに来てくれたのだろうか。

「お客さん」

「はい」もしかすると、電車を止めてくれるの？

「電話を切ってください」え？

「い、い、いますぐ切ってください。この車両は騒音禁止です」

わたしは電話をぱたんと閉じた。「健康上の緊急事態なんです。アレルギー反応を起こしてしまって」

車掌が疑わしげな目をした。「何にです？」

「その……夕食に」わたしは答えたが、まるで嘘のように聞こえることはわかっていた。数時間前、車掌に切符を渡したときには、わたしは元気に見えただろう。確かに元気だったのだから。車掌が首を振った。

「お客さん、二度言うつもりはありませんよ。誰かに電話したいのなら、この車両から出てください。見張っていますからね」車掌は通路を歩いていった。二列向こうの乗客が、新聞の上から冷たい目でこちらを見た。周囲の乗客はみんな、わたしたちの会話を聞いていた。手助けが必要かどうか尋ねてくれる人はいなかった。

〝ごめん。またあとで〟わたしはアダムにメールを打った。となりの車両まで歩けるようになるのに、あと十分はかかるだろう。当面は、吸入器を出して振り、薬を吸いこみ、また振り、また吸いこんだ――ひとつには必要があったから、ひとつには嘘ではないことを証明したかったからだ。わたしは水なしでベナドリルを飲んだ。それから座席の上で体を折り曲げ、両手の拳を目に当てた。涙によい面があるとすれば、そのおかげで乾ききったコンタクトレンズに潤いが戻るということだ。

何年ものあいだ食物アレルギーとともに旅をするうちに、よくて戸惑い顔、悪ければ不機嫌顔の職員たちとのやり取りが予測できるようになった。たとえば母は、二日以上の旅行にわたしを送り出すときには、スーツケースのなかにジャイアントブランドのイタリアンブレッドをまるごと一斤詰めたものだった。ほかに食べられるものがないせいで、わたしが汚染されたものを口にする危険を冒さないようにするためだ。

高校の聖歌隊の仲間とディズニーワールドへ向かう飛行機に乗ろうとしていたとき、わたしのバッグのなかに二十センチの鋸刃ナイフを見つけた空港の警備員に、事情を説明してみてほしい。つまり、パンを切るためだと。警備員はそれを高く掲げて、持ち主は誰かと大声で叫んだ。いまでも、母がナイフを注意深く荷物に詰めていた姿が目に浮かぶ。ペーパータオルを八重にたたんで刃を覆い、上端と下端をしっかり輪ゴムで留めていた。歯ブラシ、パジャマ、下着、大きなナイフ。みんなそういうものを詰めているんじゃないの？

休暇になると、家族は冷蔵庫と電子レンジの追加料金を払ってレンタカーを借り、できるだけどこへでも車で旅行した。運転席に座るのは、いつも父だった。母はスーツケースを〝サンドラに優しい〟食べ物でいっぱいにしたがった。自分の食器用洗剤、スポンジ、塩胡椒入れ、調理用油を入れた小瓶まで用意した（ウォッカを入れた小瓶も詰めていたようだが、何年もあとになるまでそのことには気づかなかった）。

食べ物を詰められなかった場合、母はまず最初に、ときにはホテルにチェックインする前に、食料品店に立ち寄ろうと言い張った。父は駐車場でレンタカーを動かし続け、窓を下ろして苛立たしげに指でこつこつと扉をたたいた。母は〝どうしても必要なものだけ〟を抱えて戻ってくる。たとえば、オレンジジュース、コーンポップス一箱、ピーナッツバター、プレッツェル、冷凍えんどう豆かライ豆、ベーコンのパック、乾燥リングイネ、ペーパータオルひと巻き、ティッシュペーパー一箱、そしてカシューナッツかマカダミアナッツ一缶。わたしはナッツを食べられない。それは父のため——和解の贈り物というわけだった。

父は長年、弁護士としての市民生活で、太平洋諸島の住民の利益を守るハワイの非営利団体の法律顧問を務めていた。つまり、オアフ島で定期的に数週間にわたる会合があるということだ。数年のあいだ、わたしたちは父に同行して、ほかの島々も巡り、出張のついでに家族旅行を楽しんだ。訪れるたびに、心からくつろげるようになっていった。もうコナコーヒーの強さを和らげるためにカフェイン抜きにする必要はなかった。ハワイ島の十四種類の気候もすべて経験した。マウイ島のお気に入りの貸別荘には、繰り返し滞在した。ラハイナの入り江には亀が棲《す》み、管理人の事務所のとなりにはバナナが生えていた。わたしが二十代半ばになるころには、家族の記録のなかで、まだ実行していないハワイでの活動は残り少なかった。そのひとつが、マウイ島ハナへのドライブだった。

ハナへ向かう道は、百キロ余り続くハワイ州道だ。熱帯雨林と六百以上の急カーブで知られ、人口の多い都市カフルイと小さな町ハナを結んでいる。行程には五十九本の橋があり、ほとんどは百年近く前のコンクリート製で、少なくともそのうち四十六本は一車線だ。向き合った二台の車は、どちらに優先権があるか自主的に判断しなくてはならない——あるいは度胸試しをするかだ。その旅は、すばらしいと同時にひどく疲れると言われている。ほとんどの旅行者は、ハナに着くと、数時間以内に帰りの計画を立て始める。そうしないと暗闇のなかに取り残される恐れがあるからだ。地元民は彼らを〝疾走者たち《フウィザーズ》〟と呼んでいる。

もしハナへのドライブが旅の前半に提案されたら、母が拒んだに違いない。男たち（たとえば父）は生まれながらの性質として、美しい砂浜を見つけ、別荘を借り……そのうえで来る日も来る日も動き回り、ほかの人（たとえば母）が太陽のもとで寝そべってくつろぎ、軽い気持ちで三冊もスーツケースに入れてきたペーパーバックの小説を一冊読むことさえ邪魔すると、母は信じていたからだ。自動車旅行は必要悪であって、冒険ではない。母が父にこう言うのが想像できた。「それに、サンドラが食事できるレストランが見つかるかどうか、わからないでしょう?」

しかし、この旅行については、局面が変わっていた。わたしは大人になり、どんなカフェのメニューでも切り抜けられる自信があった。母は初日に日焼けをしてしまったので、もうデッキチェアにそれほどの魅力を感じなくなった。父は法律事務所の共同経営者ジェームズを招待し、ジェームズは恋人のキムを連れてきていた。ふたりは六百以上のきついカーブ用にぴったりのサスペンションを備えた黒いオープンカーを借りた。父は、うちが借りた車も六気筒エンジンにアップグレードしたのでついていける、と保証した。わたしたちは出かけることにした。

車で三時間かかると警告されてはいた。百キロ程度でそんなに長くかかるとは思えなかった。しかし最初の一時間で、速度を制御できないことがはっきりした。追い越し車線がないからだ――交差点がないので、戻るという選択肢もなかった。前を行くさびたワゴン車やピックアップトラックは、まるで糖蜜の上を走っているかのようにのろのろ進んだ。事態をさらに悪くしているのは、島に住む麻薬常用者が運転する車で、反対方向からわたしたちのほうへ猛スピードで飛ばしてきた。

車高を低くした水色の車に側面をこすられそうになったあと（血走った目をした運転手がこちらに向かって中指を突き立て、助手席で七歳くらいの息子がにやりと笑った）、〝双子滝〟という手書きの看板を見つけた。わたしたちはこれで脚が伸ばせると感謝して、車を路肩に止めた。

「滝までどのくらいですか？」わたしたちは、木々のあいだを縫うように森から出てきた家族に尋ねた。

「それほど遠くないですよ」彼らは答えた。

徒歩の道のりは八百メートルあることがわかり（ある地点では、一列になって鉄の枕木を渡り）、最後には滝に飛びこむか、ロープにつかまって天然のプールの上を飛び越えるかのどちらかになった。美しかったが、観光施設から遠く離れていることは明らかだ。ほかにも景色のいい地点――潮だまりや黒砂の海岸――の看板を探したが、ボール紙に手で殴り書きされたようなものしか見当らなかった。トイレはなく、おやつに新鮮なパイナップルが買える売店もなく、フィルムや虫除けスプレーが手に入る場所もなかった。

車に戻り、ジグザグの道を曲がるたびに目の前に広がるめずらしい木々の葉を眺めるうちに、わたしたちはゆっくり無言になっていった。ハナへ向かう道は、ジュラ紀から変わらない峡谷の断崖沿いを縫って長く続いた。まるでペンキを塗ったかのようなレインボーユーカリが生えている一画を通り過ぎた。平凡な灰色をした幹の外皮がはがれると、ミントグリーンやネオンピンク、オレンジの樹皮が現れるそうだ。

道路は続き……まだ続き……さらに続いた。わたしはだらりと前かがみになり、妹が肩に頭をもたせかけられるようにした。クリスティーナはうとうと眠ってしまった。ときどき、すばやく橋の上を渡りきってから、車を止めて滝を見るべき場所を逃したことに気づいた。

「帰りに寄りましょう」母が期待をこめて言った。

ハナに着く準備はできていた。いままでは開けた海岸沿いの海抜数十メートルの道をくねくねと進んでいて、ときおりずっと下のほうにちらりと光る小さな村が見えた。通り道にレストランは一軒もなかった。わたしは食べられるだけアーモンドを食べ、炭酸飲料を二缶飲んだが、まだお腹が空いていた。

あと数分で四時間というところで、十五キロ以上見かけなかった看板を通り過ぎた。〝ハナへ向かう道は、目的地ではなく旅路である〟と書かれていた。

なかなかうまい警告のしかただった。ハナに到着すると、目に入るのはだらだら続く泥道だけだったからだ。〝歴史上重要な裁判所と刑務所〟は、丸太小屋と、その脇に建つ離れ家であることがわかった。離れ家は、外から南京錠をかけられるように設計されている。ここが独房も兼ねていたのだろうか？

破れたTシャツを着て真っ黒に日焼けした男性が、人けのない駐車場に一台だけ駐まったピックアップトラックのなかに座っていた。わたしたちは、どこに行けば食事できるかと尋ねた。

「一カ所あるよ」男性が答えて、道路の先を示した。「ハナ牧場だ」

わたしたちはまた車に乗りこんだ。しかし指示された曲がり角を曲がる前に、父が数時間ぶりにガソリンスタンドらしき場所を見つけた。何時まであいているかわからないので、父はわたしたちの反対を押しきって、そちらへ車を向けた。

丘を回ると、右側に、溶岩でできた巨大な十字架が現れた。ハナに牛の大牧場を開いた男、ポール・フェイガンを記念して建てられた十字架だ。

「うわあ」わたしは言った。「豪華だわ」

十字架のことではない。左側の、ガソリンスタンドの少し先に、ずらりと並ぶクリーム色の壁と草ぶき屋根の建物、曲線を描く私道、層になった華麗な噴水が現れた。ホテル・ハナ・マウイ・アンド・ホヌアスパを偶然見つけたのだった。ここはアメリカの四つ星ホテルのなかで、最も不釣り合いな場所にあると言ってもいい。

別の時だったら、しわだらけの服やよごれた靴のことを考え、入るのをためらったかもしれないが、わたしたちはすっかり安堵して人目を気にするどころではなかったし、ホテルはあまりにも閑散としていて、スタッフも横柄にふるまうどころではなかった。みやげ屋があった。大理石の床の化粧室があった。そこかしこに、プロテアと極楽鳥花《ごくらくちょうか》の大きなみずみずしいフラワーアレンジメントがあった。数分のうちに、わたしたちはラウンジの大きな柔らかい椅子に座り、膝にメニューを広げていた。

「お飲み物をご用意いたしますか?」ウェイターが尋ねた。

「もちろん」大人たちがいっせいに答えた。

クリスティーナ用の傘のついたレモネードを含め、全員分の飲み物がテーブルに運ばれたところで話が終わればよかった。あるいは、わたしが(ビキニを着るためにダイエットを続けると決めて）注文したサラダや、ジェームズと父がその味を褒めちぎった神戸牛バーガーなどの食べ物の話で終わればよかった。あるいは、わたしが我慢できなくなって、旅行中にダイエットなどすべきではないと決め、つけ合わせに頼んだフライドポテトの話を加えてもいい。

ところが困ったことに、わたしは自分のポテトを食べたあと、母の分も食べた。母のを食べたあと、ジェームズにお皿を差し出された。

「これも食べるかい？」ジェームズが訊いた。

わたしはもらった。その時点で、まだお腹が空いていたのだろうか？　それとも、アレルギー持ちの習慣で、帰宅に備えて食べていたのだろうか？　わたしはハンバーガーの染みがついたジェームズの皿から、ポテトを取って食べた。

十分後、わたしがおとなしくなり、口で浅く速い息をしていることを指摘したのはクリスティーナだった。みんなはわたしをレストランのぜいたくな椅子から、ロビーのぜいたくな椅子へと移動させた。背中をしっかりした詰め物が支えていたこと以外は、あまりよく憶えていない。接客係が、ハイビスカスで飾られた水差しから注いだ冷たい水を、何杯も運んできてくれた。

父が静かな口調でホテルの支配人と話し、恐れていたことを確認した。たとえ事態が悪化しても、ハナには救急医療施設がない。道路を先へ進んでも、チャールズ・リンドバーグの墓と、何キロ四方にも広がる人跡まれな国立公園しかない。

すぐに出発する必要があった。来た道を戻る必要があった。

父は勲章を授けられた陸軍の在郷軍人だ。砲火を浴びながら冷静だったことを証明する逸話はたくさんある。しかし、ベナドリルを飲んでもうろうとしている長女を後部座席に乗せて、暗がりのなかを三時間運転した――しかもひとつのヘアピンカーブも曲がり損ねなかったことには、特別の勲章が与えられるべきだろう。


食物アレルギーを持って国内旅行するのがむずかしいとすれば、国外旅行するのは悲惨とも言えるかもしれない。そのうえ、何かまずいことが起これば高くつく。たいていの健康保険は、アメリカ国外の旅行での病気や怪我を補償しないうえに、追加の国際保険制度もアレルギー反応は補償しないことが多い。既存の疾患と見なされるからだ――たとえこれまで診断を受けていなかったとしても。東京で初めての雲丹を試してみる？　魚介類でアレルギーを起こしたことがあるなら、やめたほうがいいかもしれない。魅力的なアンソニー・ボーデイン*にどれほど強く勧められようと、バンコクの屋台の食べ物を試すのもやめたほうがいいだろう。

いちばん簡単なのは、自分の苦手なアレルゲンがあらゆる料理に入っている地域には、あえて近づかないことだ。わたしは決して南インドには行かないだろう。ローティーからタンドリーチキンに至るまで、すべてに乳製品が使われているからだ。しかし代わりにココナッツミルクが使われる北インドでなら、うまくやれるかもしれない。

二〇〇一年十二月、来るべきイタリアへの家族旅行は、それほど怖いものではなくなっていた。父が話をした現地生まれの人によると、あらゆる料理にパルメザンチーズを振りかけるのは、イタリア系アメリカ人を気取っている人だけで、祖国ではそんなことはしないそうだ。それどころか、イタリアの伝統では、魚とチーズをいっしょに出すのははっきりと禁じられている（このタブーの裏に明確な理由はない。尋ねられると、多くのシェフは、チーズの刺激が魚の繊細な味を消してしまうからと答える。わたしが気に入っている説は、イタリアの主要なチーズの産地——ピエモンテ、ロンバルディア、エミリア＝ロマーニャ——は海に接していないので、山と海のふたつの特産品は、多くの伝統料理がしっかり確立されるまで出会わなかったというものだ）。

旅行のとき、パンのかたまりと二十センチのナイフを荷物に詰めるのは卒業していた。代わりに、これから訪れる土地の共通語で、紙片にアレルギーについての概要を書いて、それを身に着けておくことにした。本人の代わりにカードをつくってくれる会社もある。セレクトワイズリーなら通常一枚十ドルほどだ。それを頼むのはやめておいた。警告が一般化され商品化されるほど、ウェイターがきちんと読まなくなる（気がする）からだ。それに、返してもらえるかどうか心配しなくて

＊アメリカの作家、シェフ、番組司会者。著書に『シェフの災難』、『キッチン・コンフィデンシャル』などがある

はならないラミネート加工のカードを持ち歩きたくない。なくしても困らない、使い捨てのものを何枚も持っていたい。食事を乗りきる仕事をこなすという意味では、名刺と同じだ。

無料のオンライン翻訳プログラムを使って文章をつくってもいいが、その言語を話せる誰かに必ず見てもらうこと。〝卵はわたしの健康に悪い〟と説明してある紙を渡すのと、〝わたしの卵は悪くなっている〟と書いてある紙を渡すのとでは、まったく意味が違ってしまうからだ。前向きな指針を書き添えておくのも役立つ。たとえば、自分の食べ物に使っても安全な調理用油のリストなどだ。

言葉の壁がないとしても、アレルギー反応への理解には文化的な隔たりが存在する。アメリカでは、誰かが魚や卵や牛乳を口にした直後に、息を切らしたり喉をつかんだりし始めたら、そばにいる人がアレルギー反応ではないかと考え、適切に対処するかもしれない。彼らは救急車を呼び、患者のバッグを調べてベナドリルやエピペン注射器を見つけるべきだとわかっているだろう。わたしたちは予備知識を持っている。しかしイギリスでは、先ほど挙げた食べ物に対するアレルギーは比較的めずらしいので、同じ判断は下せないかもしれない。その一方で、ヘーゼルナッツ――あるいは桃や林檎――を食べたあとの不快感ならわかってもらえそうだ。

イタリアの話に戻そう。いとこのセーラがイタリアの国家憲兵であるロデリコと婚約したとき、わたしたちは二〇〇一年末にローマで行われる結婚式に出席しようと決めた。母がわたしのアレルギーを並べた文章を翻訳し、セーラがそれを手助けした。一家で、給湯設備はないがキッチンが完備されたアパートを借りた。わたしは当時の恋人を旅行に招待した。ホテル・マジェスティック・ローマ（四十年前、フェリーニの『甘い生活』で背景に使われたホテル）で、本物の恋人と礼装して式典に出席することにうっとりし、胸を躍らせていた。恋人はフランスびいきだったが、イタリアの通貨がユーロに変わる日、その場にいられることに興奮していた。

ローマに着くと、わたしたちはヨーロッパモデルのレンタカーを借りた。ピエロのように巧みに体をねじ曲げてようやく、五人全員乗ることができた。わたしたちは出発したが、すぐさま、環状交差路の最初の出口二カ所を逃しそうになった。そのときようやく、父がしぶしぶ、自分の視力が〝少し落ちている〟ことを認めた。ほんの二週間ほど前に——家族に秘密で——レーザー眼科手術を受けていたのだ。つまり、イタリア語の標識どころか、英語の標識さえろくに見えないということだった。期せずして、わたしの恋人が、ひどく気むずかしいビーズリー准将のナビゲーターに任命された。

結婚式の夕べ、わたしは黒いビロードのロングドレスを着た。ふたたび全員で車に乗りこみ、ヴィットリオ・ヴェネト通りのホテル・マジェスティックに到着した。パラディオ様式の正面《ファサード》に備わる大理石の階段から、いまにもアニタ・エクバーグが駆け下りてきそうだった。なかに入ると、セーラとロデリコが結婚式を挙げる部屋の壁はサーモンピンクで、金のステンシルで模様を描かれたセージグリーンのカーテンがちらちらと光っていた。母方の親戚はほとんど全員、結婚式のために飛行機で外国へやってきた。みんなで旅の成功に乾杯した。セーラとロデリコが「誓います」と言った。みんなはさらにワインのグラスを傾けた。

披露宴の晩餐は、複数のコースから成る、手のこんだごちそうだった。セーラはわたしのために特別な料理を用意するよう、レストランの支配人と根気よく交渉してくれた。すべては完璧だった。デザートが出てくるまでは――新鮮な果物の盛り合わせだったが、誰かが何も考えずに、バターで焼いたアーモンドを振りかけたのだ。わたしはふた口食べたあと、ベナドリルを飲み、席を外して化粧室へ向かった。さらに十五分たっても戻らなかったので、何かおかしいと恋人が気づいた。

実際には、化粧室には行かなかったように思う。憶えているのは、もう一錠ベナドリルを飲み、脇の休憩室にこっそり入って、房で飾られたサテンのソファーに座ったことだ。ソファーのとなりに置かれた鉢植えの小さな蜜柑《みかん》色の木をじっくり眺め、本物だろうかと考えた。確かめるために、何枚か葉をちぎり、指のあいだでひっくり返してにおいをかいだ。それから体を丸め、意識を失った。

目を覚ますと、母がとなりに座って、わたしの熱っぽい額に手を当てていた。枕にしていた片腕が痺れて動かなかった。膝をドレスのなかに引き上げていたので、ビロードが伸びて形が崩れていた。

「誰かに言った?」わたしは訊いた。「誰にも言わないで」

父がやってきてしゃがんだ。正装用軍服の肩のまわりが不格好にすぼまった。「病院に連れていってほしいか?」父が訊いた。「もし行きたいなら、まったくかまわないよ」このときは知らなかったが、実際には、わたしたちのレンタカーは、ほかの招待客の車で完全に後方をふさがれていたらしい。

わたしは唾をのみこんで、気道が充分に開いているかどうかを確かめた。開いている。もう一度唾をのみこんだ。反応は鎮まりつつあったし、礼服を着たまま夜中までローマの緊急治療室に座り、すでにわかっていることを言われるのだけは避けたかった。

「だいじょうぶよ」わたしは言った。「披露宴は終わったの?」

翌日、わたしたちはもっと大きな問題に気づいた。昨夜薬を飲み、翌日も四時間おきに飲み続けた結果、ハンドバッグに入れていたベナドリルの予備を使いきってしまったのだ。持ってきたベナドリルはそれだけだった。追加分を探さなくてはならない。

「余分に持ってこなかったの?」母が訊いた。「一シートも?」

母は苛立ちを抑えようと懸命になっていた。二十一歳だったわたしは、心地よい両親の保護のもとからようやく抜け出しつつあるところだった。いつもどおり、母が箱ごと詰めてくれただろうと考えていたのだ。

「ナポリに行ってみよう」父が提案した。「あそこには米軍基地がある」

ここから一時間以上かかるが、確実な場所に思えた。米軍基地なら、アメリカの薬局があるはずだ。わたしたちはナポリに向かった。父はハンドル越しに目を凝らして、三十数年前イタリアに派遣されたときの道の記憶を呼び戻そうとしていた。わたしの恋人は助手席に座り、何度も地図をたみ直して、きちんと折ればどうにか道がはっきりするのではと願っているようだった。

父が知らなかったのは、九月十一日にアメリカが攻撃されたあと、基地に関する標識はすべて、攻撃目標にならないように公の場から消されたということだった。わたしたちはナポリの街をぐるぐる回り、そのたびにますますうらぶれた界隈へと入っていった。

「誰かに訊けないの？」わたしは言って、窓を下ろした。若い男たちの一団が防波堤に沿って座り、煙草を吸っていた。水兵のように見えなくもない。もしかすると、米軍基地の場所を知っているかもしれない。

「ここがどこだかわかってるのか？」父がどなった。「車は止めないぞ」

わたしたちは車から一歩も出ずに、ナポリを訪れ、立ち去った。ローマに戻ると、薬局《ファルマチア》と表示された明るい黄緑色の十字形の看板を見つけて、まっすぐ睡眠補助薬の棚へ向かった。必要な薬とは違うが、少なくとも有効成分のジフェンヒドラミンが含まれている。ほかに選択肢はなかった。

旅の残りの期間は、ベナドリルを飲む必要なく過ごすことができた。スペイン広場の大階段で新年の鐘の音を聞き、頭上の花火を眺め、群衆のなかで紙吹雪とシャンパンのコルクを浴びるあいだ、アレルギー反応に邪魔されることはなかった。ポンペイやフィレンツェ、ヴェニスにも行けた。しかし、自分ひとりだったら、できただろうか？　ホテル・マジェスティックのソファーに横たわっているわたしを見つけてくれる人がいなかったら、どうなっていただろう？

ときどき、友人が大学時代の一学期間を外国で過ごした話や、夏にバックパックを背負ってアムステルダムを巡った話をすることがある。

「わたしもやってみたかったわ」わたしはぼんやりと言うだろう。「なぜしなかったのかしら？」

帰宅すると、旅の話題が出たときそういう選択肢が一度も検討されなかったことを思い出す。両親に言わせれば、一学期間を外国で過ごすというのは、わたしには危険すぎた。ベナドリルを自分で荷物に詰めることについては、教訓を得た。しかしスーツケースに何箱詰めこもうと、どれほど明確にわかりやすくアレルギーについて伝えようと、シェフが間違えたり、ウェイターが疑い深かったり、同居人が酔ってしくじったりする可能性は常にある。両親がわたしを信じなかったわけではない。わたしは精いっぱい自分の身を守ってきた。ふたりが信用していないのは、まわりの世界だった。

昨年二月、わたしが五日間ニューオーリンズへ行くと言うと、みんなが食べるべきものをあれこれ薦めた。クレープ、プラリーヌ、〈カフェデュモンド〉のベニエと呼ばれる四角いドーナツ。

「〈スナッグ・ハーバー〉でハンバーガーを食べて、ジャズを聴くといい」友人のジョッシュが言った。「ニューオーリンズで最高のハンバーガーだよ」

「〈メッシーナズ〉がまだあるかどうか確かめてごらん」グレッグが助言した。「もしあったら、マフレッタ*を食べてみなよ」

ニューオーリンズに行くのは食物アレルギーの会議に出席するためだと気づけば、わたしがそういう食べ物を一切口にできないことを思い出してくれただろうか。都市のなかには、パリのブルゴーニュ風牛肉の赤ワイン煮にしろ、ローマのスパゲッティ・カルボナーラにしろ、旅行中にひとつの名物料理を探究することがふさわしい場所がある。それができない場合は、どうすればいい？

肌寒い夜、ニューオーリンズの街を歩きながら、いったいわたしはどれだけのものを逃しているのだろうと考えた。昨夜は〈バーボンハウス〉へ行って、牡蠣を注文した。ここに住む詩人に、地元のＰ＆Ｊオイスター・カンパニーの精選品のなかから調達された、街で最高の牡蠣だと薦められたからだ。わたしはバーに座ってブラウンエールをゆっくり飲みながら、スタッフが次々と牡蠣を殻から外していくのを眺め、期待をふくらませた。

運ばれてきたのは、半ダースの飾り気のないぽってりしたかたまりだった——大きさだけは際立っていて、わたしの手のひらくらいあった。待っていたのはこれだったの？　ほかの人の夕食を見回し、みんながかぶりついているのは、オイスター・ロックフェラー〈パセリとチーズとパン粉をのせて焼いたもの）やフォンセカ（ヘビークリーム、胡椒、ハム）であることに気づいた。なるほど。ここの牡蠣はジューシーさや繊細さで評価されてはいないわけだ。わたしは味で料理を判断しようと努めた。

こうしてわたしはバーボンストリートに戻り、食事は抜いてまっすぐプリザベーション・ホールへ行ってホットトディーを飲もうかと考えていた。フレンチ・クオーターは、夕食をお酒で済ませるのにふさわしい場所に思えた。謝肉祭最終日のパレードに夢中になる若者たちの列を先に通すため、立ち止まってふと目を上げたとき、左側にレストランの看板が見えた。

〈ガラトアズ〉と黒い渦巻き形の文字で書かれている。

〈ガラトアズ〉。聞いたことがあった。フランスからの移民ジャン・ガラトアが一八九七年にレストランを創設し、その後一九〇五年にバーボンストリート二〇九でこの店を開いたのだ。テネシー・ウィリアムズは決まった角の席に着く常連であり、『欲望という名の電車』の前半でブランチとステラにこの店で食事をさせている。〈ガラトアズ〉を有名にしたのはどんな料理だったか思い出そうとした。ああ、そう、クレオール料理だ。フランス、ポルトガル、スペイン、カリブ海、地中海、インド、アフリカの食材を融合させたうえに、ネイティヴ・アメリカンの料理人によって

＊ニューオーリンズ名物のサンドイッチ。丸いパンにチーズ、サラミ、ハム、オリーヴなどを挟んだもの

とうもろこしと月桂樹の葉を加えられた料理。言い換えれば、近づいてはだめ、と間違いなく母に警告されるであろうメニューだ。

しかし、わたしはそこにいた。空腹だったし、ニューオーリンズの本物のおいしい料理を食べたくてたまらなかったからだ。わたしはなかへ入った。

「一名さま、ご予約なしですね?」案内係の女性が明るく尋ねた。わたしはうなずいた。このしぐさで、常に込み合っている階下の早い者勝ちの席が確保されたことには気づかずにいた。バーへ案内され、テーブルの準備が整うのを待つ。スツールに座って、マティーニを頼んだ。バーテンダーがオリーヴをひとつ、それからふたつ串に刺し、わたしは最初の失敗を犯したのではないかと不安になった。

「オリーヴに詰めてあるのはブルーチーズですか?」わたしは訊いた。

「とんでもない」バーテンダーが、かすかに怒ったような目を向けた。「詰めてあるのはアンチョヴィです」

郷に入っては郷に従え。それに、アンチョヴィにアレルギーは持っていない。ひと口飲み、おいしいダーティーマティーニの塩辛さを感じた。多くのバーテンダーがオリーヴ果汁の代わりに使う、瓶詰めの漬け汁による曇りもない。なかなか興味深い。鶏の胸肉をテキーラに浸して焼くというのは聞いたことがあったが、ジンに魚というのは初めてだ。

ほどなく、階下のダイニングルームに案内された。十四人グループの斜め向かいにある支柱にテーブルを寄せて、わたしのためにひっそりした一角をつくってあった。まわりじゅうで、真鍮が輝き、鏡がきらめいていた。壁は、金色のアイリスの紋章で飾られたエメラルドグリーンと、羽目板と縁取りのくっきりした白で、美しく引き立てられている。会話のざわめきと磁器に触れるフォークのカチャカチャという音が混じり合い、あたりの空気を満たして、頭上に並ぶ扇風機にかき回されていた。

わたしは革装のメニューを開いて、次から次へと料理を眺めた。それぞれに優雅な名前がつき、材料は詳しく書かれていない。わたしは唇を噛んだ。魚介料理を見つけるたびに、なじみのない調理法が出てきた。ムニエル・アマンディーヌ？〝イヴォンヌ添え〟とはいったいなんだろう？ソースがバターを基礎にしていることはわかっていた。オーランデーズソースも、ベアネーズソースも。鶏肉でさえ、よくわからない料理になっていた。チキン・ボンファム、チキン・クレマンソー、チキン・クレオール、チキン・フィナンシエール、チキン・サンピエール、チキン・コメット、チキン・キューピッド、チキン・ドナー、チキン・ブリッツェン、などなど。

タキシードを着た男性が、目の前に現れた。白い肌と短く刈った茶色い髪をして、温かい笑みを浮かべている。妹の卒業パーティーの相手なら、この人がいいと思えるような男性だった。

「ぼくの名前はプレストンです」ウェイターが言った。「今夜、お客さまの給仕を務めさせていただきます。お飲み物はございますね。お料理は何からお持ちしましょう?」

「怖がらないでね」わたしは言った。「じつを言うと、わたしは乳製品と卵を避けなくてはならないの。食物アレルギーがあるんです」

わたしがメニューの半分以上を退けてしまったにもかかわらず、ウェイターはまばたきひとつしなかった。凝った料理名は使わずに、その日の魚料理を薦める。アーティチョークとマッシュルームと蟹《かに》を添えた、ドラムフィッシュのソテー。

「きっとお気に召しますよ」プレストンが言った。それから前菜はどうするかと尋ねた。

「〝にんにく添えグリーンサラダ〟には、ほかに何かのってるのかしら?」わたしは訊いた。

「いいえ」プレストンが答えた。「にんにくがたっぷりのっているだけです」

「それならだいじょうぶね」わたしは言った。「じつはほかにもアレルギーがあって――クルトンときゅうりがだめで――でも、厨房には関係のあることだけ伝えるのがいちばんだと思うわ。そうでないと、みんなを怖じ気づかせてしまうから」

ウェイターがうなずいた。「お任せください」そう請け合うと、メニューをすばやく下げ、牡蠣をのせたトレイを運ぶウェイターの横を抜けていった。

プレストンを信じたかった。グラスを持ち上げてマティーニをぐっと飲み――いけない――早くも訊き忘れていたことを思い出した。プレストンを呼び戻す。ドレッシングにはマスタードが入っている？　もちろん入っている。ドレッシングはなしで。オイルをお願い。別のウェイターが、小さめのフットボールくらいのふっくらしたフランスパンを配ろうとした。わたしは手振りで断った。

十分後、プレストンがサラダを持って戻ってきた。ドレッシングなしだと、にんにくもなしになることがわかった。皿の隅に、なめらかな香りのいい葉が一枚飾られているだけだった。プレストンがこちらを見下ろした。

「なんて悲しい光景でしょう」プレストンが言った。わたしは身構えるように、本に手を置いた。ひとりぼっちの夕食から心をそらすために読書をする、月並みな女性。しかしそのとき、ウェイターが言ったのは空のマティーニグラスのことだと気づいた。「次は何をお飲みになりますか？」

魚料理に合うワインを尋ねると、スペインの白ワインを薦められた。メニューの価格帯を思い出してためらった。

「詩人の予算を大幅に超えはしないでしょうね？」わたしは尋ねた。

「お客さまに対して、そんなことはしませんよ」プレストンが言った。「いちばん低い価格帯、確か七ドルのものですが、もしよろしければ――」

「気にしないで」わたしは顔を赤らめてさえぎった。「お任せするわ」

グリーンサラダはシンプルだがぱりぱりとして甘く、わたしはそれを食べながら、まわりで展開する華麗な接客術にじっと見入っていた。店内にはフックがずらりと連なっている。ひとつには、男性にジャケット着用を求めるドレスコードを反映して、ひとつには、密に並ぶテーブルのあいだをできるだけ広く空けるためだった。もし客の誰かが上着を椅子の背にかければ、白黒模様のタイルの上をひっきりなしに通り過ぎる十人のウェイターのひとりがそれを床に落としてしまうだろう。わたしのグラス（気が利くことに〝ガラトアズ〟のロゴ入り）の水位が半分を下回りそうになると、誰かが作業の手を止めて駆け寄り、水を注ぎ足してくれた。ウェイターたちはときどき、注意深くすれ違いながら、一方が相手の背中にかばうように手を当て、食事する人の張り出した肘にぶつからないよう導いた。すれ違いざまに、ぐっと手を握り合うこともあった。

プレストンが戻ってきて、手首を優雅にひねってさっと皿を置いた。

「お待たせしました。ドラムフィッシュのブラウンバターソースがけです」

わたしは目を上げた。「ブラウンバター。ええと。乳製品？」

「すぐにつくり直します」プレストンが言って、すばやく皿を下げた。

わたしは喜んでさらに人間観察を続けた。食べることが生きるために欠かせないのと同時に社会的な儀式でもあると主張したいなら、その証拠は〈ガラトアズ〉にある。なぜ金曜のランチの席に着くために行列をつくるのかが、わたしにはわかった。行列は朝八時という早い時間から形を取り始め、バーボンストリートに沿って長々と続くらしい（常連客は代理の人に並んでもらえるが、誰も割りこめない。店の言い伝えのひとつに、ルイジアナ州元上院議員J・ベネット・ジョンストンが、当時の大統領ロナルド・レーガンからの電話を取るために列を離れてレストラン内に入ったときの逸話がある。会話が終わると、ジョンストンはレストランを出て列に戻ったそうだ)。

わたしのまわりじゅうで、人々がテーブルからテーブルへと歩き回ったり、頰にキスをしたり、グラスを掲げたりしていた。わたしは彼らの物語を想像で補おうとした。きっと、いちばん大きなテーブルのほっそりした楽しそうなブロンドの子は、十六歳の誕生日を祝っているのだろう。きっと、髪を少し銀色がかったブロンドに染め、指で喉もとの真珠を何度もひねっているあの人が母親だ。きっと、後ろの席で、カフェブリュロのボウルにウェイターが火をつけるのを見て拍手喝采している白髪頭の四人組は、今夜二十年ぶりに再会したのだろう……。楽しい気晴らしになった。きっと、三杯めのマンハッタンを飲み干したシアーサッカーのスーツ姿の紳士は、ニューオーリンズで指折りの高名な裁判官だろう。きっと、ピンクのカクテルドレスとレースのショールをまとった女性は、彼の長年の愛人だろう……。

プレストンが戻ってきて、ふたたびわたしの前に皿を置いた。今回はなんのソースもかかっておらず、皿を縁取る緑色の同心円と〝ガラトアズ〟という飾り文字が、くっきりと引き立って見えた。皿の中央にはドラムフィッシュの大きな切り身が置かれ、その上には山盛りのつやつやしたマッシュルームと、瓶詰めでは見たことがないようなアーティチョークの厚切り、たっぷりとした新鮮な蟹肉がのっていた。

「すごいわ」わたしは言った。「ありがとう」

「どうぞ召し上がれ」プレストンが言って、軽く頭を下げて立ち去った。

ひと口食べるごとに、まずしっとりしたドラムフィッシュから始まって、次に肉厚のアーティチョークと風味のいいマッシュルームが続き、最後に混じり気のない蟹のすばらしい香りが締めくくった。あとになって〈ガラトアズ〉の公式料理本で調べたところ、これがメニューのなかでわたしが疑問に思った〝イヴォンヌ添え〟だとわかった——わたし用のは、バター抜きだけれど。この料理の名は、ジャン・ガラトアの甥、ジャスティンの娘イヴォンヌ・ガラトア・ウィンにちなんでつけられた。プレストンは単にアレルギーへの配慮をしてくれただけではなかった。レストランの特別料理でもてなす方法を考えてくれたのだ。

羽根のように柔らかい蟹を舌でほぐしながら、これは決してレシピ本のなかに収まるような料理ではないと悟った。店の空間と、歴史、接客、陽気な喧噪が合わさった極致なのだ。ひと口ごとの喜びは、ひとり旅にもかかわらず、見知らぬ街に自分の身を任せるという危険を冒したことでさらに高まった。その味こそ、ニューオーリンズだった。

プレストンがコーヒーを運んできたとき、記念品としてこっそりスプーンをバッグに忍ばせたくなるのを、わたしはぐっと我慢した。スプーンの柄には、いまでは見慣れたあの文字で、〝ガラトアズ〟と記されていた。

第九章

医者の本心

三十歳の誕生日を迎える節目に、わたしはニューオーリンズに赴き、米国アレルギー・喘息・免疫学会（AAAAI）の年次会議に出席した。食物アレルギーのことなら、直接の経験によって、初級から上級までなんでも知っている。専門家はどう言っているのかを聞きたかった。医者がアレルギーの将来的な治療について、患者のいないところでどう言っているのかを知りたかった。

免許の必要な職業だとわかってはいるが、わたしは昔から医者たちとの関係を、個人的にとらえてきた。祖父や、わたしが一歳のころから治療を受け持っているアレルギー専門医のおじ――みんな職業上の鋭い視点と身内としての愛情の両面から、わたしの面倒を見てくれた。初めて真剣につき合った恋人は、高校生のころから自分が医者になるとわかっていた。わたしはいつか卒業祝いの贈り物として渡そうと、聴診器にイニシャルを入れる場合の値段を定期的に調べていたものだった。

彼が医学部に入学する前にわたしたちは別れたが、何年かたったあとも、わたしたちはときどき会って、ぎこちなくお酒を飲んだりした。ある晩、彼が耳鼻咽喉科へ進むかもしれないと言ったので、わたしは驚いた。昔から、この人はがんの治療法を発見するスーパースターのひとりになるだろうと思いこんでいたからだ。高校の最終学年には、地元の大学の腫瘍学研究室で助手をしていた。それをやめて、花粉症や外耳炎のほうを選ぶ人がいるだろうか?

「研究すべきことがたくさんあるんだよ」彼はそう言って、ハープラガーをひと口飲んだ。

彼がビールを飲むようになってしまったのが、なんだかいやだった。自分がビールを飲むようになってしまったのが、なんだかいやだった。高校時代のデートでは、学校から二ブロック離れた〈ウェンディーズ〉によく歩いていった。わたしは、バークのルートビアとフライドポテトを注文した。テーブルは脚の下にいくらナプキンを詰めてもぐらついたが、おしゃべりを楽しみ、ストローのトロンボーンをチューチューと鳴らした。彼がマヨネーズチキンサンドイッチをひと口食べると、わたしはこれから先はキスはなしよ、と念を押した。彼はフライドポテトで宙をさすようにして強調しながら、ほんとうに効果のある食物アレルギーの治療法がきっとできると予言した。時間の問題だよ、と。

それから何年もたって、デートならぬぎこちない再会で繁華街のバーに座り、わたしはふたりのあいだで何が変わったのかを思い出した――そして何が変わらなかったのかを。〝耳鼻咽喉科〟は、喘息とアレルギーの研究を傘下に置いている。もしかすると、彼は心のどこかで、まだわたしを治すことを夢見ているのかもしれない。もしかするとわたしは心のどこかで、治ることを証明したいと夢見ているのかもしれない。

しかし、元恋人は予備役将校訓練課程で日本へ派遣され、数年にわたって海軍の航空医官を務めることになった。ほかの友人の医者たちは、みんな小児科へ進んでいた。わたしは予定表とオレンジのリボンがついた取材許可証を携えて、ＡＡＡＡＩ会議場に到着した。自分の力で先へ行くしかない。

初日の早い時間に、わたしはポスターセッションへ向かっていた。布張りのパネルで可動式の〝壁〟がつくられ、通路の両側に、会議で発表された概要のプリントアウトが画鋲で留められている。それぞれのポスターは高さ一メートル十センチ、幅二メートル三十センチあり――八年生のとき科学博覧会用につくったステロイドについてのポスターと同じサイズだ――それぞれの列が〝喘息と教育、充分なサービスが受けられない人たち〟から、〝サイトカインとケモカイン〟、〝ＩｇＥとアレルギー〟まで、さまざまな主題で占められていた。研究のなかには、直観的な仮説を立てているもの――たとえば、都心部の子どもは喘息にかかりやすい、など――や、社会学的な観察をデータや比率、図表で補強しているものもあった。関連する複合語を暗記していない人には、まったくちんぷんかんぷんな研究もあった。

わたしは〝食物アレルギーⅠ〟と記されている列へ向かった。おおぜいの人たちが予測を超える波となって押し寄せ、ポスターの前に立っている出展者に話しかけようとする。出展者は定期的にその場を離れ、通路をジグザグに進んで雑談した。まるで、一度も出席したことのない大学の同窓会のなかに紛れこんだかのようだった。所属組織内に緊張をほぐしてくれる人もいなければ、同僚の頼もしい男友だちもいない。ひとりも知り合いはいなかった。

しかし、ある意味でわたしはすっかりくつろいでいた。おそらくアレルギー専門医に対してではなく、アレルギーそのものに対してだろう。まるでこの列のポスター展は、古いドキュメンタリー番組『ディス・イズ・ユア・ライフ』のディレクターが主事を務めているかのようだった。数歩進むごとに、ずっと悩まされてきた疑問に対する答えを見つけた。あるポスターは、アナフィラキシーの〝限定的な〟診断基準と〝幅広い〟診断基準の違いを概説していた。あるポスターは、樺木アレルギーを持つ人たちの大豆に対する反応を記録していた。四枚組のポスターは、加熱した牛乳と生の牛乳のアレルゲン性について論じていた。これらの概要はすべて専門誌への掲載を申請しているところで、〝予備的な所見〟とされていた。それでも、科学がどこへ向かっているかを自分の目で見たいのなら、これを見るべきだ。

どこにいてもたいていの場合、食物アレルギーについて考えているのはわたしだけだ。しかしここでは、食物アレルギーについて考えているだけでなく、その主題に人生のかなりの部分を捧げている人たちに囲まれていた。アーカンソー州からオランダまで、東京からアイルランドのコークまで、マウントサイナイからカナダのマニトバ州まで、あらゆる主要な地域がこういう研究を後援していた。わくわくすると同時に、ひどく怖じ気づきもした。わたしはしろうと専門家から、本物のしろうとに降格してしまった。

わたしは列を進み、後戻りしてからもう一度進み、ふと、ひどく落ち着きのない人に見えることに気づいた。ミシガン大学のポスターの前に立ち止まる。〝卵アレルギーを持つ三十六カ月未満の子どもたちに対するインフルエンザワクチンの投与〟と表示されていた。今日まで、インフルエンザの予防注射は受けたことがない。ワクチンの成分は卵を使って培養されるので、そのたんぱく質が含まれているからだ。感情のこもらない平板な文章からして、この概要が時代遅れの警告であることは明らかなようだった。

十秒で読んだ概要と、インフルエンザ予防注射についての三十年近くにわたる母の優れた見識とに折り合いをつけようとしていると、暗褐色の髪と細い鼻筋をした背の高い男性が、ポスターの出展者に歩み寄った。スーツは平凡だったが、物腰はきびきびしている。ミシガン大学の女性は背筋を伸ばして、実験の方法論や標本数に関する男性の短い質問に答えた。男性が振り返って立ち去ろうとしたので、わたしは衝動的に手を伸ばして、その肩に触れた。

「はい？」

「ちょっとお尋ねしたいのですが、もし――」もし、何？　何も考えてはいなかった。すばやく男性の名札を見て、ずらりと並んだ頭文字に目を留める。F、A、A、A、A、I。

「――もしかすると……食物アレルギー・アナフィラキシーネットワーク（FAAN）のかたです

か?」

それが名前を思いついた唯一の団体だったが、口にしたとたん、間違いに気づいた。頭文字にはAが足りず、Nが余計だ。男性が、かすかに口もとを引き締めた。

「いいえ」男性が答えた。「違います。デューク大学の者です」

こういう場所で、大学が後援するアレルギー研究者をFAANのスタッフと間違えるのは、連邦議会議事堂でサウスカロライナ州上院議員をロビイストと間違えるようなものだ。信じがたいとまでは言えないが、許せることでもない。男性は歩み去り、わたしが立っているところから五メートルほどの場所で仲間と合流した。そこには一枚どころか一群のポスターが展示され、それぞれに特徴的な青色でデューク大学の盾のロゴが記されていた。通りかかる人が次々と立ち止まり、あの男性に丁重に会釈したり、手を差し伸べたりした。

ふむ。なんて幸先のいい始まりだろう。

医学界の外で、みんなが答えてもらいたい質問は、なぜ食物アレルギーの発生率がこれほど急激に増加しているのか、だ。

一般に知られている説はいくつかある。最も有名なのは、衛生仮説だ。祖先と比べて、人々が日常的にたくさんの寄生虫や細菌、ウイルスにさらされなくなった結果、活発な免疫システムが無害な食物のたんぱく質を標的にし始めたのだという。この仮説は、現代の子どもが過保護に扱われ、あまり〝泥んこになって遊ぶ〟ことがなくなった、というもっと幅広い懐旧の情から口にされることが多い。

この理論に的を絞った実験的な治療法さえある。寄生虫療法は、少量の寄生虫の卵（豚鞭虫《ぶたべんちゅう》）を体内に循環させれば、食物アレルギーが軽減されるという考えに基づいている。寄生虫がいること自体に害はない。重要なのは、免疫システムに別の標的を与えることだ。患者は、卵が入った薬剤を水やジュースに混ぜて飲む。最近、朝食産業は考えられるかぎりあらゆる種類のオレンジジュース――果肉抜き、果肉増量、カルシウム入り、家庭風、パイナップルブレンド――を売っているので、もし寄生虫療法の実験がいい結果を示せば、〝鞭虫ミックス新発売〟という宣伝が展開されそうで楽しみだ。

衛生仮説はわかりやすく一般受けするが、論理的な精査のもとでは少し心許ない。この理論は、なぜ食物アレルギーが発展途上国より先進国で急増しているのかを説明することはできるかもしれない。しかし、なぜ発生率は田舎より都心部で急上昇しているのだろう？　ニューヨーク市の地下や路地も、泥は豊富なのに。

もうひとつの仮説は、妊婦が他の出生異常を防ぐために葉酸を摂取することに非難の矛先を向けている。きちんとした因果関係は確立されていないが、一九八〇年代に葉酸剤摂取の増加と子どものアレルギーの増加が同時に起こったのは、説得力のあるデータだと考える人もいる。

また、ビタミンDの不足と喘息や皮膚炎、アレルギーの発生率の急増に相関関係があると指摘する人もいる。わたしは、ビタミンDの値が低いから喘息になるというのはこじつけで、むしろ逆だと思う。何度か発作を起こして吸入器を携帯するようになった子どもが、太陽の下に駆け出してキックボールをすることはあまりないからだ。それに、湿疹のある子どもの母親は、子どもに日焼け止め剤を厚く塗るだろう。

アレルギー専門医の世界では、〝なぜそれが起こるのか?〟という疑問は、短期的には未解決だ。アレルギー患者の症状はあまりにも多様なので、生活様式や民族性などの要因に基づいた意味のある結論を引き出すのはむずかしい。アレルギー研究の世界では、現実にある食物アレルギーの治療に焦点を当てている。ここは患者の苦しみが目に見える場所であり、資金が注ぎこまれる場所でもある。ノンフィクション作家マイケル・ポーランが主張したように、多くの場合、研究を進める団体は、予防ではなく制御によって利益を得ている人々から、一部でも、病院への援助を受けざるをえない。

多くの医師は、減感作療法が治療の鍵だと考えている。長年にわたって、アレルギー性鼻炎はアレルゲンの注射で治療されてきた。しかし、別の方法もある。実際、注射よりも先に――早くも一九〇五年にドイツで――舌下に水滴を垂らして微量のアレルゲンを投与する実験が行われていた。

一九一〇年ごろ、ニューヨークの小児科医オスカー・M・シュロスは、卵アレルギーが疑われる二歳の子どもの症例に出会った。母親は、息子が卵の殻で遊んだときに、両手と両腕に突然じんましんが広がったことに気づいていた。この子は十四カ月のころにも、半熟卵を与えられたあと舌と口のまわりにひどいじんましんを起こしていた。その子が卵を食べたのは、生後十日で下痢の治療に大麦湯と卵白が与えられて以来だった。当時よく見られた民間療法だ。現在でも大麦湯は使われている。生卵を除いて。

シュロスは、男の子の血液をモルモットに注射してから、モルモットに卵を食べさせてアレルギーの試験を行った。それまでは卵に耐性があったモルモットが、ショック症状を起こした。

シュロスは、水に生の卵白を混ぜたもので男の子を治療することにした。何倍にも薄めたあとで飲ませる。反応なし。翌日、同じ〝薬〟をほんのわずかに水を減らして与えた。反応なし。翌日も、その翌日も同じようにして、徐々に溶液を濃くしていき、とうとう男の子は少量なら卵が食べられるようになった。一九一二年、シュロスは治療結果を発表し、経口による減感作は確かな治療法だと論じた。しかしその前年に、レナード・ヌーンやジョン・フリーマンが先頭になって、皮下注射による治療を熱心に推し進めていた。それが市場をしっかりとつかみ、二十世紀を通じてずっと優勢だった。

口から治療を受けるという考えは、舌下免疫療法（ＳＬＩＴ）と経口免疫療法（ＯＩＴ）として現代に復活した。ＳＬＩＴでは、溶液を舌下に垂らして、一、二分置く。治療の最適な頻度と継続期間は、まだはっきりしていない。ＳＬＩＴには、ごく微量のアレルゲンを使うだけで済むという利点がある。胃腸による消化吸収の過程を経ずに体内に取りこまれるので、アナフィラキシーを起こす危険性を格段に減らす効果もある。

しかしＳＬＩＴは、その弟分に当たる治療法ＯＩＴのせいで影が薄くなっている。ＯＩＴでは、ミリグラム単位でそれなりの量のアレルゲンを砕くかすりつぶして別の食品と混ぜ、徐々に量を増やしながら毎日摂取する。副作用はおおむね軽度の反応で、くしゃみや吐き気、じんましん、（気管支の苦痛は伴わない）嘔吐程度に限られる場合が多いが、ＳＬＩＴよりもアナフィラキシーを起こす危険性は高い。医者は、技法としてこちらを好むようだ。おそらく日々の食事に似た形で行えるうえに、病院内から家庭での治療へ自然に移行させやすいからだろう。

ＯＩＴはたいてい、何年もとは言わないが何カ月かかけて、ゆっくり進められる。しかし、〝急速経口免疫療法〟（ＲＯＩＴ）の予備的な研究も始まっている。この療法では、毎回の投与量を二倍にして、アレルゲンへの曝露を速め（アナフィラキシー反応がなければ）、一週間以内で数倍の量を投与する。

ＡＡＡＡＩ会議二日めの朝、わたしは食物アレルギー治療の最新の成果に関する公開討論会に招待されて出席した。途中で、酸っぱい（が無料の）コーヒーをもらう。これから、最も権威ある三人のアレルギー専門医の話を拝聴することになっていた。文字どおり〝Aチーム〟と呼んでもいい人たちだ。ヒュー・A・サンプソン、ロバート・A・ウッド、A・ウェスリー・バークス。顔は知らなくても、たくさんの記事や論文で引用されているのを見たことがある専門家たちだった。ひとりずつ、紹介された。

ヒュー・サンプソン医師。ニューヨーク市マウントサイナイ医科大学所属。眼鏡をかけ、率直そうで、額に四角い線を引いたような髪型をしている。

ロバート・ウッド医師。ボルティモアのジョンズ・ホプキンス児童センター所属。もじゃもじゃのサンタクロースのような白髪頭に、やはり上品な眼鏡。〝安心感〟という言葉が頭に浮かぶ。なにしろ、『誰でもわかる食物アレルギー』という本を書いた人なのだから。

ウェスリー・バークス医師。あの細い鼻筋。あの穏やかできびしくもある顔つき。なんてこと！どうやらわたしがきのう遭遇したのはバークス先生、すなわちデューク大学小児科アレルギー・免疫学部門の長、すなわち世界でも五本の指に入る食物過敏症の専門家だったらしい。わたしはその人を、FAANの誰かと間違えたのだ。

わたしのことを憶えていないといいけれど。

AAAAIの主催者は、目的のひとつとして、全国で行われたたくさんのOITの実験（および数は少なめだがSLITの実験）の最新結果を論じるために、専門家の一団を集めた。おもな議題は、バークス医師を先頭にデューク大学とアーカンソー大学医学部が連携して行った試験についてだった。彼らの研究によると、ピーナッツアレルギーを持つ一群の子どもたちに経口免疫療法を施したところ、閾値の増加が見られた。

プラシーボとの比較でＯＩＴを受けた子どもたちの閾値は、ほんのひとかけらのピーナッツ三百十五ミリグラムから、ピーナッツ約十五粒分の五千ミリグラムまで拡大した。発表されたばかりの別の実験結果では、五歳から十八歳までの五十五人の卵アレルギーを持つ子どもたちが、卵白かプラシーボを使って無作為のＯＩＴを受けた。ＯＩＴを四十四週間続けて経口負荷試験を行ったところ、ＯＩＴで卵白を与えられた四十人のうち半数以上が、反応なしで卵を摂取することに〝合格〟した。プラシーボ群には、ひとりも合格者はいなかった。全体から見て、これらの研究はＯＩＴの可能性を証明したと言えるだろう。

こういう実験結果は、《ＵＳＡトゥデイ》や《ニューヨーク・タイムズ》の紙面では、アレルギーに有効な治療法として誤って描写されがちだ。新聞記事にはたいてい、ランチテーブルに着いて微笑んでいる子どものありふれた写真が添えられる。メディアはミリグラムで成功を測りはしないので、正確性を犠牲にしてでも、飛躍的な進歩と言えそうなものをかき集める。そして質問はこうなる。その子たちはもう、朝食にスクランブルエッグが食べられるのか？　ピーナッツバターサンドドイッチは？

新たな治療法に飛びつくのは記者たちだけではない。絶えず患者からの質問に向き合っている医者たちは、実用的な一連の治療につながる試験をぜひともやりたいと考えている――医療保険が使える試験を。

「医学界の人はみんな、〝いますぐ、わたしの病院で実施できますか?〟と訊くんです」ウッド医師が言った。

しかし、研究の中心にいる医者たちがすかさず警告したとおり、わたしたちはまだそこまで到達していない。目標ははるか先だ。OITは、患者が呼吸に苦痛を覚えるたびに投与量を見直さなくてはならず、ウイルス感染から曝露直後の早すぎる運動まで、医者には制御できないたくさんの状況に治療を妨げられる可能性がある。

メディアの報道と、研究者たちの検討課題のあいだに生じる最も大きな隔たりのひとつは、〝減感作〟と〝耐性〟の差違だ。減感作を促す力については、証拠が集まってきている。一定の継続的な曝露試験を行っていれば、アレルゲンは反応を起こさない。しかし、被験者が監督下での治療を受けずに、安全にアレルゲンを消化できる耐性を維持できるかについては、まだ試験が始まったばかりだ。

つまり、医者たちも疑問に思っているとおり、経口免疫療法をやめたらどうなるのか? 子どもはまた過敏になってしまうのか? 確実にアレルゲンを摂取させるため、ビタミン剤のような人工的な補給剤が必要なのか？

子どものピーナッツに対する減感作療法の研究に加え、デューク大学とアーカンソー大学は、治療後の耐性が維持されているかどうかに注目した研究を行った。三十二カ月から六十一カ月のＯＩＴを終えて、アレルゲンに対して減感作されたと見られる十二人の子どもが、治療の四週間後に経口食物負荷試験で再検査された。十二人のうち九人が合格した。

九人の子どもたちが、今後ピーナッツを食生活に加えられるのはすばらしいことだ。一方で、再発率も二五パーセントある。その三家族にとっては、何年にもわたって神経をすり減らす面倒な治療を受けて得られた進歩が、一カ月ですべて元に戻ってしまったことになる。一カ月で再発しなかった子も、三カ月後、六カ月後に再発しないとどうして言えるだろう？

「わたしたちはおのおの、食物アレルギー患者を診ていますが――」バークス医師が同業者にちらりと目を向けて言った。「わたしたちは誰も、まだその治療を実践してはいません」

科学者たちは、アレルギーを持つ子どもたちの〝焼いた〟食品に対する反応レベルの違いにも注目している。そういう食品のたんぱく質は、加熱され変性している。鍵は抗原決定基《エピトープ》の多様性だ。ＩｇＥ抗体の反応は、アレルゲンの分子の一部――エピトープ――を認識することで起こる。その部分は、抗体が標的にする型と一致している。エピトープは立体なので、元の設計どおりにアミノ酸が連続して配列されているもの（〝連続エピトープ〟）もあれば、それ自体が変形するか折り重なるかして、隣り合っていないアミノ酸同士が横並びに連続して配列されているように見えるもの（〝立体構造エピトープ〟）もある。

食品を調理する――電子レンジにかける、炒める、クリーム状にする、加水分解する、焼く、などなど――とき、それぞれの過程で立体構造エピトープができる。エピトープに対する認識が限定されたIgE抗体を持つ子どもなら、そういう異なる形に調理された食品を食べても、抗体が反応しないかもしれない。多様なエピトープを認識するIgE抗体を持つ子どもは、調理に関係なく反応してしまう。

エピトープの役割の発見によって、食物アレルギーの一筋縄ではいかない謎のいくつかが解明された。たとえば、貝類・甲殻類に対するアレルギーは、昔から〝ビッグ8〟のなかでも特に厄介でしつこいと言われている。わかってきたのは、貝類・甲殻類にアレルギーがある人はたいてい、とりわけ多様なエピトープを認識する抗体を持っているということだ。彼らの体は、どんな形の貝類・甲殻類の痕跡も認識するようにできている。生でも、調理されていても、煮出したスープになっていても。

あるいは、ナッツを見てみよう。ナッツアレルギーのなかでたくさんの重複が見られる理由のひとつは、エピトープの型がとてもよく似ているからだ。ウォールナッツにアレルギーを持つ人は、マカダミアのたんぱく質にも反応するかもしれない。マカダミアにアレルギーを持っているからではなく、体がそのエピトープをウォールナッツのものと読み違えるからだ。ほとんどの市販のピーナッツバターは水素添加され、エピトープの形が変化しているので、それがピーナッツアレルギーの増加に関係しているのではないかと考える科学者もいる。瓶に入れて保存するためにピーナッツを安定させることで、食べ物として体に認識されるピーナッツの力を損なってしまったのかもしれない。体は、栄養と見なさないものを攻撃するからだ。

実利的な面として、医者たちは、病歴の聞き取りで耳にする厄介な矛盾の多くに根拠が見つかりほっとしている。「わたしたち全員が、過去に似たような経験をしています。母親がやってきて、子どもが〝カップケーキを食べられた〟と報告するのです」サンプソン医師が言った。「医者たちは、それを聞いて困惑しました――アレルゲンを、分子の構造的な変化という点からとらえたことがなかったからです」母親がどうかしていたわけではない。症例によっては、生の牛乳にしか反応しない子どももいた。加熱した牛乳は、免疫システムをこっそり通過したのだ。

わたしは聴衆のなかにいて、これは公開討論会であってお話の時間ではないのだと何度も自分に言い聞かせなくてはならなかった。自分の直接体験を話したくてたまらなかった。卵アレルギーであることは確認されていたが、何年ものあいだ、善意のウェイトレスが卵は使っていないと両親に請け合えば、天ぷらを食べることがあった。彼らはきっと、生卵について訊かれたと思ったのだろう。粉末にしてあらかじめ混ぜてある材料を使った衣のことは、考えなかったのだろう。衣には、西洋化された手軽なてんぷら粉もあるが、伝統的な日本料理について学ぶにつれて、一度ならず卵を口にしているはずだと確信した。しかし、アレルゲンが完全に変性して、エピトープが自然な形から奇妙な形に変わったおかげで、わたしは反応しなかったのだろう。

卵のことを知ってからは、天ぷらが食べられなくなった。しかし、そのころはすでに寿司に夢中で、ときどき蟹かまぼこやピリ辛ツナの巻き寿司を注文していた。その後ようやく、これらにもおそらく少量の卵が含まれていることを知った。なぜ一度も反応しなかったのだろう？　昔から、主治医のラトキン医師には恥ずかしくて訊けなかったのだ。アレルギー発作の危険を冒したことをたしなめられるような気がして。

乳製品についても、そういう時折の耐性が持てたらよかったのにと思う。持っている人は多い。《アレルギー・臨床免疫学会誌》に発表された二〇〇八年の調査では、牛乳アレルギーを持つ子どもの七五パーセントは、よく加熱した牛乳のたんぱく質に耐性があると推定された。討論者たちが指摘したとおり、これはふたつの理由でとても励みになる数字だ。第一に、成長してアレルギーから脱せるかもしれない子どもたちにとって、それは予言の役割を果たす。第二に、そういう子どもたちがＯＩＴを受けるとき、ほぼ確実にアナフィラキシー反応を起こさない形のアレルゲンを投与できる。

二〇〇八年、サンプソン医師は調査チームを率いて、加熱した牛乳の研究を行った。目的は、加熱した牛乳に耐性を持つ多くの人を特定できる血液検査を開発することだった。そうすれば、特定された人は、アレルゲンを完全に避けるよう諭される代わりに、乳製品を含むいくつかの一般的な食品を取り入れたアレルギー管理計画を立てられる。

しかし、サンプソン医師が聴衆に語ったところによると、加熱した牛乳製品のすべてで同様の結果が得られるわけではない点に、チームは苦労している。まずはマフィンとワッフルで患者に負荷試験を行い、一貫した成功を収めた。しかし食品を変更してピザを使うと（「なぜなら、みんなそれを食べたがるからです」とサンプソン医師は言った）、マフィンに耐性を示した人の一五パーセントは、ピザには耐性を示さなかった。問題はおそらく、チーズによって過度に濃縮されたカゼインにさらされたからだろう。次の目標は、プディングが安全と見なされるかどうかを調べることだった――それは、アレルギーを持つ子どものためにお弁当を包むあらゆる親に朗報となるはずだった。しかしプディングは乳製品の濃度が高いうえに調理温度が低いので、とりわけむずかしいことがわかった。

医師たちがさらに免疫療法の選択肢について話すのを聞いているうちに、わたしは気づいた。加熱した卵をめぐるちょっとした幸運を除けば、わたしは臨床上の厄介者なのだ。予備研究の成功談の多くには序章があり、そこでは早い段階で、これ以上の治療には〝不向きな候補〟として除外された被験者がいる。そういう候補はたいてい、とりわけ高いＩｇＥレベルを示す（わたしのように）か、とりわけ多様なアレルゲンのエピトープに反応する傾向がある（わたしのように）か、複数のアレルギーを持っていた（わたしのように）。

次世代には、食物アレルギーのなかに〝治療可能〟と〝慢性〟の区分ができるのだろうか？ジャッフェ食物アレルギー研究所が最近行った六百人のカルテの調査によると、四歳から十八歳のアレルギー患者の七八パーセントが、平均して三種類から四種類のアレルゲンを避けていた。単なる恐怖心から食物を避けていることを考慮したとしても、概して小児科医は複数のアレルギーを持つ患者を治療していると言える。ひとつ以上の重い食物アレルギーを持つ人たちには、どういう治療の選択肢があるのだろう？

「そこで、漢方医学の登場となるわけです」サンプソン医師が言った。

サンプソン医師は同僚とともに〝食物アレルギー漢方製剤（ＦＡＨＦ－２）〟と呼ばれるものを開発し、現在ＦＤＡの審査を受けている。この製剤は、何世紀にもわたって薬草で病を治療してきた中国の医師たちの医術を参考にしたものだ。薬草にはたとえば、ピンク色の花と〝血を動かす〟力で知られる瞿麦《くばく》（河原撫子《かわらなでしこ》）などがある。ＦＡＨＦ－２には九種類の薬草が調合されていて、錠剤の形で投与される。摂取すると、薬草が発する化合物が、アナフィラキシーを防げる程度までＩｇＥ抗体と結びつくという。アレルゲンを特定しないので、この製剤は複数のアレルギーを持つ患者の反応も抑えられる可能性がある。

ＦＡＨＦ－２による治療で、アレルギーを完治できるとは考えにくい。しかし、わたしのように絶えず著しく高いＩｇＥレベルを示す患者の過敏性を和らげることはできるかもしれない。食生活の制限という点ではアレルギーを受け入れるとしても、不測のアレルゲンによる汚染でアナフィラキシーを起こす恐怖を感じないで生きられるかもしれない。あるいは、ＯＩＴやＳＬＩＴを安心して受けてみようと思うかもしれない。

同じ目的で、抗ＩｇＥモノクローナル抗体オマリズマブ（商標名ゾレアとして知られる）で実験的な治療を受けているアレルギー患者もいる。ゾレアはたいてい、コルチコステロイドを大量に投与しても効き目のない、持続的で命にかかわる喘息を持つ患者に与えられる。しかしこの薬は、遺伝子組み換え技術を使って開発されたうえに、生涯にわたる投与を要するらしいので、恐ろしく費用がかかり――年間一万から三万ドル――しかも長期的な副作用があるかどうかはまだ不明だ。

何年も前に、母が〝抗ＩｇＥ薬〟のことをニュースで耳にし、わたしを主治医のところへ連れていったのを憶えている。わたしに受けさせるべき治療なのかどうか知りたいと思ったのだ。

「問題は、きみの体がたくさんのものに反応してＩｇＥ抗体を放出しているというのが、推定にすぎないことだ」健康維持機構（ＨＭＯ）の慎重派の内科医が言った。「そういう治療は、幅の広い刀と考えたほうがいい。きみに必要なのは、小さな外科用のメスだ」費用以外で、ゾレアより漢方薬のほうが優れている点のひとつは、民間薬として使用された記録があることだ。何世代にもわたって、体に悪影響を及ぼさずに摂取されてきたことが保証されている。

もし錠剤が一般に流通するようになったら、わたしは漢方薬治療を試すだろうか？　まだわからない。ワシントンDCに戻って母にそのことを話せば、きっと母はその危険性に、本能的に反発するだろう。「一度に九種類の薬草をぜんぶ試すなんてだめよ」母は警告するだろう。「もしもそのひとつに、マスタードを食べたときみたいな反応を起こしたらどうするの？」

討論が終わり、記者たちが三人の医師を囲んだが、わたしは尻込みした。先生たちに話しかけたかったが、もう何を言うべきかわからなかった。彼らの研究を賞賛したかったが、ああいう治療法の成功率の低さについて考えずにはいられなかった。わたしは頭のなかを整理しようとした。いくつの試験を行い、同業者たちに批評され、政府の承認を受ければ、ＯＩＴが、一般の食物アレルギー患者たちにとって、地元のアレルギー専門医の診察室で受けられる治療になるのだろうか？記者の立場からすると、たったひとりでもアレルギーを持つ子どもの問題が解決すれば、それは〝完全な治療〟の先触れだ。患者の立場からすると、わたしたちの成功談はまだ始まったばかりで、その数は何百万もの患者のうち、二桁の数字で数えられるほどでしかない。

研究が進まない一因として、自分たちの子どもをモルモットとして差し出したがる人がほとんどいないという事実がある。わたしの世代はアレルギー人口が急上昇する世代の初期なので、あと十年たてば状況も変わるだろうが、ピーナッツアレルギーを持つ大人で試験を受けられる人はまだあまり多くない。それに、幼児期に多様な形で（より重く）現れる病と闘おうとするなら、大人の被験者だけでは治療の可能性を効果的に予測するのはむずかしい。

動物を使う実験もいくつかある。標準的な実験用マウスにアレルゲンのたんぱく質とエンテロトキシンを混ぜた餌を与えて、ピーナッツと卵に〝アレルギーを持つ〟ようにする。エンテロトキシンは、胃腸障害と関連している毒素で、たとえば食中毒を引き起こすブドウ球菌エンテロトキシンBや、コレラトキシンなどがある。これによって、マウスの免疫反応は、アレルギー反応と似たものになる。気道炎症を抑えようとして白血球が増えるからだ。つまりアレルギー感作がずっと続いているように見える。

それから、どうするのか？　小さなマウスの舌下に水滴を垂らすわけにはいかないし、ましてや喉がちくちくするか訊くわけにもいかない。現実を認めよう。症状の自己申告が不可欠である分野では、マウスを使ってできることは限られている。

親が子どもに臨床試験を受けさせるかどうか決めるには、たくさんの要素をじっくり検討しなくてはならない。金銭的な報酬に魅力を感じる家族もいる――スクラッチテストやRASTを無料で受けられるうえに、もちろん実験的な治療がうまくいく可能性もある。たいていの人にとっては、楽観と落胆のシーソーのどこでバランスを取るかという問題になる。

わたしは会議場のエスカレーターを降りながら、ふたりのアレルギー専門医が実験試料の少なさを嘆いているのを耳にした。

「大豆が必要だったんですよ。でも大豆はなかなか手に入らなくて」

「それを知っていたらなあ！　うちには十例ほど大豆がいたから、カリフォルニアに送りこんだんです。卵は探してますか？」

人間ではなくアレルギーを持つ血液標本として語られるのは、なんて奇妙なことだろう。わたしは大豆。わたしは卵、牛乳、木の実。子どものころ、両親が何度かやんわりと持ちかけられたのは、州間高速道路九五号線でほんの一時間ほどの距離にあるジョンズ・ホプキンス大学での研究に加わってはどうかという勧めだった。わたしたちは断った。わたしはよい提供者ではない。静脈が見つけづらく、あざができやすい。実験室のねずみになって夏を過ごしたくはなかった。

心の奥では、上体を傾けて、目の前にいる医者の肩をとんとんとたたき、その実験に自分の腕を差し出したい気持ちもあった。専門用語を使って表現するなら、〝まったくどうかしてる行動〟だ。だから何もしなかった。

その晩、ホテルに戻ったわたしは、その日集めた資料を読みふけった。《サポート・ネット》という会報の二〇〇九年秋冬号には、ジャーナリスト、ベス・プリティが、実験研究に加わることに同意した子どもの母親三人の体験を紹介した記事があった。

プリティの記事によると、九歳の男の子の母親であるジョイ・ホッジ博士は、息子にピーナッツに対する耐性をつけてやりたいと願っていた。しかし二重盲検法の最中、粉末状にした物質（医者にも知らされていなかったが、ピーナッツだった）を混ぜた林檎ソースを与えたところ、息子はアナフィラキシー反応を起こし、エピネフリン注射、ベナドリル数錠、三日にわたるステロイド投与と酸素マスクでようやく快復した。

ホッジが驚いたのは、一カ月後、息子が二度めの減感作の試みを受ける気になったことだった。治療が始まって数週間後、男の子の耐性は十二グラムで限界に達した。男の子は腹痛や喉のかゆみ、喘息に似た発作に苦しんだ。

「そういう症状に加えて、つらい検査の記憶や、ピーナッツの味が嫌いだと気づいたことが、息子にとってはたいへんな負担だったのです」ホッジはプリティに語った。「息子は研究への参加をやめることにしました」

わたしは、家に戻ったらもっとじっくり読み直そうと、その記事を脇によけておいた。あとになって、はっとひらめいた。アーカンソー。その試験について明らかにされていたのは場所だけだ。リトルロックにあるアーカンソー小児病院。

公開討論会の聴衆はみんな、経口免疫療法に参加してピーナッツを投与された二十三人の子どもたちの話を聞いて、感銘を受けた。それを実施したのは、デューク大学と……アーカンソー小児病院と提携しているアーカンソー医科大学だった。初めからＯＩＴを受けた十五人の子どもたち（八人はプラシーボを与えられた）は、すでに減感作の効果を見せ、反応なしに貴重な十五粒のピーナッツを食べることができていた。しかし、わたしは概要の母集団を見て、もともと参加していた被験者が二十九人だったことに気づいた。つまり六人は、経口食物負荷試験の段階までたどり着けなかったのだ。ホッジの息子はその六人のなかにいたのだろうか？

試験を行っている医師たちが、話し合いのなかで、「この子の減感作は無理だな」と言った瞬間があったに違いない。そのあと彼らはきっと、母親にこう言ったのだろう。「どうするかはご家族がお決めください」そして母親は、息子にこう言ったのだろう。「どうするかはおまえが決めてちょうだい」

これまでわたしは、誰かが口に出すことと考えていることの違いを明らかにするのが、意義深く、人のためにもなると考えていた。しかし、その違いにこそ、人間性が現れるものなのだと気づいた。医師たちはできるかぎり希望を持ち、できるかぎり助けになろうとしてくれるが、結局のところ人間だ。そのことにはとてもほっとさせられる。同時に怖い気持ちにもさせられる。

ＡＡＡＡＩ会議への出席最終日、わたしは展示場を歩いていた。研究所、専門家学会、擁護団体、医療用品メーカー、ニッチの新企業などがみんな、衆目を集めようと争っている。とはいえ、争うほどの群衆はいなかった——そこかしこに人々が散らばっていると言うほうが近い。わたしは綱渡りをするような正確さで通路の中央にとどまり、次から次へとパンフレットを渡そうと伸びてくる手を避けた。機内に持ちこめるバッグだけで旅をする場合、書類は邪魔になるからだ。

ときどき、試供品に釣られて業者のテーブルのほうへ近づいた。サンバターの包みを二、三個取る。ひまわりの種でできた塩気と粘り気のある、不思議とおいしいスプレッドだ。もし病の流行にプラスの面があるとすれば、それはピーナッツアレルギーに対応してさまざまな種類の〝バター〟がつくられたことかもしれない。

わたしはFAANの人たちに挨拶した。食物アレルギーイニシアティヴの人たちに名刺を渡した。会報《サポートネット》を発行している〝食物アレルギーを持つ子どもたち〟を設立した女性としばらく話した。〝食物アレルギーを持つ子どもたち〟はペンシルヴェニア州の非営利団体で、その目的は、家族がアレルギーに対処するうえでの助言を共有できるネットワークづくりだ。わたしたちは誕生日ケーキについて話した。女性によると、食べ物で祝うことをすっかりやめてしまう親たちもいるということだった。代わりにフェルトでケーキをつくり、同級生が共同で飾りつけて、誕生日の子どもに贈るそうだ。

毎年、AAAAI会議は、とりわけ注目に値する緊急の課題に無料の展示空間を与えている。その年の獲得者は、マスト細胞症学会だった。彼らは活性化しすぎたマスト細胞を持つ人たち、つまり絶え間なくアレルギー反応に関連した炎症や浮腫にとらわれている人たちへの支援に貢献した。

マスト細胞症学会のテーブルに着いたスタッフは明るい笑みと、ちらしの山と、紋章で飾られた懐中電灯という高級なおみやげを用意していた。そのどれも、役には立たなかった。展示室は、人々がコーヒーを飲んだり軽い昼食をとったりしながら気晴らしに来るところなのに、彼らの展示はこれ以上ないほど食欲を減退させた。タイ風チキンサラダのラップサンドを食べながら、膿疱《のうほう》に覆われた少女の拡大写真を眺めたい人はいない。

それよりはるかに人気があったのは、製薬会社が後援している巨大なブースだった。広い一区画を絨毯とスポットライトで飾り、その場でつくる甘いポップコーンや、無料マッサージや、ロボットを呼び物にしている。この区画の人気者は、アスマティックス社がアレア気管支熱形成術*システムの宣伝の一環としてつくった人型ロボットだった。プラスチック製の偽のクルーカットと、黄色いレンズのサングラス、合成樹脂の鎖骨に貼られた〝ヴァソ〟という名前。二メートル五十センチ近くあるこのロボットが、個別に制御された二本の脚で飛び跳ねながら、人々の質問を受けたり、冗談を言ったりしていた。

「ぼくが、生まれつきこんなにたくましかったと思うのかい？」ロボットが関節を屈伸しながら得意げに言った。「鍛えてるのさ」

紫と青のパネルが貼られた胴体部分はほっそりしすぎていて、なかに人は隠れられない。こういう技術については、以前に耳にしたことがあった。どこか近くに操縦者がいて、ロボットの目の後ろについたカメラで見て、耳に埋めこまれたマイクで聞き、あらゆる動きをリアルタイムで転換する骨格形のボディーセンサーを身に着けているはずだ。ロボット産業界は、それをアンスロボットと呼んでいる。

ヴァソは数分おきに、あらかじめ録音されたサウンドトラックに反応して急に踊り出した。音楽は毎回、ビージーズの『ステイン・アライヴ』だった。呼吸器治療機器を宣伝するにしては奇妙な選曲だと気づく人は、ほかに誰もいないようだった。

「ぼくを見てるのかい?」ロボットが尋ねた。「ぼくを見てるのかい?」

わたしはすでに限界に達していた。あまりに多くのキャッチフレーズ。あまりに多くの名刺。アレアのブースから後ずさりして、出口のほうへ向かう。

両開きの扉にたどり着く前に、もう一体のロボットがわたしの目をとらえた。銀色で、身長は百八十センチほどあり、出っぱった大きく青い目をして、執事のような姿勢を取り、どことなく男らしくもある。車輪のついたどっしりした基部は、『ショート・サーキット』のジョニー5を思い出させた。

わたしは歩み寄って、ロボットのスポンサーのロゴを確かめた。サノフィ・アベンティスUS、

*ラジオ波の熱で気道の平滑筋を焼灼する喘息治療

抗ヒスタミン薬アレグラのメーカーとして知られる会社だ。わたしは思いがけず、誇らしい気持ちがこみ上げるのを感じた。アレグラは、長年使ってきた薬だ。クラリチン、セルデイン、ジルテック――乳糖由来の結合剤を使った他のアレルギー治療薬はどれも、二、三週間たってわたしの血流内で限界量に達すると、前腕に発疹を起こさせた。アレグラだけは安全だとわかった。だからわたしは、いくつかの異なるＨＭＯの医療保険プランでジェネリックや代用品に変えさせられそうになったときも、アレグラを手に入れようと奮闘し、ときには自己負担で買った。もしこれがペナントレースなら、たまたま地元チームの外野席に入りこんだようなものだった。

そこへ行くべきだろうか？　紺色のスカートスーツ姿の女性と礼儀正しく会話していたロボットが、じょうずに方向転換して、わたしのほうを向いた。わたしたちは目を合わせた。

「こんにちは、サンドラ」ロボットが言った。

親しげに呼びかけられて戸惑い、ぼんやり手を振った。それから、自分が名札をつけていることを思い出した。あたりを見回し、手首か襟の折り返しに向かって話している人を確かに見つけた気がした。しかし、ロボットの背後から聞こえる声は、うまく偽装されていた。

「こんにちは」わたしは応じた。

「もっとそばにおいでよ」ロボットが言った。「噛みつかないよ」

アレグラの絨毯に足を踏み入れたい気持ちはあった。しかし、すっかり会議疲れしていたし、ニューオーリンズが待っていた。

「また今度ね」わたしは答えた。

「寂しくなるよ」ロボットが言った。目の後ろの電球が、ちかちかと点滅した。

わたしは指先を唇に当てて、ロボットに投げキスをした。それから背を向けて、会議場から、医師たちから遠ざかっていった。わたしは振り返らなかった。

第十章

子どもを育てるということ

〈マーテンズ〉での不運なレモンドロップ事件から数年後、クリスティンは変わらずわたしの親友で、夫となったボブはすでに消防士を辞め、キーラ――彼らの娘――はもうすぐ初めての誕生日を迎えようとしていた。ケーキの話があった。よくある誕生日ケーキではなく、てんとう虫の形のケーキだ。ピンクと茶色の砂糖衣（赤と黒よりもおいしそう）で飾り、ねじり棒キャンディーで脚と触覚をつくり、ハーシーズのキスチョコの先端を生地に埋めこんで斑点に見立ててある。しかも、ケーキはふたつ用意された。パーティーの招待客用にひとつと、キーラ用にあつらえた大きさのものをひとつ。

お祝いの日、わたしは遅れた――例のごとく、ワシントンＤＣ中心部にある自分のアパートから郊外にある彼らの家までの交通渋滞を甘く見ていたからだ。わたしは数分おきに時計を見てうめき、助手席に置いた鮮やかな色の包みをぽんぽんとたたいた。贈り物として持ってきた鈴と鏡つきの積み木セットで、許してもらえるだろうか。

パーティーが始まってから一時間以上たってようやくなかに入ったわたしは、隅から隅まで美しく装飾された家を見ても驚かなかった。クリスティンは、自分の結婚式に備えて付添人のドレスの裾上げまでする人と、一から自分のキッチンを改装する人の中間くらいの存在だが、いまやすっかり高校の友人グループ内のマーサ・スチュワートだった（とはいえ甘ったるいマーサではなく、皮肉っぽく愉快な、刑務所を出たあとのマーサだ）。食堂のテーブルには、自家製パンチと〝初めての誕生日〟と書かれたナプキン、サンドイッチ、串に刺したチキンサテが並んでいた。ソースやドレッシングはすべて別に添えられていることに気づき、わたしは口もとをゆるめた。〝サンドラに優しい〟ごちそう。

「こんにちは」クリスティンが言い、わたしは包みを下ろした。母親らしいクリスティンを見るのにはあまり慣れていなかった。わたしの目にはまだ、足の爪に三色のマニキュアでひな菊を描いていた十四歳の少女が映っていたからだ。きょうのクリスティンの爪はメタリックな銀色で、実用的でもある灰色のTシャツとジーンズ、ボブにしたヘアスタイルとともに自由を叫んでいた。かがんで、娘をつかまえようとする。キーラは新しい歩行器を使って、楽しげな足取りで居間をよちよち歩き回っていた。もうすぐ自分のものになるおもちゃにあと少しで手が届くところで、母に抱き上げられ、激しい抗議の泣き声をあげる。

「この子はちょっと、興奮状態なのよ」クリスティンが言った。「午前中ずっと、微熱があったの。たくさん人がいるしね」

キーラのてんとう虫の靴は、てんとう虫のケーキとよく似合っていた。Tシャツに描かれたてんとう虫はあまりにも漫画風に丸かったので水玉模様に見え、わたしは懐かしさを覚えた。ほんの数日前、母が思い出話のなかで、わたしが一歳の誕生日に――初めてアレルギーの診断を受けた日だとしょっちゅう聞かされている――ピンクの水玉模様のワンピースを着ていたと言ったからだ。

クリスティンが義理の家族のひとりに、地階でビールを飲んでいる男性たちを呼びに行かせた。わたしが到着するまでケーキを切るのを待っていたのではないかと、後ろめたい気持ちになった。それは無用な気遣いだった。わたしはケーキも、ナポリタンアイスクリームも、ひとつずつピンク色のホイルカップに入れられたチョコレートクリスプも食べられないからだ。けれど、たぶんクリスティンは、わたしがその大事な瞬間を見たがるとわかっていたのだろう。

「すごくすてきなてんとう虫たちね」わたしはクリスティンに言った。

「黒いねじり棒キャンディーが、少し古くなってたみたいなの」クリスティンが言った。「だからこれは、ただの飾り用ね。ほかはいまのところ、上々よ」

子どもの誕生会に出席するたび、ひとつの事実が明らかになる。気むずかしい一歳の赤ん坊は、幼児用の椅子に押しこまれ、よく知らない二十人のぶよぶよした大人たちに囲まれるのをうれしくは思わない。紙の房飾りがついた特別な帽子をかぶらされ、ゴムバンドで止められたいとも思わない。『ハッピー・バースデイ』を歌ってもらいたいとも思わない。けれども、わたしたちはそれをやった。誕生会ではそうするものだから。泣き声が響き渡った。帽子が落ちた。クリスティンが、ママの膝という誕生日の究極の玉座を差し出して、ようやく――キーラが落ち着き、古くなったキャンディーが脇へよけられ――わたしたちはケーキに取りかかった。

大人たちが大きなてんとう虫を切り分けて配り、キーラは自分用の小さなケーキがのったアルミ箔の皿をじっと見た。ハーシーズのキスチョコの代わりにチョコレートチップで斑点をつけられ、砂糖衣でふたつの大きな目とにっこり笑うピンク色の口が描かれていた。クリスティンが、娘の手に厚く切ったケーキを握らせて待った。ところがキーラは食べずに、〝なんなの?〟という身ぶりで砂糖衣がたっぷりついた左手で顔をさわった。ほどなく、ピンク色のべたべたが頬や額や髪の生え際に貼りついてしまった。キーラが口をこすると、一ドルショップで買った口紅のような筋ができた。

「先に写真を撮っておいてよかったね」男性のひとりが言った。

みんなはキーラが誇らしげにケーキをひと口食べるのを待ち続けたが、その瞬間はやってこなかった。ただ遊んでいるだけだ。女性たちが二倍も熱心にケーキを食べ、誕生日を迎えた女の子の明らかなハンガーストライキを埋め合わせようとした。男性たちは、ビールが待つ地階へと徐々に戻っていった。クリスティンはキーラを膝の上であやしてから、立ち上がって行ったり来たりし始めた。赤ん坊はますますむずかるようになり、よごれた拳で何度も何度も耳をいじっていた。クリスティンが娘を二階に連れていき、わたしたちはおむつの交換だろうと考えた。ふたりが戻ってきたとき、キーラの顔についた砂糖衣がぬぐわれていないことに、わたしは驚いた。

「この子、アレルギー反応を起こしてるみたい」クリスティンがわたしを見て言った。キーラの顔についたピンク色のものは、砂糖衣ではなかった。砂糖衣の下に現れたじんましんだったのだ。キーラにこんなことが起こったのは初めてだった。じんましんだけではない。クリスティンはかがみこんで、娘がぜいぜいと息を切らしているのを聞き取った。ボブとクリスティンは電話で医者に相談したあと、キーラを病院に連れていくことにした。袖を通す時間も惜しんでコートをはおらせ、一月の寒さのなかへ駆け出す。

「だいじょうぶよ」わたしはふたりに言った。「行ってらっしゃい。ここは片づけておくから」本気で約束したのだが、実際には守れなかった。食堂のテーブルは、わたし自身がじんましんを起こさずにはさわれないもので覆われていた。よごれた皿には溶けたアイスクリームがたまっていた。わたしは簡単にカップとナプキンを片づけた。あとはどうすることもできず、ボブの母親がスポンジを手に指図をし、みんなが皿を運んで洗い、積み重ねるのを眺めていた。

「あなたが、ありとあらゆるアレルギーを持ってるあの人なのね」クリスティンの友人が言った。

「何が起こったのかしら?」

「きっとケーキのせいだわ」わたしは答えた。「でも、乳製品は食べさせたことがあるはずよ」

「なぜケーキのせいだとわかるの？」ボブの母が訊いた。「きょうはたくさんのものを食べさせてたわ。パンチかもしれないでしょう」

「いいえ、違うと思います」わたしは慎重に言葉を選びながら答えた。「パンチに入っていた果物はどれも、一般的なアレルゲンではありませんから」

「マンゴーが入ってたわよ」ボブの母が言った。

「いいえ、入ってませんでした」わたしは言った。クリスティンに安全かどうか尋ねたら、だいじょうぶだと言われた。もしマンゴーが入っていたら、わたしは床に倒れているだろう（のちに、クリスティンがそれを裏づけた。オレンジ、ざくろ、ジンジャーエール。マンゴーなし）。「それに、口のまわりはたいしたことありませんでした。じんましんは、砂糖衣が貼りついた顔にできてました。もしかすると食紅のせいかも」

「どうかしらね」ボブの母が言った。「ジョンが前に甲殻類でそういう反応を起こしたときは、体じゅうにじんましんができてたわよ」

「ええ。でも、貼りついた砂糖衣とまったく同じ形のじんましんですよ？　わたしは食紅のせいだと思います」

砂糖衣についての自分の意見が正しければいいと願っていたが、それはボブの母を言い負かすためではなかった。少なくとも、それだけではない。赤色四〇号に対する不耐性のほうが、小麦や牛乳や卵に対するアレルギーのどれよりいいと思えたからだ。しかしどれであっても、ほぼ局所的にさらされただけで、幼いうちからあれほど激しい反応を起こすというのは、よくない徴候だった。

一時間かけて、点滴され、ベナドリル、ステロイド、のちに鎮静剤を与えられ、キーラはほとんど正常な状態まで快復した。しかし両親はすぐに、娘が卵アレルギーを持っていることを知らされた。その診断は結局、医者が〝三つの大当たり〟と呼ぶもの――アレルギー、喘息、湿疹――にまで広がった。食べさせるものを変え、夜ごとに噴霧器で治療して二カ月ほどたつと、以前はしょっちゅうむずかっていた幼児が、楽しそうでのんびりした女の子に変わった。

統計から考えれば、友人のもとに生まれる子どもの少なくともひとりには、なんらかのアレルギーがあるだろうとわかっていた。ただ、大々的なデビューを間近で見るとは思っていなかった。誕生会から帰る途中、わたしは母に電話して、大事件のすべてを、水玉模様のデジャヴューに至るまで話して聞かせた。

「どういうわけか、これだけの経験があれば、何かできるはずだと思ってたの」わたしは言った。「でも、できることは何もなかった」

「恐ろしい気持ちになるわよね」母が言った。「わかるわ」

ともかくキーラは、数分以内にアレルギー反応をわかってもらえる世界に生まれてきた。母のように、なぜわたしが母乳を拒み、液体ミルクを与えても、粉ミルクを与えても余計に具合が悪くなってしまうのかわからないというのは、どんな感じだったのだろうと想像してみた。母親が子どもとのきずなを結ぼうとするなら、揺すってあやしたり、ミルクを与えたりするのがいちばんだろう。ただし、与えているミルクが子どもにとって命取りの場合は別だ。

キーラの誕生会のあと数週間、わたしは気がつくと、自分の番が来たらどうなるのだろうと考えていた。母は、わたしにも妹にも、まったく母乳を飲ませることができなかった。わたしは自分の子をなだめて、母乳を飲ませられるだろうか？　アレルギーを起こしやすい体質は遺伝するというたくさんの事例証拠はあるものの、特定のアレルギーが次世代に伝わるという典型例はない。わたしの子どもたちが、わたしと同じ牛乳アレルギーを持っていない可能性はある。母乳を飲ませられなかったなら、自分にアナフィラキシーショックを起こさせるものを詰めこんだ瓶をどう扱えばいいのだろう？　赤ん坊が吐き出したり、こぼしたりするたびに、大騒ぎになるに違いない。

その後、子どもが固形食を食べるようになったら、また次々に疑問が並ぶ。家を安全に保つために、子どもたちの食事に制限を設けるべきか？　子どもたちがわたしを具合悪くさせてしまう日は必ず来るとしても、どう準備させればいいのだろう？　〝手と顔を洗うまで、ママにさわってはだめよ〟興奮しがちな子どもには、そういう決まりが必要だ。

好きな映画のひとつに、『マグノリアの花たち』がある。九歳のときに公開されてから、少なくとも二十回は見ているだろう。南部の文化が妙に誇張されているところが、特にお気に入りでもある。花嫁の父ドラムがアルマジロ形のウェディングケーキのお尻を切り取って、血のように赤い内側を見せたり、美容師のアネルがドリー・パートン演じる登場人物に鹿爪《しかつめ》らしくこう告げたりする。

「ミス・トルービー、個人的なトラブルのせいで、髪を整える技能が鈍ることはないとお約束しますわ」

頭から離れない場面がもうひとつある。ジュリア・ロバーツ演じる糖尿病を持つ登場人物シェルビーは、ひとりで幼い息子ジャクソン・ジュニアの世話をしているとき、ポーチで倒れこむ。助けを呼ぼうとするが、また昏倒してしまう。夫が帰宅して、泣き叫ぶ息子と、こんろの上で煮こぼれるスパゲッティと、石段でぐったりしている妻を見つける。妻は意識を失い、手には受話器を握ったままだ。

この場面が感傷的な、アカデミー賞狙いであることはわかっている。現実の世界では、動脈瘤《どうみゃくりゅう》や脳卒中などの悲劇が、いつ誰の身に起こってもおかしくないこともわかっている。しかし、三十代になったいま、家族をつくり始めた周囲の人たちを眺め、自分の家族を夢見るうちに、気づいた。アレルギーとともに生きるこの人生で、自分が賭けをすることと、子どもの幸せを賭けの対象にすることは、まったく別なのだと。

「友だちのジェニーと話すといいわ」ずっと頭を離れないことについて打ち明けると、エリカが言った。「あなたと同じような人よ」

エリカは冗談を言っているのではない。ジェニファー・クロノヴェットはわたしより少しだけ年上で、夫アンソニーと息子ソロモンとともに暮らしている。ジェニファーは牛乳とピーナッツ以外の木の実、胡麻の実にアレルギーがある——わたしほど多様なアレルギーを持ってはいないが、重症度は同じくらいだ。

「ちょっとしたアナフィラキシーショックを起こすことはあるわ」ジェニファーが、何年もの経験を積んだ人らしい軽い口調で言う。「そういう食べ物の避けかたを学んだいまでさえ、事故は起こるのよ」

両親はジェニファーを大学へ送り出すとき、荷物に乳幼児用ミルクの箱を入れた。朝にシリアルを食べるのが好きだったので、米乳やアーモンド乳、豆乳などを選べる時代になるまでは、ボウルに注いだことがあるのはそれだけだった。わたしは、それについてどうこう言える立場ではない。わたしだって、〝魚の女の子〟と呼ばれていたのだから。

共通点は増えていく。わたしが誕生日にヘーゼルナッツをもらっていたころ、ジェニファーは母親手製の南瓜マフィンをひとつ与えられていた。いつだって、小学校の冷凍庫から出したばかりで、まだ石のように硬かった。柔らかくなるまでは、歯で削らなくてはならなかった。

「わたしたちは、開拓者なのよ」ジェニファーは言う。わたしと同じように、自分のアレルギーを理解してくれる親しい友人グループがいることを慰めとしている。いまでも、ジェニファーが晩餐会に行くと、あらゆるものにラベルが貼ってあるそうだ。「こっちは、ジェニーが使えるスプーン。こっちは、ジェニーが使えないスプーンよ」接待役が告げる。

「みんなは、〝まるでジェニーの掟を忠実に守って料理をつくってるみたい〟と冗談を言うの」ジェニファーは話す。

二〇一〇年四月に、息子が一歳になった。牛乳にアレルギーはなく、木の実と胡麻についてはまだ検査していない（その年の前半、製造上の欠陥のせいで、乳幼児用ベナドリルが、タイレノール、モトリン、ジルテックとともに広範囲にわたって回収され、アメリカの市場から事実上消えてしまった。これによって、家庭でのアレルギー検査の多くができなくなった）。しかし、息子はスクランブルエッグを食べたあと、じんましんを起こした。卵焼きと卵黄の経口食物負荷試験はうまくいったので、卵白についてももう一度検査するつもりでいる。卵白は卵黄より高密度のたんぱく質を含んでいるので、多くの場合、さらにアレルギーを起こしやすいのだ。ジェニファーは、最初の反応が偶然だったことが証明されてほしいと思っている。

「もし息子にアレルギーがあるとしたら、わたしと同じアレルギーでないのはとても苛立たしいことでしょうね」ジェニファーは言う。

夫のアンソニーは乳糖不耐症なので、新婚夫婦の家庭はほとんど乳製品抜きだった。そこに、ソロモンが生まれた。

「母乳の割合を減らしていきたかったけれど、子どもはみんな、牛乳を飲むのがふつうでしょう。大豆はホルモンの問題があるし」ジェニファーは言う。いくつかの研究で、大豆や豆腐に含まれる植物エストロゲンが、体内のホルモンバランスを崩す可能性があることが示されたのだ。「米乳は甘すぎるしね」と言い添える。選択肢がほかになく、牛乳を試すことに決めた。

ジェニファーは、わたしと同じく、素手で乳製品を扱うことに恐怖を感じている。「さわるのはいやだわ。いまのところは何も起こってないけれど」さらに、ソロモンの生活に牛乳を加えたことが、自分の心の健康に役立つという意外な面があった。「乳製品を食べるソロモンを見るのは、とてもすばらしいことよ。息子にとっては、はるかに大きな世界が開けたんだから——あの子は自由になったの」

アレルゲンにさらされる前に形成されうるアレルギーを防ぐためにも、「ふつうの人が食べるものを食べさせなさい」と医者たちは忠告した。

「でもわたしは、ふつうの人が何を食べているのかほとんど知らないのよ」ジェニファーはそのとき思ったことをこう語る。「ふつうの人は、毎晩夕食にアヴォカドをのせたパンを食べるのかしら？　だって、それがわたしの食べているものだから」勇気を出して挑戦するほかに、道はなかった。

「息子には、できるかぎりいろいろなものを食べられるようになってほしいの。エチオピア料理も試したし、兎肉も試したわ」少し間を置いてから言う。「わたしにとっては、食べ物はずっと、恐怖と死に結びついてた。息子は食べ物をすごく楽しんでるわ」

「ひとつだけ寂しいのは、ソロモンがわたしに食べさせたがることなの」ジェニファーは続ける。「〝だめよ、ママは食べられないの〟と答えなくてはならなくて……。最近はいつも、食べさせてもらうふりをしてるわ」

ジェニファーには、種子や乳製品など多くのものに重いアレルギーを持つ娘を産んだ友人がいる。母親自身には、アレルギーはない。「その子は、わたしのお皿にのったものは食べられるけど、母親のお皿のものはだめなのよ」友人たちは、その子を〝ジェニーの赤ん坊〟と呼ぶ。まるで、こうのとりが間違った家にその子を落としたかのようだとジェニファーは言う。「その子にとっては、何もかもが初めてのことだものね」

わたしと同様ジェニファーも、自分の経験を生かして、アレルギーを持つ次世代の子どもたちが少しでも快適に暮らせるよう手助けしたいと考える。乳製品抜きのデザートが欲しいなら、ユダヤ教の食事規定の指針を使うよう人に教えている。旅行には、自分のアレルギーを翻訳して列挙したメモを携えて行く。

「たくさんのくふうを積み重ねてきた気がするわ」ジェニファーは言う。「子どもたちに食べさせるうえで何より大事なのは、健康のことよね。でも、食事には社会的な面もある。子どもたちには、友だちとカフェに行くなら、フライドポテトだけ頼むのよ、と言わなくてはならない。ポテトなら安全でしょうから」

わたしは、息子の食生活について最も心配なことは何かと尋ねてみた。

「石や葉っぱや、つかんだ泥を食べてしまうほうが心配よ」ジェニファーが答える。「アレルギーがあるものを口にしたのなら、どうなるかがわかってるでしょう。だけどもし、遊び場でガラスのかけらを食べたりしたら——誰にわかるの？」

食物アレルギーは恐ろしい。しかし子どもの場合、「心配すべきもっと悪いことがある」とジェニファーは感じるようになった。息子はまだ、成長してアレルギーから脱する可能性が大いにある年齢だ。とはいえ、もし十歳を過ぎてもアレルギーを持ち続けていたら、母親の展望も変わるかもしれない。

わたしと話すことに同意してくれたもうひとりの母親は、木の実にアレルギーを持つ十二歳の長女の将来について、考えこまずにはいられないそうだ。

「場合によってはどれほど深刻なことになるか、娘は理解していないようなんです」女性は言って、ある日娘がヘーゼルナッツで起こした反応について面倒くさそうに話した様子を説明する。十代の若者には要注意だ。「いつか娘が誰かとキスをするようになればうれしいですが——娘はキスの前に、相手が何を食べたかを考えなくてはなりません」

　アルコールの世界に足を踏み入れるのも、簡単ではないだろう。どのかわいらしいカルテルが、ひとしずくのフランジェリコ*やアマレット**を隠しているか、わかりはしない。「見た目はとてもきれいでしょう」女性は子どもに注意する場面を想像する。「でも、飾りものが飲み物を安全にしてくれるわけじゃないのよ」

　この女性は、長女と同じ木の実アレルギーだけでなく、小麦（セリアック病も発症）、卵、オレンジにアレルギーを持っている。初めて妊娠したときには、自分の問題を子どもに受け継がせないようにしようと決めた。

「アレルギーがあるものは何もかも、それに、ほかの一般的なアレルゲンもすべて遠ざけました。貝類・甲殻類、ピーナッツも」女性は言う。「家にはちりひとつないようにしました。あんなに掃除ばかりしている人は、あなたも見たことがないと思うわ。堅木の床に、カーテンはなし。夫に頼んで、ほこりがつきにくいブラインドに換えてもらったほどです」

「できることは、なんでもやりました」女性はそう言って、笑う。「でも、まったく間違っていたのかも」最近では、医者はこういうやりかたを勧めていない。

　ふたりめの子に対しては、ふつう以上のことは何もしなかったが、八歳になった息子にアレルギーはないようだ。しかし、小学校低学年のころは、学校でオレンジを食べたり、ジュースを飲んだりするのを拒んでいた。なぜか？　柑橘類を口にすれば、バスを降りたときに母親にキスができなくなるからだ。

女性は家にオレンジを置かなかった。においだけで吐き気を催すと言う。夫は、オレンジジュース禁止に文句を言わなかった。特定の食品を避けることに理解があったからだ。彼自身、子どものころは乳製品とトマトにアレルギーを持っていたが、成長とともに克服し、ほんのときたま反応するだけになった。

「夫はエスカルゴにはさわれません」女性は言う。「最後にさわったのは十五年前で、おぞましかったそうです」そういうわけで、夫は毎朝子どもたちのために卵料理をする（蝸牛《かたつむり》は抜きで）係だ。毎回専用のフライパンを使い、自分で洗う。女性は、一歳の次男には卵を食べさせないよう夫に頼んだ。

「あの子の顔や手によごれが残っていたらと思うと心配なんです。それでキスをしたら……」しだいに声が小さくなる。「それに、あの子はきちんと食べられなくて、食べこぼしが多いですからね」

わたし自身と同じアレルギーを持ち、もっとひどい症状を抱える人と話すのは、奇妙な気分だ。女性の卵アレルギーの重症度を思い知らされるできごとが、数年前にあった。ある晩、家族が目を

＊イタリア産のヘーゼルナッツ・リキュールの銘柄
＊＊アーモンド風味のリキュール

覚ますと、家のなかに蝙蝠《こうもり》がいた――しかもその蝙蝠が、彼女の髪に絡みついた。たたいて払おうとすると、蝙蝠は逃げずに襲ってきた。それは狂犬病の徴候だった。検査のために捕らえようとしたが、蝙蝠は屋根裏へ飛んでいってしまった。それで、家族全員が狂犬病予防接種を受けることになった。インフルエンザワクチンと同じように、卵で培養されたワクチンだ。

「一回めの接種ではだいじょうぶでしたが、二回めで吐き気を催し、三回めには呼吸が苦しくなったんです」女性は言う。「四回めで、アナフィラキシーを起こしました。五回めには、人間の免疫グロブリンで培養された特別なワクチンを接種してもらいました」

ドラキュラとは違って、小麦は夜中に急降下して人を襲うことはない。しかしそれは、家の屋根裏にいる蝙蝠のようにも思える。絶え間なくそばにいる脅威。

「みんなが手を洗ったかどうか、いつも異常なほど神経をとがらせています」女性は言う。

わたしは、いちばんむずかしい問題は何かと尋ねる。「苦労しているのは、子どもたちの経験を自分の経験として考えられないことです」女性が答える。〝気分が悪い〟という訴えのすべてが、新たな食物アレルギーの証拠というわけではないと、自分に言い聞かせる必要がある。子どもたちは日々、風邪を引いたり、腹痛を起こしたり、熱を出したりする。もちろん、仮病の場合もある。

「だけどわたしは、ある意味、敏感なままでいようともしています。両親は知識不足から、わたしに対して敏感じゃありませんでしたから」女性は話す。「父は、サンドイッチを食べてもそのたびに嘔吐しないのなら、小麦アレルギーとは言えないと考えていました」どうやら、父親が懐疑的な態度を変えることはなかったようだ。

「父は生物学者ではなく、株式仲買人でしたからね」

よかったのは、父親が病気と認めなかったので、重度の食物アレルギーを持ったたいていの子どもたちよりずっと多くの活動を許され、五日間のＹＭＣＡキャンプにも参加できたことだ。いま女性は、ナッツアレルギーの娘に三週間分のあらかじめつくった食べ物を持たせてキャンプへ送り出している。キャンプの指導員がその食べ物を、別の鍋と食器を使って用意する。娘には、エピペンも二本持たせている。

わたしは、娘が自分でエピペンを使ったことがあるのかを知りたくなった。わたし自身、何度も訊かれたことがある。わたしの答えは「いいえ、でも使うべきだったときは何度もあるわ」だ。だから直接訊いてみた。

「どうせなら、ボールみたいに体を丸めて、ベナドリルを飲んで、じっと待って、二十四時間ぼんやりしてるほうがましなの」娘が答える。「エピペンを使うより」

「なぜ？」

「ほんとのこと言うと、そういう弱さを認めたくないの」

「わたしもよ」わたしは言う。

これは、口にすべきではないことのひとつだ。食物アレルギーを持つ大人のなかには、毎年エピペン自己注射器を買い、毎年それを使わずに済ませられるならなんでもする人がおおぜいいる。年末に、エピペンは期限切れになる。わたしたちはまた買う。そしてまた、どこへ行くにも持ち歩く。そしてまた、使わない。その一方で、学校でもっと自由にエピペンが使えるようにしようと運動している。それが命を救うことを知っているからだ。わたしは最近、食物アレルギーを持つ九歳の子の母親に質問され、困った立場に追いこまれた。

「怖いのですか?」母親は訊いた。「痛いのですか? 娘にエピペンを使わせるには、どう言ったらいいんでしょうか?」

使うのを思いとどまるのは痛みのせいではないと、わたしは説明しようとした。太腿がちくりとするくらい、喉が腫れてふさがれているときにはなんでもない。理由はおそらく、ベナドリルと吸入器が、エピネフリンの代わりにはならなくても、自分でどうにか取り扱えるからだろう。自分で自分を治療し——いわば〝二十四時間ぼんやりしている〟わけだが——賢い人の手を借りずに快復できる。エピネフリンは、並んだドミノの最初の一枚をひっくり返してしまう。それは病院へと続き、救急車の費用や、事務手続き、点滴にまで及ぶ。

「でも、病院へ運ばれるのは注射のせいじゃないわ」友人が言い張った。「アレルギー反応のせいでしょう」

「はっきりさせておきたいんだけど」わたしは言った。「自分の行動が正しいと言ってるわけじゃないのよ。なぜそうするのかを説明してるだけ」

わたしはこの話をすべて母に伝え、何か根本的な理由があるのかどうか訊いてみた。

「自分で制御したいという欲求ね」母は言う。「血筋よ」食物アレルギーという深刻な問題さえ、基本的な性格は変えられない。母はわたしに、七歳か八歳のころ、両親と祖父母といっしょに出かけ、アレルギー反応を起こしたときのことを思い出させた。古代中国の工芸品の展覧会に行く途中、地元の海鮮料理店〈ホゲーツ〉で夕食をとった。どういうわけか、わたしの料理は汚染されていて——海老フライかもしれないし、バターかもしれない——口の上側がかゆくなってきた。数分後、車に乗せられ、レストランから離れると、わたしは後部座席から助手席に飛び移って、エアコンに顔を押しつけた。子ども用の酸素マスクだ。

「お父さんが、ジョージ・ワシントン病院までの道順を知ってたのよ」母が回想する。「そして、待合室で延々と待たされたわ」

これが、しょっちゅう思い出す、「息を吸って。いいから息を吸って」と父に言われたあの場面だった。忘れていたのは、医者だった祖父が看護師から聴診器を借りて、待っているあいだわたしの具合を確かめようとしたことだ。主治医のラトキン先生は、電話した母の報告に基づいて、ステロイドを処方した。わたしの家族は、ほとんどロビーの外を診察室にしていた。わたしの名前が呼ばれるころには、もう帰る準備ができていた。

「わたしたちの対処のしかたには、危険もあったわ」母は言い、あとから考えれば後悔することもあったと認めた。「ナッシュヴィルで発作を起こしたときや、あのピスタチオのときのことを憶えてるわ。死んでいてもおかしくなかった。でもわたしたちはあなたに、入退院を繰り返して成長してほしくはなかったの。そして、こんなに独立心の旺盛ないまのあなたの姿を見ると――少しはそれが役に立ったような気もするのよ」

母が言い添える。「少なくとも、そう願うわ」

わたしは何週間ものあいだ、食物アレルギーが親と子を引き裂くさまざまな形態について考え続けた。母乳を受けつけない赤ん坊。触れたこともない食べ物の料理に不安を覚える母親。父親ににんましんを起こさせたくなくてキスをためらう子ども。

しかし、そこに築かれている親密な関係を、称えたいとも思う。子どもの慢性疾患に対処している親ならではの、親密な関係を。わたしの母は、外交官。わたしの母は、（未）登録看護師。わたしの母は、泣き声とあぶくの通訳者。

もしわたしの子どもにアレルギーが見つかったら、どこに助言を求めればいいかはわかっている。わたしの母は、教師。もしジェニファーやわたしのような子どもたちが人々の道しるべになれたとすれば、それは母のような親たちが荒野を切り拓いてくれたからなのだ。

「牛乳が一クォート二十六セントだったころ、わたしの両親は七十五セント払って山羊乳を買い、それを煮立てなくてはなりませんでした」ある女性が手紙にそう書いていた。最近、わたしが晩餐会でマンゴーアレルギーの発作を起こしたことについて書いたコラムが《ワシントン・ポスト》に掲載され、それを読んだ女性が、自分の食物アレルギーの経験を綴った手紙を送ってきたのだ。数十年前、六十種類の物質に対するプリックテストで、彼女の背中に数えきれない腫れが現れた。医者は、牛肉も、豚肉も、小麦も、牛乳も、口にしてはならないと命じた――しかもほとんどの野菜を、とりすぎないようにするため、週に一回だけに制限した。

「もし月曜日にトマトジュースを飲んだら、次の月曜までトマトシチューは食べられませんでした」女性は回想する。

ふつうのパンが一斤十六セントだった時代に、家族はどうにか一斤一ドル近くする一〇〇パーセントライ麦のパンを買おうとした。ハンバーガーやホットドッグの代わりに、子羊の肉や鰆《さわら》を探し出した。医者が両親に、彼女のアレルギーはおそらく南フロリダの海抜ゼロメートル地帯に住んでいることと関係があると言った。そこで、改善が見られなかった七年ののち、家族はボルティモアに引っ越した。十代のころ、両親は彼女に再検査を受けさせることにした。今回は、百十六回の皮下注射が予定された。

「一週間くらい毎日、学校帰りに街に行って、十六回から十八回の注射を受けました」女性は言う。

「わたしはすごく痩せていたので、注射針の一本が文字通り腕を突き抜けてしまい、床にしずくが落ちました。看護師は震え上がっていましたが、わたしは笑っただけでした」

信じられないことに、検査の結果、かつて女性を苦しめていた食べ物に対する反応はすべてなくなっていた。

「わたしは自分のアレルギーから成長して脱したか、遠くへ離れることができたようです」女性は書いている。「あなたがそれほど幸運でなかったことは、残念に思います」

幸運。運とはおかしなものだ。たいていの思いがけない幸運は、思いがけない悪運から救われることを前提にしている。猫は、窓から落ちて初めて、下のバルコニーに立っている女性に受け止められる。金持ちが宝くじに当たっても、誰も気にしない。破産寸前の人が当たってこそ、みんなが感銘を受ける。家族はよく、わたしが発作を生き延びた幸運について話すが、そもそもそういう発作を起こした悪運については何も言わない。腹を立てるべきだろうか？　わたしは遺伝的な貧乏くじを引いたのだろうか？

アレルギー専門医のもとへ毎週通っていた子どものころ、ラトキン先生の診察室で繰り返されたリズムはずっと変わらなかった。医療保険プランが変わって、自己負担しなければならない期間があっても、わたしたちは先生のもとにとどまった。そのつながりは心地よいものだった。わたしたちは到着して、受付を済ませ、待合室の席に着く。床には遊具セットがあり、小さな子どもたちがループ形のワイヤーに沿ってカラフルなビーズをすべらせて遊んでいる。子ども用雑誌《ハイライツ》、《コブルストーン》、《クリケット》の最新号が、ぶなの低いテーブルの上で待っている。壁には、リチャード・スカーリーの絵本『ビジータウン』シリーズの場面を集めたポスターが飾ってある。前回、一年ほど前に訪れたときも、診察室は改修塗装されていたものの、『ビジータウン』のポスターはまだ貼られていた。

子どもだったわたしは、祖父母の家にあった『リトル・ゴールデン・ブックス』シリーズで『ビジータウン』のことを知っていた。リチャード・スカーリーの物語には、伝統的なスイスの服を着せて擬人化した動物が住んでいた。鍛冶屋フォックス、仕立屋スティッチズ、河馬のヒルダ、そしてパパとママとハックルとサリーの猫の一家。ここで言う〝物語〟とは、広い意味だ。このシリーズのほとんどは、とても単純な筋立てで日常生活の仕事を分類することに焦点を当て（豚さん一家、電車でお出かけ！　サリー、おばあちゃん猫にお手紙を書く！）、ものごとの進行に必要なそれぞれの方法や料金、スイッチやギアをゆっくり示していく。

スカーリーの目は細部まで行き届いているると同時に、とても気まぐれだった。豚の石工屋ジェイソンが、兎の仕立屋スティッチズに家を建ててやる場面では、挿絵で各階の水や空気の配管を正確に描いている。スカーリーは電話線について説明し、下水管をきちんと示した。〝引っ越しの日〟

の挿絵には、スティッチズの四階建ての乗り物がこと細かに描かれていた。ボンネットには人参の飾りがつき、なかにはたくさんの赤ちゃん兎が乗り、屋根の上にはそれぞれの子ども用の三輪車がくくりつけてある。車の高い窓のひとつから、紙飛行機が飛んでいく。

アレルギー専門医の診察室ほど、漫画の世界にうってつけの場所はない。リチャード・スカーリーは、幼稚園児のためのピーテル・ブリューゲルだと言ってもいい。この主張の根拠は、スカーリーがサスペンダーと三つぞろいのスーツを身に着けた大衆のなかに、むさくるしい黄麻布《おうまふ》のシャツを着た人物を紛れこませる傾向があったことだけではない（とはいえ、これは老ブリューゲル自身が地元の結婚式に出席するとき、題材をよく観察するために着ていたシャツでもある。この習慣のせいで、〝農民ブリューゲル〟というあだ名がついた）。服装の偶然はともかく、わたしがふたりを好きなのは、どちらも決して、鑑賞する人のためにわざとらしい焦点を置かないからだ。ふたりはどちらも、たくさんの人物が動き回る風景を楽しんでいる芸術家なのだ。

スカーリーは、ブリューゲルのいちばんの関心事を共有していた――絵本の題名でも問いかけているとおり――『みんな毎日何をしてるの？』。ブリューゲルが絵画のなかで繰り返し物乞いの姿を描いたのと同じやりかたで、スカーリーはあらゆる場面にみみずのローリーを、羽根飾りのついたチロリアンハットに、筒形の偽のズボンと、一足だけのしっぽの靴という装いで登場させた。ローリーはわたしたちの良心であり、いたずら好きでもある。カーテンが閉まっていれば、ローリーは必ずのぞく。らっぱが吹かれれば、ローリーはなかに隠れていっしょに歌う。

子どものころスカーリーの世界に惹かれたおもな理由は、大学時代からずっとブリューゲルに魅せられているのと同じで、人生の小さな惨事がさりげなく繰り返し描写されていることにある。ビジータウンでは、何もかもがうまくいくわけではない。みみずのローリーは、観光船の空気取り入れ口に転げ落ちる。豚のフランブルさんは、ぱたぱたする耳の上にぴったり合う大切な中折れ帽をなくす。狐《きつね》のパイロット、ルドルフ・フォン・フリューゲルは、かなり頻繁に自分の赤いドイツ製の飛行機を墜落させる。家々は火事になり、トラクターは衝突し、建設作業員は足をすべらせて川をぷかぷかと流れていく。こういう危機を、大衆は落ち着いた様子で受け止める。ブリューゲルの『イカロス墜落の風景』で、鋤《すき》を操る農夫が、海でおぼれる少年のばたつく両脚を静かに無視するのと同じだ。

これが世の中のありかただということに、いつもはっと気づかされる。とりわけ、病気を抱えて生きる身としては……。わたしたちの住む街が冷淡だと言いたいわけではない。しかし、スカーリーとブリューゲルが思い出させてくれるとおり、わたしたちの街は忙しく、住人たちは自分のことで頭がいっぱいなのだ。

以前、ヴァージニア大学の英文学教授が、その晩学内の書店で朗読をする予定の有名な詩人を、わたしに紹介してくれると約束した。ところが、朗読が始まる三十分前、わたしは食堂でアレルギー反応を起こした。どうにか書店のトイレにたどり着き、そこで吐いてから、ひとりで気を失うのが不安で、よろよろと書店の表口へ行き、床の上で体を丸めて助けを呼んだ。

レジ係のひとりがそばに来て、もうひとりが病院に電話をした。そのとき教授が、有名な詩人と並んで書店に着いた。わたしはぼやけた視界の隅で教授の姿をとらえた——白髪交じりの髪、眼鏡、セーターベスト。教授が立ち止まって、「その子はだいじょうぶなのか？」とつぶやくのがわかった。名前で呼びかけはしなかった。七時までに行くところがある、それなりに心の優しい他人のようにふるまっていた。そして詩人の腕を取り、書店のなかへ入っていった。

ふたりがそのまま歩み去ったことを、わたしはありがたく思った。あらゆるページが、自分の物語を語るために用意されているわけではない。自分があらゆるキャンヴァスの中心というわけではない。この街は忙しい。そして、次の学期に詩人のワークショップに参加して、教室の最前列に座ったとき、詩人はあの晩のわたしのことを憶えていなかった。おかげでわたしは、アレルギー持ちの女の子としてではなく、ふつうに自己紹介することができた。

これぞバランス技だ。わたしは自分の仕事として、この世界で無事に生きることを中心に置いている。しかし同時に、世界がわたしを守るために回っているとは決して思いこまないようにしている。心配すべきもっと重要なものごとはたくさんある。〝誕生日を迎えた女の子を殺さないでね〟贈り物は包まれ、お菓子が詰められたピニャータは待ち構えている。パーティーの始まりだ。

謝辞

食物アレルギーの管理についてさらに情報を探している人には、食物アレルギー・アナフィラキシーネットワーク（ＦＡＡＮ）や食物アレルギーイニシアティヴ（ＦＡＩ）、アレルギー&喘息ネットワーク・喘息患者の母親たち（ＡＡＮＭＡ）、そのほか本書に挙げた組織に相談することをお薦めする。

専門用語の説明や研究の引用については、以下の刊行物の記事や概要を利用した。《アレルギー・臨床免疫学会誌》、《ピディアトリクス》（米国小児科学会発行）、《メイヨークリニック紀要》、《ニューイングランド・ジャーナル・オヴ・メディシン》、《精神医学情報（Psychiatric News）》、《アレルギー・喘息・免疫学年報》、さらに、国立アレルギー・感染症研究所（ＮＩＡＩＤ）、欧州アレルギー・臨床免疫学会（ＥＡＡＣＩ）、その他多くの一般的なニュースや医学資料から得た情報も参照した。

科学史の基本をまとめるに当たっては、とりわけマーク・ジャクソン著『アレルギーという現代病の歴史（Allergy: The History of a Modern Malady）』と、ピーター・ダンカン・バーチャードが国立公園局のために行ったジョージ・ワシントン・カーヴァーについての研究に負うところが大きかった。

次に挙げる組織の人々から得た助力と情報に感謝する。米国ピーナッツ生産者団体（ディー・ディー・ダーデン、ライアン・レピシア、リンジー・スペンサー）、カリナリー・インスティテュート・オヴ・アメリカ（ジェフ・レヴァイン）、米国アレルギー・喘息・免疫学会（マリアン・キャンター、ミーガン・ブラウン）。また、ヒュー・A・サンプソン医師、ロバート・A・ウッド医師、A・ウェスリー・バークス医師、ギデオン・ラック医師とその同僚のみなさんのたゆみない革新的な研究にも感謝の意を表したい。

クラウン社のすばらしいチーム、特にわたしの編集者シドニー・マイナーにもお礼を言わせてほしい。シドニー、あなたの鋭い目はすばらしい。あなたはこの本を、ぐんと知的で、雄々しく、優れたものにしてくれた。権利取得編集者のヘザー・ジャクソンもありがとう。

ライターズ・レプリゼンタティヴズのグレン・ハートリーとリン・チューにも感謝する。彼らはひとりの詩人にチャンスを与えてくれたうえに、疲れを知らない経験豊富な擁護者となってくれた。

ポエッツ&ライターズのモーリーン・イーガン作家交流賞がなければ、この本が生まれることもなかった。それは扉を開いてくれるとともに、奨励金によってジェンテル・アーティスト・レジデンシー・プログラムやヴァージニア・センター・フォー・ザ・クリエイティヴ・アーツでの執筆空間を与えてくれた。また二〇一〇年、DC芸術文化委員会から、肝心な時に個人芸術家奨励金をいただき、住む家を確保することができた。

わたしはアレルギー生活と文芸創作の両方の世界に、優れた助言を与えてくれる合唱隊を伴っていた。彼らの洞察が、この企画に対するわたしの信念をしっかりと支えてくれた。マリア・アセバル、ナタリー・E・イルーム、ホリー・H・ジョーンズ、ジェニー・ケールズ、ジェニファー・クロノヴェット、ディラン・ランディス、リチャード・マッカン、ナンシー・マクナイト、エリカ・マイトナー、トム・シュローダー、ケイト・スタイン。そして比類なき読者、ミーガン・マウントフォードには永遠の恩義がある。

「回想録を書くのよ!」という知らせほど、愛する人たちに恐怖心をいだかせるものはないだろう。カメオ出演してくれた友人たちに、ありがとう。特に、すばらしいユーモアと、それよりもすばらしい忍耐力を見せてくれたアダム・ペクセックに。家族にもお礼を言いたい――母、父、クリスティーナ、おじのジム、祖父母、セーラとジョンカー一族、たぶん二度とわたしに牛の肩ばら肉を勧めはしないテキサスのビーズリーたち――あなたがたはみんな、とてもすてきな人たちだ。あなたがたがこの人生を、幸せで満ち足りたものにしてくれる。

最後に、長年の主治医であるアレルギー専門医ピーター・C・ラトキン先生とそのスタッフに感謝を捧げたい。わたしたちはおびえながら診察室へ入っていく。そして、笑みを浮かべながら出ていく。あなたがたはたくさんの人のために、たくさんのことを成し遂げている。

訳者あとがき

著者のサンドラ・ビーズリーは、幼いころから何種類もの重い食物アレルギーに悩まされてきた。乳製品すべて、卵、大豆、牛肉、海老、松の実、きゅうり、カンタロープメロン、ハネデューメロン、マンゴー、マカダミアナッツ、ピスタチオナッツ、カシューナッツ、めかじき、マスタード。食べるのをやめればだいじょうぶ、というわけでもない。カッテージチーズに触れるだけでじんましんができ、牛乳由来の添加物がほんの少し含まれる加工食品を口にしただけで命に関わるアナフィラキシーショックを起こすこともある。ふつうの人にとってのごちそうが、〝毒〟になってしまう環境。食事のたびに危険と向き合わざるをえない著者の人生は、まさにサバイバルだ。

しかしサンドラは、決して泣きごとを並べて縮こまってはいない。堂々と、勇気を持って、みんなと同じように人生を楽しもうとする。もちろんアレルギー発作は怖いから、細心の注意を払ったうえで、友人たちとレストランに出かけ、外国旅行をし、結婚式にも出席する。「わたしたちアレルギー患者は、世界をほんの少し違う形で経験しているだけ」とサンドラは言う。

自由に果敢に生きようとすれば、失敗もある。ふとした気のゆるみや、店側の手落ちで、アレルギー反応を起こしてしまう。厄介な病への対処をめぐって、家族や恋人とぶつかることもある。好奇心旺盛で負けず嫌いだから、自分では食べられないのに、料理教室でマフィンやチョコレートムースをつくってみたりする。「試行錯誤がわたしの人生」と言うサンドラの生きかたに、「何もそこまでしなくても」と眉をひそめる人もいるだろう。けれどサンドラは、自分の生きかたが正解だとは言っていない。間違った対応でみずからの命を危うくしたこともあると、正直に認めている。食物アレルギーを持つ人たちに、自分のまねをしてほしいと思っているわけではないのだ。

著者が何より求めているのは、周囲の人がアレルギーに対する正しい知識を身につけ、患者の気持ちを心から理解することだろう。だからこそ、自分の苦労話だけでなく、現代のアメリカ社会で食物アレルギーがどう扱われているかを冷静に分析することを忘れない。テレビドラマや映画で食物アレルギーがおもしろおかしく描写されることを憂慮しながらも、ピーナッツアレルギーを恐れるあまり学校へのピーナッツの持ちこみを全面禁止しようとする運動には疑問を唱えている。食物アレルギーの患者たち、彼らを支える家族や擁護者、そのほかの人々、それぞれの視点から食物アレルギーの現状を伝えようとする著者は、とてもバランス感覚の優れた人だと思う。そう、著作においてもサンドラの〝バランス技〟はみごとに生かされている。

サンドラ・ビーズリーは、ワシントンDC在住の詩人、ノンフィクション作家。二〇〇七年にデビュー作の詩集『セオリーズ・オヴ・フォーリング』で詩文学新人賞を、二〇〇九年には二作めの詩集『アイ・ワズ・ザ・ジュークボックス』でバーナード女性詩人賞を受賞した。また、《オックスフォード・アメリカン》、《ワシントン・ポスト・マガジン》、《ニューヨーク・タイムズ》などで定期的にコラムを執筆している。

本書は、詩集以外の初めての本格的な著作として、二〇一一年に本国で出版された。食物アレルギーとのきびしい闘いを綴った回想録というだけでなく、アレルギーのしくみや、歴史的な医学研究、新たな治療法などを解説した興味深い読み物にもなっている。

著者が暮らすアメリカの医療制度は、日本のものとはかなり異なっているので、簡単に補足しておく。国民皆保険制度がないアメリカでは、民間医療保険に加入するのが一般的だ。オバマ大統領の医療制度改革によって、二〇一四年一月から保険加入が義務化されたが、これも公的制度ではなく民間医療保険をベースにしている。本書に何度か出てくる健康維持機構(HMO)は、マネイジドケアと呼ばれる保険システムの一種。加入者に対して主治医がひとり決められ、専門医療を受けるには、その主治医から紹介を受ける必要がある。原則として、保険プランが契約している医療機関を利用しないと保険が給付されない。プランの変更などによって、これまでかかっていた医師や使っていた薬が保険の対象から外されることもある。

アメリカでは現在、食物アレルギーを持つ人が千五百万人いるといわれる（著者の執筆時よりさらに増えている）。アメリカ疾病予防管理センター（ＣＤＣ）の国民健康調査によると、十八歳未満の子どものうち、食物アレルギーを持つ人の割合は、一九九七年〜一九九九年では三・四パーセントだったのに対し、二〇〇九年〜二〇一一年では五・一パーセントに増加した。

日本でも、食物アレルギーは特に子どものあいだで急増している。二〇一三年の文部科学省の調査によると、食物アレルギーがある公立小中高校の児童生徒は、全国で約四十五万四千人（全体の四・五パーセント）にのぼり、二〇〇四年の前回調査の約三十三万人（同二・六パーセント）に比べて約十二万四千人増えた。

学校での事故もあとを絶たない。アメリカでは、食物アレルギーを持つ子どもの一六〜一八パーセントが、校内の食事でアレルギー反応を起こしているという調査もある。二〇一〇年にはイリノイ州で十三歳の女生徒が、二〇一二年にはヴァージニア州で七歳の女生徒が、いずれもピーナッツによるアナフィラキシーショックで亡くなった。こうしたなか、各州で、アレルギーを持つ子どものための管理対応ガイドラインがつくられ、エピネフリン（アドレナリン）注射器の常備や投与の訓練、食物アレルゲンへの接触を予防する手順の作成などが進められている。

日本でも、二〇一二年、東京都調布市の小学校で、給食に入っていた乳製品を口にした女生徒が亡くなる事故が起こった。食物アレルギーに対する意識は高まっているが、対策はまだまだこれからだ。

行政や学校による対応はもちろん重要だが、一般の人々が食物アレルギーを正しく理解することが何より求められていると思う。本書は、一筋縄ではいかない食物アレルギーをめぐる実情を、さまざまな側面からていねいに教えてくれる。たとえ命の危険があっても、「弱さを見せたくない」「まわりの人に気を遣わせたくない」という気持ちから、アレルギーのことを言い出せない人や、つらい症状を我慢してしまう人がいる。そういう人たちが自然に助けを求められる社会になれば、痛ましい事故も減っていくのではないだろうか。

この本が、食物アレルギーへの理解を深め、患者やその家族が安心して快適に暮らしていくための一助となれば、訳者としてうれしく思う。わたしたちの住む世界では、確かに誰もが忙しい。絵本の外の〝ビジータウン〟が、おおぜいのサンドラたちにとって、少しでも優しい世界になることを願ってやまない。

最後に、医療全般の監修をしてくださったＩＭＳ（イムス）グループの中村哲也理事長に厚くお礼申し上げます。また、担当編集者の中川原徹氏、編集にご協力いただいた萩尾行孝氏に心から感謝いたします。

二〇一五年二月　　桐谷知未

監修者紹介

中村哲也（なかむら・てつや）

1989年、帝京大学医学部大学院修了。1991年、板橋中央総合病院院長就任。

2006年、関東・東北・北海道に複数の医療法人を有するIMSグループ理事長に就任。

2007年、板橋中央総合病院総院長となる。

現職として、アジア慢性期医療協会理事長、全国公立病院連盟常務理事、板橋中央看護専門学校、イムス横浜国際看護専門学校の校長などを兼ねる。

訳者紹介

桐谷知未（きりや・ともみ）

東京都出身。南イリノイ大学ジャーナリズム学科卒業。翻訳家。

主な訳書に、『それでも家族を愛してる』（ポー・ブロンソン著、アスペクト、2006年）、『シリコンバレー式で医療費は安くなるのか』（アンディ・ケスラー著、オープンナレッジ、2007年）など、共訳書に『ハイパーインフレの悪夢』（アダム・ファーガソン著、新潮社、2011年）がある。

食物《しょくもつ》アレルギーと生《い》きる詩人《しじん》の物語《ものがたり》
—お誕生日《たんじょうび》も命《いのち》がけ

二〇一五年二月二十五日　初版第一刷発行

著者　サンドラ・ビーズリー
監修者　中村哲也
訳者　桐谷知未
装幀　真志田桐子
発行者　佐藤今朝夫
発行所　株式会社　国書刊行会
〒一七四—〇〇五六
東京都板橋区志村一—一三—一五
TEL〇三（五九七〇）七四二一
FAX〇三（五九七〇）七四二七
http://www.kokusho.co.jp
印刷・製本　三松堂株式会社
落丁本・乱丁本はお取替え致します。

ISBN 978-4-336-05807-2